모래
도시
속
인형들
1

SANDBOX Series 1

이경희 연작소설

모래
도시
속
인형들

1

차례

x Cred/t

χ Cred/t //
　하버드 가면 내 자식, 아니면 남의 자식이라더니. 정말 웃기지 않아? 스타가 된 후로 나한텐 부모가 101명이나 생겨 버렸어. X 같은 유전자를 나눠 줬다는 이유로.

/ Parent /
넷 소사이어티의 역대급 우주 대스타 *χ* Cred/t
그리고⋯

민석영(전직 육상선수, 45) //
아자! 꼭 우승할 겁니다.

다스베이더 마스크를 쓴 남자(??, ??) //
I am your father.

Emily(모델, 43) //
⋯⋯사랑해.

유주아(천재 소녀, 26) //
음, 지적인 대결은 제가 유리하다고 봐요.

/ 101 /
101명의 부모들

✗ Cred/t //

휘유~ 얼굴만 봐도 구역질 나지 않아? 돈벌레
XX들. 그래서 여러분, 내가 진짜 쩌는 이벤트를 준비
했어. 그게 바로 뭐냐면……

/ With /
단 하나뿐인 왕좌를 차지하기 위한
목숨을 건 부모들의 치열한 경쟁

Roo_D.A(심사위원, 아이돌) //
아~ 못 보겠어~ 루다 그냥 눈 감을래요~

EZ_WE$T(심사위원, 래퍼) //
WoW- Woohoo- No Way! No Way!

예원경(심사위원, 배우) //
와, 이런 것까지 시켜? 진짜 장난 아니다~

/ χ Cred/t /
χ Cred/t의 부모가 될 단 한 사람은 누구?

χ Cred/t //

다 함께 즐겨 줘. 돈에 미쳐 달려드는 벌레 같은 놈들이 어떻게 망가지는지. 내가 얼마나 쿨하게 복수하는지. 내 채널은 다들 알지?

.

.

.

.

.

Parent 101
Now on Channel χ Cred/t

1

"살려 줘! 제발 살려 줘! 우린 똑같잖아. 제발……."

바닥에 주저앉은 피해자가 눈물범벅이 된 얼굴로 애원한다. 하지만 가해자의 얼굴에선 동정심이 조금도 나타나지 않는다. 당연하다. 가해자의 배에도 피해자가 찔러 넣은 칼이 박혀 있다.

그들의 모습을 자세히 관찰하기 위해 조금 더 다가간다. 이렇게 가까이에서 두 사람의 얼굴을 바라보고 있자면 조금 섬뜩한 기분이 든다. 왜냐면….

둘의 얼굴이 쌍둥이처럼 똑같기 때문이다.

"아니, 달라."

가해자가 휘두른 철제 의자가 너무나 쉽게 두개골을 찌그러뜨린다. 길게 튀어나온 혀를 타고 피가 온몸을 붉게 적신다. 상대의 죽음을 확인한 가해자는 천천히 의자에서 손을 뗀다. 의자는 여전히 시신의 머리에 박힌 채다.

가해자는 몸을 돌려 현장을 빠져나가려 한다. 그러나 이내 쓰러지고 만다. 곁으로 다가가 상처를 살펴보니 칼에 찔린 위치가 좋지 않다. 내장을 다쳐 바닥에 웅덩이가 생길 정도로 피가 쏟아지고 있다. 가해자는 떨리는 손으로 상처에서 칼을 뽑아내려…….

"그만."

음성 명령을 내리자 모든 것이 정지했다. 진강우는 VR 헤드셋을 벗어 책상에 내려놓았다. 책상 너머로 행정관이 다소 곳한 자세로 서 있었다.

"어떻습니까, 검사님? 그 영상 벌써 일곱 번이나 돌려 보셨는데요."

"우리 사건 맞는 거 같은데요."

"그런데 검사님…."

"사건 개황부터 알려 주세요."

"아, 네."

행정관은 가슴에 안고 있던 서류철을 뒤적였다.

"사건이 일어난 건 대략 일곱 시간 전입니다. 유명 서바이벌 쇼인 〈페어런트 101〉 촬영 직후였다고 하네요. 피해자와 가해자 쌍방이 서로를 공격했고, 피해자는 현장에서 즉사했습니다. 가해자는 병원으로 옮겨졌는데, 결국 치료 중 사망했습니다. 마침 피해자가 브이로그를 촬영하던 중이어서 주위 상황이 전부 라이브 캠에 찍혔습니다. 현장에 카메라가 많다 보니 VR 영상 뜨는 것도 쉬웠고요."

강우는 서류가 담긴 태블릿을 손가락으로 톡톡 두드렸다.

"내가 서류를 제대로 이해한 게 맞나? 둘이 쌍둥이가 아니라 지문까지 일치하는 동일인이라고요? 게다가 똑같은 몸을 가진 사람이 아흔아홉 명이나 더 있고?"

"네, 검사님. 정확히 이해하셨네요."

강우는 고개를 돌려 월스크린(wallscreen)을 보았다. 수십 개로 분할된 화면 속에서 한 인물이 소셜 서비스인 '넷 소사이어티 채널'의 라이브 방송을 진행하고 있었다.

카이 크레디트(χ Cred/t).

화면 속 얼굴도 죽은 두 사람과 똑같았다. 일곱 시간 전에 죽었어야 할 사람이 버젓이 소셜미디어 속을 활보하고 있었다. 그것도 수십 명이 동시에. 대체 뭐야, 저 카이라는 놈은.

"살인 장면도 방송으로 나갔습니까?"

"아뇨. 다행히 30분 지연 송출 중이었답니다. 시청자들은 그 사실을 몰랐고요. 사건이 발생한 즉시 AI가 가짜 영상을 생성했고, 방송은 무사히 끝났습니다."

"목격자들은?"

"모두 비밀 유지에 관한 블록체인 서약을 마쳤습니다."

흐음. 강우는 양손으로 깍지를 끼고 턱을 괴었다.

"샌드박스 자치경에선 뭐라고 하죠?"

'샌드박스(Sandbox)'는 평택 특별자치시의 별칭이었다. 주한미군 절반이 빠져나간 캠프 험프리스(Camp Humphreys)에 기술규제 면제특구가 설정된 것을 시작으로 평택은 대한민국 부의 절반을 빨아들였고, 25년 만에 서울을 능가하는 거대 도시로 자라났다.

혁신행정특례법이 제정된 후로는 아예 중앙의 간섭을 받지 않는 자치정부까지 들어섰다. 때문에 중앙정부 산하 조직인 평택지검과 평택 자치정부 산하 조직인 자치경 사이엔 묘한 알력 다툼이 끊이지 않았다.

"그쪽 담당자 말이, 엠바고 해제까지 3일 준답니다. 관련 법규랑 시행규칙 살펴봤는데 절차적으로도 그게 한도가 맞습니다. 그 안에 타살 여부 못 밝혀내면 사건 종결하는 걸로 생각하고 있겠답니다."

"하. 이젠 대놓고 명령을 하네."

"명령은 아니죠. 그냥 담당자 본인이 그렇게 생각하겠다는 거죠."

"행정관님, 대체 누구 편입니까?"

강우는 책상을 내려치며 성난 표정을 지어 보였다. 하지만 행정관은 넉살 좋게 허허 웃을 뿐이었다.

"검사님, 어떻습니까? 우리가 맡아야 할까요?"

"이게 첨단범죄가 아니면 뭐가 첨단범죄겠어요? 당연히 첨수부*가 맡아야죠."

"그런데 특수부에서는…."

"특수부는 제가 알아서 할 테니까, 주혜리나 불러 주세요."

*   첨단범죄수사부.

2

세상은 나날이 복잡해지고, 가난도 실직도 흉악범죄도 늘어만 가고 있습니다. 언제까지 경찰만 믿고 기다리시겠습니까? 범죄 수사에도 전문성과 효율성을 도입해야 합니다. 여러분, 이제는 수사 민영화의 시대입니다. 안녕하세요. 최고의 민간조사사 주혜….

—빨리 안 튀어 와?

자동응답 앱을 뚫고 이어플러그(earplug)에서 진강우의 목소리가 튀어나왔다. 혜리는 한쪽 눈을 찡그리며 손바닥에 스마트팜(smartpalm) 화면을 띄워 답장을 보냈다.

—예. 예. 지금 입구인데요. 신분증을 안 가지고 와서 서류 좀 쓰느라.

—신기하네. 나도 지금 입구인데.

—아, 그러셨구나. 미리 말씀해 주시지. 그럼 다른 핑계를 댔을 텐데. 그런데 왜 자꾸 커플 앱으로 연락하시는 거예요? 쪽팔리게.

—위치추적이 되거든.

—아. 요상한 진동 신호 같은 거 좀 보내지 마요.

—미안, 실수로 눌렀다. 도착하면 '금룡'으로 와.

왜 또 금룡인데? 혜리는 불평을 목구멍으로 꾹 삼켰다. 말해 뭐 해. 어차피 좋은 대답이 돌아오지도 않을 텐데.

그러는 사이 택시가 검찰청 앞에 도착했다. 급행 노선을 요구한 탓에 결제 금액이 100달러가 넘었다. 한숨이 절로 나왔다.

이것도 조사비에 함께 청구해야지.

혜리는 속으로 투덜거리며 곧장 금룡으로 향했다.

— — —

입구에서 눅진한 기름 냄새를 맡자마자 입맛이 뚝 떨어졌다. 금룡의 음식이 맛없다는 사실은 보편적으로 통용되는 상식이며, 그 때문에 평택지검 검사들은 아무도 금룡을 찾지 않는다. 특히 그중에서도 짜장면이 최악이라는 평가는 만인이 동의하는 진리나 다름없다. 그런데 굳이, 굳이 짜장면을 시켜 내 자리에 올려놓고 태연히 탕수육을 집어 먹는 저 작자의 의도가 뭘까?

뭐긴 뭐야. 진강우가 또 진강우 짓 한 거지.

혜리는 자리에 앉자마자 짜장면을 치워 버렸다. 그릇을 옮긴 빈 공간에 진강우가 메모지를 한 장 들이밀었다. 종이에는 'χ Cred/t'라고 쓰여 있었다. 그는 조금 부끄럽다는 듯, 시선을 창 쪽으로 돌리며 혜리에게 물었다.

"이거, 어떻게 읽는 거야?"

"카이 크레디트요."

"이게 왜 카… 그렇게 읽히는 건데?"

"*x*는 그리스문자고 **Cred/t**는 영어잖아요. 여기 슬래시처럼 생긴 걸 알파벳 i로 읽으면…. 근데 이게 이렇게까지 설명할 일인가?"

"이 사람 유명해?"

혜리의 눈이 동그래졌다.

"네? 진심? 카이 크레디트를 몰라요? 넷 소사이어티 최고 스타를?"

"난 넷 소사이어티 같은 건 안 해서."

"와. 검사님 완전 화석이시네. 혹시 선캄브리아기에 태어나 셨어요?"

"그래서 혜리 씨 부른 거 아냐. 내가 이런 쪽은 약하니까."

머쓱해진 강우는 다시 종이를 집어넣었다.

"숙제는 충분히 해 왔겠지?"

"물론이죠."

"비싸?"

"한… 5000? 아니다. 7000?"

"일단 자료부터 보여 줘. 나중에 한 번에 비용 처리해 줄게. 영수증 꼭 제출하고."

혜리는 한껏 얼굴을 찡그리며 손사래 쳤다.

"아, 선금 좀 씁시다. 이거 오피셜한 의뢰잖아요. 국당법*

---

* 국가를 당사자로 하는 계약에 관한 법률.

대로 10퍼센트 선금. 그리고 딥 웹(deep web)에서 사 온 정보인데 영수증이 어딨어요."

"후불. 대신 정보가 확실하면 1만 달러. 영수증 없이."

"그럼 오늘 컨설팅료는요? 그건 따로 쳐 주셔야죠."

"어? 오늘 용역 착수 보고 아니었어?"

혜리는 강우를 째려보았다. 하지만 눈앞의 검사는 혜리의 눈빛을 모른 체하며 능구렁이처럼 능청만 떨고 있었다.

두고 보자, 진강우. 내가 꼭 복수한다.

"여기 조사 용역 계약서."

강우가 태블릿을 내밀었다. 사흘간 검찰의 전속 수사관으로 복무한다는 내용의 표준 용역 계약서였다. 혜리는 상대의 갑질에 치를 떨었지만 결국 계약에 동의했다. 먹고는 살아야 하니까.

혜리는 태블릿 화면에 손바닥을 올렸다. 계약자의 생체 정보가 담긴 동의 기록이 열두 개의 블록체인 네트워크를 통해 흩뿌려지고, 최종적으로 수렴된 결과가 법무부 서버로 전달되었다. 법무부는 동일한 방식으로 보안인증을 거쳐 민간조사사인 혜리에게 임시 수사관 권한을 부여했다. 이제 혜리는 법적으로 검찰 수사관과 동일한 지위를 보장받았다. 공식 수사 기록에도 접근이 가능했다.

"그럼 브리핑 시작할까요?"

혜리는 주머니에서 태블릿을 꺼내 펼치며 물었다. 강우가 고개를 끄덕였다.

"일단 이 카이 크레디트라는 놈이 어떤 인간인지부터 좀 알아야겠어."

3

"이름? 카이 크레디트. 성별? 계속 바뀜. 현재 나이 스물세 살. 188센티미터에 72킬로그램. 혈액형은 B형. 좌우명은 'It's better to burn out than to fade away.' 커트 코베인이 했던 유명한 말이고요."

"커트 코베인이 누군데?"

"모르면 됐고. 취미는 슬픈 음악 듣기. 특기는 뭐든 잘함. 여기까지가 쓸데없이 자세한 공식 프로필이에요. 추가로 비공식 자료에는….."

"혜리 씨, 시간 없어. 결론만."

혜리는 손가락을 튕겨 태블릿의 페이지를 넘겼다.

"카이 크레디트는 한마디로 넷 소사이어티 사상 최고의 슈퍼스타예요."

"아무리 봐도 모르겠어. 이놈이 대체 뭘로 유명한 건데?"

"유명한 걸로요."

"뭐?"

"유명한 걸로 유명하다고요."

강우의 얼굴에 짜증이 솟았다.

"그게 뭐야, 대체."

와, 진짜 아무것도 모르네. 혜리는 배시시 떠오르는 비웃음을 손으로 가렸다.

"이거 첨부터 쭉 들어 보면 진짜 재밌는 이야긴데. 혹시 〈페어런트 101〉이란 프로그램은 들어 보셨어요?"

"나도 그 정도 숙제는 했어. 우승자가 카이 크레디트의 부모가 되는 서바이벌 프로그램이잖아. 참가자는 모두 카이에게 유전자를 제공한 사람들이고."

"한 명은 카이를 낳은 대리모죠."

"그래. 그래서 100명이 아니라 101명인 거고. 시청률 높이려고 별 거지 같은 짓을 다 하는구나 싶었지."

"끊임없이 이슈를 만들어 내지 못하면 지옥까지 추락하는 게 그 바닥이니까요."

"정확히 뭐야? 카이라는 놈은."

"카이는 코르도바 콤플렉스 주식회사가 만들어 낸 합성인간이에요."

"아하. 그래서 카이인 거야?"

키메라(Chimera)를 줄여서 카이(Chi). 기분 나쁜 이름이야. 혜리는 속으로 생각하며 페이지를 넘겼다.

"코르도바의 공식 홍보 자료에 따르면, 카이는 전 세계에서 가장 성공한 삶을 살고 있는 사람들 100명의 유전자를 샘플로 뽑아 장점만을 조합했다고 해요. 지능, 운동신경, 미모, 몸매, 유머, 사업 수완, 담력, 친화력… 그 모든 재능을 한 사람 안에 때려 넣은 거죠."

"유전자라는 게 그런 식으로 작동할 리가…."

"없죠. 유전인자 하나하나가 여러 가지 재능에 복합적으로 영향을 미치니까. 보통 한 가지 재능을 강화하면 다른 재능은 떨어져요. 검사님이나 저 같은 내추럴들이 그럭저럭 먹고 사는 이유도 그래서고요. 카이는 모든 재능을 '적당히' 가진 아이예요. 극단적인 한 가지 재능을 계발하는 대신 완벽한 밸런스를 갖춘 인간을 만들어 내려 한 거죠, 코르도바는."

"그런 어정쩡한 인간을 어디다 쓰려고."

혜리는 어깨를 으쓱였다.

"글쎄요. 소위 통섭적 사고의 혜안 같은 걸 기대한 거 아닐까요? 코르도바 거기 원래 좀 이상한 구석이 있잖아요. 저번엔 무슨 웜홀인지 뭔지 실험하다 도시 전체가 정전됐던 거 기억 안 나세요?"

"출생은 이해했어. 혜리 씨, 이제 좀 빨리 넘어가자. 페어런트 어쩌고는 나도 영상 찾아봤으니까 설명 안 해도 돼. 부모들 데려다 놓고 춤추고, 퀴즈 풀고, 뱀이랑 전갈 풀어놓은 데서 오래 버티기 하고 뭐 그런 거잖아."

"오늘 방송에선 무인도에서 생존하기 한다던데요. 완전 재믾겠죠?"

"아니. 하나도 재미없을걸."

강우의 표정이 굳었다.

천하의 진강우 표정이 왜 저래? 대체 어떤 사건이길래? 당황한 혜리는 빠르게 페이지를 넘겼다.

"검사님이라면 어떨 것 같으세요? 무슨 일을 해도 척척 해낼 만큼의 재능은 있는데, 그렇다고 딱히 대단한 수준은 아니고, 특별히 잘하는 것도 특별히 못하는 것도 없다면. 검사님이 그런 사람이라면 무슨 직업을 택할 거 같으세요?"

"글쎄. 정치인? 아니면 사업가?"

"카이는 그 재능으로 유명해지기로 마음먹었어요."

"그래서 무슨 직업을 택했는데?"

"유명인요."

"그건 직업이 아닌데."

"직업 맞아요. 예전부터 이런 사람들은 항상 있어 왔잖아요. 패리스 힐턴, 린지 로언, 킴 카다시안, 마일리 사이어스, 도널드 트럼프 주니어, EZ_WE$T…."

"오케이, 인정."

"카이에겐 유명세를 얻기 위한 기초 자본금이 충분했어요. 코르도바가 광고를 많이 해 줬거든요. 메이저 뉴스 채널의 패널로 가끔 불려 나갈 정도는 됐죠."

혜리는 태블릿에 영상을 띄워 강우에게 내밀었다.

"이게 그 영상이에요."

영상은 차마 눈 뜨고 보기 힘들 정도였다. 열세 살 카이는 자신을 역사상 가장 완벽한 인간이라 소개하며 오만한 표정을 지어 보였지만, 실제로는 혀 짧은 말투로 우스꽝스럽게 단어를 더듬어 대고 있었다. 심지어 무대에서 퇴장할 때는 자신의 발에 발이 걸려 넘어지기까지 했다. 진강우는 빵 웃음을 터뜨렸다.

"뭐야, 이 얼빵한 놈이 카이라고?"

웃음기를 감추지 못하는 강우에게, 혜리가 한심하다는 듯 차갑게 말했다.

"이거 다 계산된 거예요."

"뭐?"

"카이는 자신이 카메라 앞에서 이렇게 행동하면 사람들이 웃을 줄 알았던 거예요. 딱 지금 검사님처럼요."

무안해진 강우는 재빨리 웃음을 지웠다.

"일부러 웃음거리가 됐다고?"

"이것만큼 빠르게 유명해지는 방법이 없잖아요. 밈(meme)이 되는 거."

"밈?"

와, 진짜? 밈도 설명해야 해? 혜리는 조금 짜증이 났다.

"검사님, 메신저로 웃긴 영상 같은 거 공유받아 보신 적은 있죠?"

"많지."

"그런 게 다 밈이에요. 유행처럼 퍼져 나가는 이미지나 영상 같은 것들요. 웃기니까 또 퍼다 나르고, 또 그걸 본 사람이 다른 곳에 퍼다 나르고. 온라인상에서 이것보다 빨리 퍼지는 콘텐츠가 없죠."

"관심을 끌기 위해 일부러 그랬다는 거야?"

"저 방송 하나로 카이는 그해의 가장 유명한 밈이 됐어요. 수천만 명이 카이의 이름과 얼굴을 알게 된 거죠."

"그래 봐야 반짝 스타잖아."

"그 반짝임을 놓치지 않고 불씨를 키워 나가는 것도 재능이죠. 카이는 자신에 대한 관심이 식기 전에 넷 소사이어티 채널을 개설하고 수십 명의 셀럽과 콜라보 방송을 했어요. 전혀 어눌하지도, 우스꽝스럽지도 않은 모습으로요. 처음의 모습이 연기였다는 게 분명해진 거죠.

방송에 나올 때마다 카이는 이슈가 됐어요. 카이가 카메라 앞에서 짓는 포즈, 표정, 말실수 하나까지 무수한 밈으로 제작되어 퍼져 나갔거든요. 사람들에게 많이 노출될수록 카이는 더 유명해졌고요."

"…그다음엔 어떻게 됐는데?"

"여기서부턴 뻔하죠. 카이도 일반적인 셀럽들이 걷는 길을 비슷하게 걸어요. 팝 스타 제니퍼 킨들의 절친 행세를 하면서 이름을 알리고, 온갖 명품을 싹쓸이하고, 섹스 테이프가 유출되고, 누드 화보랑 음반을 내고, 영화도 찍고, 성전환 수술을 세 번 하고, 스니커 브랜드를 냈다 쫄딱 망하고, 사이사이 결혼과 이혼을 반복하고. 결혼 상대 중에는 카이의 부모도 있는 거 아세요? 〈페어런트 101〉의 생존자 4인 중에 한 명인데.”

“알아.”

이건 또 어떻게 알지? 그 사람도 사건과 관련이 있나?

“가장 충격적인 사건은 미국 대통령과 단둘이 식사를 했던 일이었어요. 로널드 대통령과 독대하는 라이브 방송에서 카이는 베이징과의 전쟁을 지시한 대통령의 결정을 거칠게 비난했어요. 진짜 쌍욕까지 섞어 가면서. 한 번도 정치적인 메시지를 입에 담은 적 없던 사람이요. 그것도 아마 철저하게 계산된 행동이었겠죠.”

헤리는 이번에도 영상을 보여 주었다. 카이는 화가 머리끝까지 치솟아 대통령에게 물잔을 끼얹었고, 그 자리에서 경호원들에게 끌려 나갔다.

“이 사건으로 카이는 6개월간 감옥에 갇혀 있어야 했지만, 그 대신 팔로워는 10억을 돌파했어요. 적어도 넷 소사이어티 주류 그룹에선 카이를 모르는 사람이 없게 됐죠.”

“좋아. 카이 크레디트에 대해선 어느 정도 이해가 됐어.”

대답과는 달리 강우의 표정이 한층 어두워졌다.

“…정말 이해한 거 맞으세요?”

“카이 크레디트란 놈이 사이버 대통령에 넷 소사이어티 졸

부라는 거잖아."

그렇게라도 이해해 주니 다행이네. 혜리는 한숨을 쉬었다.

"아직 딱 하나 이해가 안 되는 게 있어."

"뭔데요?"

혜리가 되물었다. 강우는 꾹 참고 있었던 진짜 질문을 꺼냈다.

"도대체 카이라는 놈이 왜 101명이나 있는 거야?"

그래, 이쯤 되면 그 질문이 나올 때가 됐지. 혜리는 이미 예상하고 있었다는 듯 태블릿의 페이지를 넘겼다. 바로 다음 페이지에 관련된 자료가 준비되어 있었다.

"그걸 지금부터 설명하려고요."

혜리는 크게 심호흡하며 양손 검지를 들어 보였다.

"지금까지 한 얘기를 간단하게 한번 정리해볼까요? 코르도바는 사람들의 유전자를 조합해 카이 크레디트를 만들었어요. 카이는 타고난 재능으로 넷 소사이어티에서 가장 유명한 사람이 되었고요.

그럼 카이는 어떻게 돈을 버느냐? 당연히 넷 소사이어티 채널에서 법니다. 카이에겐 삶이 곧 상품이고, 시간이 곧 돈인 거죠. 카이가 살아 숨 쉬는 1분 1초가 모두 라이브 캠에 담기고, 콘텐츠가 되고, 광고가 붙고, 천문학적 수입이 되어 돌아와요. 아마 검사님이나 저는 상상도 못 할 단위의 금액이겠죠.

그런데 카이에게도 딱 하나 문제가 있어요."

혜리는 양손 손가락으로 각각 2와 4를 만들었다.

"하루가 24시간뿐이라는 거."

"그래서 자신을 복제했다. 콘텐츠 생산량을 늘리기 위해서."

강우가 혼잣말을 하듯 끼어들었다. 혜리가 고개를 끄덕였다.

"맞아요. 그 결과 탄생한 게 바로 'Plenty χ Cred/t', 일명 '카이 헌드레드'예요. 트라이플래닛에서 딱 100대 한정으로 생산했다는데, 생체 3D 프린터로 카이 크레디트의 주름 하나까지 똑같이 재현했대요. 이게 얼마나 똑같냐면 심지어 DNA 랑 뇌파 패턴까지 동일하다니까요. 뉴럴링크 업로더(Neural Link Uploader)를 써서 기억과 성격까지 그대로 복사했고요. 그냥 원본이랑 100퍼센트 똑같다고 보시면 돼요. 장인 정신을 갈아 넣은 예술 작품이라고 해야 하나. 마니아들이 주문하는 오더메이드 인형이 딱 이런 거겠구나 싶더라고요."

"그래 봐야 가짜잖아. 넷 소사이어티에서 언제든지 진짜에 접속할 수 있는데 뭐 하러 가짜한테 관심을 가져?"

"들어 보세요. 이제 진짜 죽여주는 부분이니까."

혜리가 회심의 미소를 지어 보였다.

"카이는 뉴럴링크 업로더로 의식을 복사하기 직전에 수면제를 먹었어요. 그런 다음 자신을 포함한 101명의 카이를 룰렛에 넣고 무작위로 뒤섞었고요. 누가 진짜 오리지널 카이인지 아무도 알 수 없게. 심지어 101명의 카이 자신들조차도요. 다시 눈을 뜬 101명의 카이들은 모두 오리지널과 동일한 기억을 가졌고, 모두 자신이 진짜라고 믿는대요. 누가 진짜인지 알수 없으니 모두가 진짜가 되어 버린 거죠."

"혜리 씨는 그 말을 믿어?"

"사실일 수도 있고 아닐 수도 있죠. 마케팅이라는 게 어차피 다 그렇고 그런 거니까. 그래도 한 가지는 분명해요."

혜리는 준비해 온 자료의 마지막 문장을 소리 내어 읽었다.

"카이 크레디트는, 자신을 살아 있는 밈으로 복제하는 데성공한 거예요."

혜리가 설명을 마쳤지만 강우는 한참 동안 말이 없었다. 턱을 쓰다듬는 모양을 보아하니 사건에 대해 혼자 머릿속으로정리하고 있는 모양이었다. 기다리다 지친 혜리는 관심을 돌릴겸 그에게 말을 걸었다.

"검사님, 암튼 카이 크레디트 관련 사건이라니 너무 좋네요! 그럼 혹시 카이랑 이야기도 나눠 보셨나요?"

"아니."

강우가 딱 잘라 말했다.

"내가 만난 카이 크레디트는 전부 시체였어."

4

혜리는 VR 헤드셋을 던지다시피 내려놓았다. 몸은 현실로 돌아왔지만, 머릿속엔 아직도 피 냄새 가득한 풍경이 얼룩처럼 남아 있었다. 토할 것 같았다.

강우가 사건 파일이 담긴 태블릿을 내밀었다. 태블릿을 집어 든 혜리는 순식간에 내용을 읽어 내려갔다. 상세한 묘사 때문에 다시 구역질이 치밀어 올랐다. 30초도 채 지나기 전에 혜리는 화면을 덮고 자리에서 일어났다.

"안녕히 계세요, 검사님."

"혜리 씨, 왜 이래. 일단 앉아서 좀 들어 봐. 우리 계약서에 보면…."

'계약'이라는 단어를 듣자마자 혜리는 다시 의자에 엉덩이를 붙였다.

"CK그룹 메가빌딩에서 살인? 에헤이, 그냥 자치경에 맡기세요. 거기 형사들 일 잘하잖아요."

"자치경 놈들을 믿으라고? 이번처럼 돈 냄새 찐하게 나는 사건은 절대 안 돼. 돈 받아먹고 수사 망치는 놈이 무조건 나올 거야."

나는 뭐 돈이 차고 넘쳐서 재미로 이 일 하는 거 같나? 왜 이런 거지 같은 일만 자꾸 나한테 넘기는 건데? 혜리는 반쯤 울상이 되었다.

"검사님. 이 사건 꼭 검사님이 맡으셔야 돼요?"

"응. 꼭 해야 돼."

"아니… 왜 꼭 이걸 하시려는 건데요?"

진강우는 의자에 몸을 쭉 기대며 팔베개를 했다.

"혜리 씨. 검사가 범인 잡겠다는데 뭐 문제 있어? 나도 월급 값 해야지."

"그럼 검사님이 직접 발로 뛰시든가요."

"검사가? 검사는 그런 거 안 해. 사무실에 딱 앉아 있어야지. 폼 나게. 서류에 파묻혀서. 그리고 혜리 씨도 알잖아, 나 잘 못 뛰는 거."

강우가 손가락으로 자신의 전자 의족을 가리켰다. 웃기시네. 요즘 의족 찬 사람들 100미터 7초에 뛴다던데. 대놓고 뻔뻔한 모습을 보고 있자니 반박할 마음도 사라졌다. 혜리는 마구 머리를 헤집었다.

"이야기 계속해도 되지?"

강우는 대답을 기다리지 않고 설명을 쏟아 냈다.

"카이 크레디트가 죽었어. 그것도 둘이나. 33번이랑 67번이라는데, 서로를 해치려다 함께 죽은 걸로 추정돼. 둘 중에 진짜 카이가 있는지 물어봐도 코르도바에선 답변을 피하는 상황이고. 검찰청 내에서도 이걸 살인으로 봐야 할지, 자살로 봐야 할지, 혹은 기물 파손으로 봐야 할지 의견이 분분해."

"이상한데요. 그 둘이 왜 CK 빌딩에 있었죠? 무인도에서 촬영하고 있어야 하는 거 아닌가요?"

"예고편에 나온 무인도는 가짜야. 전부 CK그룹 스튜디오에 차려진 세트였어. 사건 현장은 스튜디오 바로 위층이었고."

"그냥 코르도바에 영장 때리고 압수수색 하세요. 그럼 게임 끝 아녜요?"

"증거가 없잖아."

"살해하는 모습 영상에 다 찍혔잖아요. 카이 코털 개수도 셀 수 있겠던데."

"그 영상 말인데, 아무래도 조작된 거 같아."

"뭐라고요?"

그가 다시 VR 헤드셋을 내밀었다. 이번엔 두 사람이 함께 현장으로 다이브했다. 힘겨워하는 혜리를 배려한 것인지 흉기와 피가 싹 지워져 있었다.

"이쪽으로 와 봐."

혜리는 강우의 손짓을 따라 전신 거울 앞에 섰다.

"뭐가 보여?"

"아무것도요."

"거울인데 왜 혜리 씨 모습이 안 비치지?"

그의 말대로였다. 거울에는 혜리의 모습이 비치지 않았다.

"그야… VR이니까?"

"맞아. 이건 진짜 거울이 아니라 영상을 텍스처로 붙여 놓은 거야. 문제는 왜 그런 번거로운 짓을 했냐는 거지. 그냥 거울 오브젝트 하나 배치해 놓고 레이 트레이싱*하는 편이 더 간단했을 텐데."

진강우는 손가락으로 거울을 툭툭 치며 말했다.

"이 영상 안에서 뭔가가 지워졌어. 광량에 영향을 줄 정도로 커다란 게."

강우는 바닥에 쓰러진 시신 쪽으로 걸어가 쭈그려 앉았다. 시신의 눈동자가 출입문을 향하고 있었다. 누군가 문을 열고 나간 건가? 혹은 들어온 건가? 혜리는 가능한 모든 시나리오를 머릿속 목록에 올리며 강우의 곁으로 다가갔다. 강우는 망설임 없이 손을 뻗어 시신의 눈동자를 뽑았다. 정확히는 눈동자를 똑같이 복제한 홀로그램을. 그리고 혜리를 향해 내밀었다. 망막에 실루엣이 선명하게 맺혀 있었다. 카이였다.

"카이 크레디트가 한 명 더 있었어."

강우가 홀로그램을 확대했다. 목덜미에 '42'라는 숫자가 선명하게 새겨져 있었다. 그는 숫자를 손가락으로 가리키며 말했다.

"일단 이놈부터 잡아 와."

"언제까지요?"

"〈페어런트 101〉 최종회 방송 전까지. 엠바고 풀리기 전에 무조건 해결 봐야 해."

최종회? 혜리는 속으로 날짜를 헤아리다 욕설을 뱉었다.

---

*   ray tracing. 빛의 궤적을 실시간으로 추적, 시뮬레이션하는 그래픽 기법.

내일 밤이잖아, 이 자식아.

5

자정을 한참 넘겨서야 혜리는 진강우가 요구한 자료들을 납품할 수 있었다. 주로 카이 주변 관계자들의 비밀을 캐낸 딥웹의 불법 파일들이었다. 이틀 밤을 꼬박 새운 탓에 하품이 멈추지 않았다. 혜리는 서랍에서 불면 알약을 두 알 꺼내 식은 커피와 함께 삼켰다. 그러곤 무거운 몸을 일으켜 모자와 코트를 걸쳤다.

흐릿한 정신을 채찍질하며 의뢰 내용을 다시 한번 되새겼다. 42번을 찾을 것. 간단한 의뢰였다. 대개 수사가 난항을 겪는 이유는 뭘 찾아야 할지 모르기 때문이지, 일단 찾아야 할 게 뭔지만 알면 찾아내는 일은 그리 어렵지 않았으므로.

혜리는 42번 카이의 넷 소사이어티 채널에 접속했다. 예상대로 채널은 닫혀 있었다. 그렇다면 남은 단서는 하나였다.

'사건 당일 매니저의 행방이 묘연해. 42번과 함께 있었을 가능성이 높아.'

진강우가 건넨 마지막 말을 떠올리며, 혜리는 스마트팜을 켜고 검찰청 수사 보조 시스템에 명령어를 입력했다.

검색 : 최미영, 코르도바, 카이 크레디트 매니저

최미영 매니저에 대해 수집한 정보들이 속속 손바닥 위에 떠올랐다. 넷 소사이어티에 기록된 사진과 영상, 수상 이력, 연구 논문들까지. 인공지능이 한 페이지로 요약한 최미영의 20대는 화려했다. 코르도바의 굵직한 생명공학 프로젝트가 모두 최미영의 손을 거쳤다고 말해도 과언이 아니었다.

그런 끝에 최미영은 카이를 만들어 냈다. 혜리가 보기엔 최미영이야말로 카이 크레디트의 진짜 부모였다. 유전자 디자이너로서 카이를 직접 설계했고, 23년간 그를 관리해 온 담당자였으니까.

카이가 태어난 후로 최미영은 다른 모든 프로젝트를 포기했다. 오직 카이와 관련된 연구만 맡았고, 전공과 관계없는 매니지먼트 사업도 직접 총괄했다. 〈페어런트 101〉도 최미영의 작품이었다. 최미영은 집착적으로 카이에게 헌신해 왔다. 몇 년 전엔 큰 사고로 뇌수술을 받고도 한 달 만에 복귀해 꿋꿋이 카이의 곁을 지켰을 정도였다. 한창 Plenty 모델이 도입되던 바쁜 시기였다고는 하지만, 그 정도로 자신을 희생할 이유는 없었을 텐데. 카이를 진짜 자식처럼 생각했던 모양이지?

그럼 사생활은 어떨까?

혜리는 최미영의 크레딧 사용 기록을 열었다. 크레딧은 모든 것을 말해 주었다. 어젯밤 어디서 식사했는지, 쇼핑은 주로 어디서 하는지, 구독 중인 서비스는 몇 개인지, 스마트팜 앱은 어떤 걸 구매했는지.

트윈더?

크레딧 사용 기록 중에 특별히 눈에 띄는 이력이 하나 있었다. 최미영은 '트윈더'라는 데이팅 앱에 푹 빠져 있었다. 하루에도 여러 번 매칭 우선권을 결제할 만큼. 어제저녁에도 이용 내역이 있었다. 사건 수습하느라 많이 바빴을 텐데? 하긴, 이런 건 한번 빠지면 죽어도 못 끊는 법이지.

"어디 보자……."

사소한 구매 이력까지 클라우드에 낱낱이 기록되는 샌드박스에서 퍼스널리티를 완벽히 감출 수 있는 방법은 존재하지 않는다. 아무리 꼭꼭 감추려 해도 데이터에 사적인 취향이 묻어 나오게 마련이었다. 혜리는 자신이 긁어모은 정보들을 조합해 최미영의 취향을 도출해 냈다. 그리고 트윈더에 가입해 캐릭터 카드를 작성했다. 여성. 트랜스 허용. 비트로.* 155센티미터. 서른셋. 금발. 돔**…. 체크를 마치자 가상 프로필이 완성되었다. 이제 호출을 기다리기만 하면 되었다.

---

*   Vitro. 자연 훼손을 일으키는 모든 종류의 식품을 거부하고, 오직 세포공학 기술로 배양된 인공 식재료(in vitro food)만 먹는 배양식주의자.

**   dominant의 줄임말. 지배하는 취향의 성적 지향.

[트윈더] ♥가 도착했습니다. 수락하시겠어요?

10분도 채 지나기 전에 스마트팜에 새로운 메시지가 도착했다. 앱을 열자마자 'Auto-5'라는 유저의 프로필이 떴다. 사진을 보니 최미영이 맞았다. 상태 메시지가 '불태워요'라니, 대체 얼마나 뜨거운 밤을 보내시려고?

수락 버튼을 누르자 데이트 상대의 위치가 지도에 표시되었다. 코르도바 메가빌딩의 저층 구역이었다. 혜리는 곧장 전달받은 주소로 향했다.

— — —

똑. 똑.

문을 두드리자 최미영이 고개를 내밀었다. 잔머리 한 올 빠져나오지 않은 헤어스타일에 표정이라고는 찾아볼 수 없는 완벽한 포커페이스. 만만치 않은 상대라는 걸 한눈에 알 수 있었다.

"혹시 트윈더…."

"안녕하세요. 미래저널 주혜리 기자입니다. 잠시 취재 괜찮을까요?"

쾅. 문이 닫혔다. 그리고,

잠시 기다리자 예상대로 다시 문이 열렸다.

"여긴 어떻게 알아낸 거죠?"

"트윈더로요."

"그러니까 어떻게…."

"매니저님 '가이 플루이드' 단골이시더라고요. 거기 매스큘린* 클럽이잖아요. 게다가 넷 소사이어티에 업로드된 사진을 보면 애인들이 하나같이 작은 키에 30대 금발 여성이고. 그리고 이건 그냥 제 촉인데, 섭** 맞죠?"

한숨.

"10분. 제 사생활은 발설하지 않는다는 조건으로 취재에 응할게요."

혜리는 대답 대신 문틈을 비집고 안으로 들어섰다. 리모델링한 지 10년은 훌쩍 넘은 듯한 낡은 오피스텔이었다. 그녀는 손부채질로 눅진한 곰팡내를 흩어 내며 주변을 살폈다.

"혹시 카이는…."

"여기 없어요."

여기 있는지 안 물어봤는데. 혜리는 속으로만 생각하며 일단 테이블에 앉았다. 굳이 상대를 자극할 필요는 없었다. 정보를 캐내는 게 우선이었다. 그녀는 기자 행세를 이어 가며 주머니에서 태블릿을 꺼내 펼쳤다.

---

*   masculine. 생물학적으로 여성의 몸을 타고났으나 자신의 남성성을 강하게 인식하는 성정체성.

**   submissive의 줄임말. 지배당하는 취향의 성적 지향.

"CK 빌딩에서 일어난 사건에 대해 알고 있습니다."

"네, 뭐, 이젠 비밀도 아니니까. 페어런트 촬영 중에 카이가 둘 죽었어요. 불행한 사고였죠. 회사 차원에서 보도 자료를 준비 중인 걸로 알아요. 〈페어런트 101〉도 중단 없이 방영될 거고요. 내일 최종 우승자 발표 직후에 뉴스가 나갈 거예요."

"불행한 사고라고요?"

미영은 자리에 앉는 대신 창가에 기대며 전자 담배를 입에 물었다. 훅. 빨아들인 숨을 크게 뱉었지만 연기는 나오지 않았다. 연기가 나오지 않는 타입인 모양이었다.

"33번이랑 67번은 항상 사이가 안 좋았어요. 둘이 캐릭터가 겹쳤거든요."

"캐릭터요? 다 똑같은 카이 크레디트 아닌가요? 분명 101명이 완전 동일하다고 들었는데요."

"지네틱(genetic)하게는 그렇지만, 밈틱(memetic)하게는 그렇지 않거든요. 카이의 팬들은 이런 소릴 해요. 17번은 도도하다고, 애교는 63번이 최고라고. 웃기죠? 다 똑같은 카이인데. 다들 자기 편한 대로 카이를 왜곡해서 받아들여요. 번호마다 특별한 스토리라인이 있고, 따로 별명도 붙어요. 심지어 카이끼리 커플링하는 팬픽도 일주일에 수백 편씩 출판된다니까요. 회사 내부에 번호별로 콘셉트를 관리하는 시나리오팀을 둬야 할 정도예요."

"매니저님은 사건의 원인이 질투라고 생각하시는 건가요?"

"그게 코르도바의 공식 입장이에요."

"매니저님 생각은요?"

훅. 최미영은 대답 대신 전자 담배를 빨았다.

"그게 중요한가요?"

"조금 궁금하네요."

"카이는…" 최미영은 잠시 뜸을 들였다. "그냥 외로움이 많은 아이일 뿐이에요."

"외로움이요?"

"더 많은 사람들에게 사랑받고 싶어 하는 것뿐이라고요."

모호한 답변이었다. 어차피 더 자세한 답을 듣긴 어렵겠지. 혜리는 남은 시간을 계산하며 새로운 질문을 건넸다.

"33번과 67번의 사이가 많이 안 좋았나요?"

"그 둘은 굳이 분류하자면 '막내' 포지션으로 묶이는 캐릭터였어요. 상대적으로 어리광 부리는 모습이 카메라에 많이 포착됐거든요. 팬들도 누가 더 막내인지 캡처한 영상을 들이밀며 경쟁적으로 둘을 비교했고요."

"누가 더 철없는지를 두고 싸운다고요?"

"네. 팬심이란 게 그래요."

근데 둘이 나이가 똑같은 거 아닌가? 혜리는 속으로 빈정대면서도 고개를 끄덕였다.

"33번과 67번은 서로를 일종의 라이벌로 여겼어요. 팬들도 둘 사이를 수시로 옮겨 다녔고요. 한쪽에서 더 막내스러운 영상이 뜨면 그 주엔 그쪽 팔로워가 확 늘어났다가, 다음 주엔 반대쪽이 확 늘어나는 식이었죠. 게다가 〈페어런트 101〉에서도… 그 둘이 마지막 생존자였다는 건 아시죠?"

혜리는 고개를 끄덕였다. 〈페어런트 101〉은 카이와 부모가 각자 한 명씩 짝을 맺고 팀으로 경쟁하는 시스템이었다.

"네. 33번은 도현성, 67번은 에밀리와 짝이죠."

"어쩌면 파국은 처음부터 예정되어 있었는지도 몰라요. 101명의 카이 중 대부분이 에밀리와 짝이 되기를 희망했거든요. 하지만 아시다시피 결국 67번이 에밀리를 차지했고…."

"33번은 그걸 질투했군요."

"그래요."

최미영이 대답과 동시에 담배를 입에 가져갔다. 퉁, 소리가 나며 텅 빈 카트리지가 튀어나왔다. 그녀는 스마트팜을 켜 시간을 확인했다.

"이제 2분 남았네요."

"사건 당일엔 어디 계셨죠?"

"CK 빌딩에서 촬영에 참가했어요."

"촬영이 끝난 다음에는요?"

"휴가를 냈어요. 사적인 이유로요. 지금도 휴가 중이고."

"그럼 사건 현장을 직접 목격하진 못하셨겠네요."

"네. 아쉽게도요. 그런데 이거 진짜 취재 맞아요?"

혜리는 상대가 의심할 틈을 주지 않고 질문을 던졌다.

"33번과 67번, 둘 중에 진짜 카이 크레디트가 있을 확률은 없을까요?"

"모든 카이 크레디트가 진짜라는 게 코르도바의 공식 입장입니다."

"정말로 몇 번이 진짜인지 모르나요? 코르도바도?"

"네. 그건 확실히 말씀드릴 수 있어요. 100명의 카이를 만들어 낸 건 저니까."

"만약 그렇다면…."

"10분 됐네요."

미영이 혜리의 말을 잘랐다.

"아, 딱 하나만 더요."

혜리는 능청스럽게 윙크하며 검지를 들어 보였다. 아주 잠깐, 최미영의 눈썹이 일그러졌다. 하지만 이내 원래의 무표정을 회복했다.

"뭐죠?"

"현장에 또 다른 카이가 있었다는 루머에 대해선 어떻게 생각하세요?"

"또 다른 카이?"

"42번이요."

"처음 들어요."

이번엔 표정이 무너지지 않았다. 회심의 일격이었는데. 자존심이 상한 혜리는 한번 도박을 걸어 보기로 했다. 범인. 진짜. 범인. 진짜. 둘 중에 뭘로 할까?

"42번이 진짜라는 증거가 있어요."

"뭐?"

빙고. 포커페이스가 무너졌다. 최미영의 눈동자 위로 수많은 감정이 출렁거렸다. 하지만 기대했던 표정은 아니었다.

그녀는,

험하게 일그러지는 입가를 억지로 앙다물며,

이렇게 말했다.

"모든 카이 크레디트가 진짜라는 게 코르도바의 공식 입장입니다."

6

이른 새벽, 진강우는 참고인 조사를 준비하고 있었다. 〈페어런트 101〉 최후의 생존자인 도현성과 에밀리가 곧 도착할 예정이었다.

왜 이 두 사람이지?

강우는 혜리가 보내 준 자료를 읽으며 생각했다. 코르도바가 생각 없이 생존자를 결정했을 리가 없었다. 설령 게임 자체는 공정했다 치더라도 다른 방식으로 수작을 부렸을 가능성이 높았다. 참가자를 포섭한다거나, 종목을 특정인에게 유리하게 배치한다거나.

〈페어런트 101〉의 우승자는 카이 크레디트의 법적인 부모가 된다. 다시 말해, 카이가 사망할 경우 그의 전 재산을 상속받을 수 있다. 조금 끔찍한 상상이지만 어쩌면 부모들이야말로 가장 강력한 동기를 가진 용의자인 셈이었다. 코르도바와 공모한 자라면 더더욱.

그런데 왜 하필 101명이지?

101명의 카이와 101명의 부모. 강우는 묘한 위화감을 느꼈다. 단순한 우연인 건지, 혹은 고도로 계산된 장치인 건지. 〈페어런트 101〉의 제작진은 카이 크레디트와 부모를 한 명씩 짝지은 다음, 매주 절반씩 탈락시켰다. 카이들에게 불필요한 스트레스를 누적시켜 온 셈이었다. 마치 서로를 경쟁자로 인식하고 미워하기를 바라기라도 하는 것처럼.

"검사님. 도현성이 도착했습니다."

행정관이 말했다. 강우는 몸을 일으켜 조사실로 향했다.

— - —

"그래서, 지금은 가석방 상태라고요?"

"그렇습니다."

도현성. 나이는 마흔다섯. 반반한 얼굴로 연상의 여성들을 등쳐 먹으며 20대를 보냈고, 30대 초반에 스무 살 연상의 아내와 결혼. 이후 아내를 살해한 죄로 17년 형을 선고받았으나 현재는 가석방 상태. 이런 쓰레기 같은 놈한테도 가석방이 나오는 건가? 강우는 혜리가 요약한 사건 파일을 다시 한번 눈으로 훑었다.

그나저나 정말 닮았어. 가면을 씌웠을 만해.

코르도바의 공식 소개 자료에 따르면 도현성이 카이에게 물려준 것은 외모 관련 유전자였다. 102번째 카이라는 별명이 붙을 정도로 똑 닮은 탓에, 그는 한동안 가면을 쓰고 출연해야 했다. 형평성을 위한 조치였다. 8강에서 얼굴을 드러낸 후로 도현성은 시청자 인기투표에서 한 번도 1위를 놓친 적이 없었다.

그런데 정말 외모뿐일까?

혜리의 조사에 따르면 도현성은 쓰레기 같은 놈이었다. 아내를 살해한 이유도 별것 아닌 말싸움을 벌이다 충동을 이기지 못했기 때문이었다. 어쩌면 이런 심리적 불안정성을 카이가 그대로 물려받았을 가능성도 있었다. 코르도바는 부정하겠지만.

"사건이 일어난 당일 일정에 대해 설명해 주실 수 있나요?"

강우가 물었다.

"그날은 무인도 촬영 마지막 날이었습니다. 네 사람 중 저와 에밀리가 최종적으로 승리했고, 나머지 둘은 집으로 돌아갔죠. 탈락한 카이들도요."

"탈락한 카이는 몇 번이었는지 혹시 기억하십니까."

"물론이죠. 99번과 5번이에요."

42번은 아니군.

"당신은 몇 번과 짝이었죠?"

"33번요."

"특별히 이상한 점은 없었나요?"

"이상한 점이라……."

그는 턱을 쓰다듬으며 눈동자를 굴렸다.

"그날 추가 촬영이 있긴 했습니다."

"추가 촬영?"

"감성 신 촬영이 있었습니다. 부모와 카이가 함께 석양을
바라보며 결승을 앞둔 소회를 이야기하고, 서로에게 비밀을
털어놓기도 하고, 일대일로 교감을 나누는 콘셉트였어요."

"거기서 무슨 이야길 하셨죠?"

"별로 대단한 이야기는 아닙니다. 그냥 어떻게 살아왔는지,
어릴 적에 인기가 많았는지, 우승 상금을 받으면 뭘 하고 싶은
지. 뭐 그런 시답잖은 이야기들 있잖습니까. 정해진 각본대로
연기를 주고받을 뿐이었습니다."

"사건이 일어날 당시엔 어디에 계셨죠?"

"제 방에 있었습니다. 얼핏 비명 소리 같은 걸 듣긴 했는데,
별일 아닐 거라 생각했어요. 사건이 일어난 줄도 몰랐습니다.
알았다면 범인 새끼를 내 손으로 죽여 버렸을 텐데."

그의 주먹이 부르르 떨리고 있었다.

— - —

"네, 추가 촬영이 있었어요."

또 다른 부모, 에밀리의 진술은 조금 분위기가 달랐다.

"각본요? 있긴 했지만 그대로 따르진 않았어요. 카이가 아
무 말도 안 했거든요."

에밀리가 길게 늘어뜨린 금발을 손가락으로 꼬아 대며 말
했다.

"아무 대화도 없었다고요?"

"네. 아무것도요. 카이는 그냥 안아 달라고 했어요. 그래서
가만히 안아 줬어요. 외로움이 많은 아이거든요."

에밀리. 43세. 카이 크레디트를 낳은 대리모. 카이와 짧은
결혼 생활을 함께한 배우자이기도 했다. 모두가 그들의 부도덕
한 관계를 반대했지만, 카이는 이렇게 주장했다.

"어째서 에밀리가 제 엄마라는 거죠? 저는 이 사람에게 단
한 조각의 유전자도 이어받지 못했어요. 저는 그저, 이 사람의
사랑스러운 배 속에 잠시 들어갔다 나온 존재일 뿐이에요."

무수한 반대에도 불구하고 카이는 결국 에밀리와 결혼했
다. 그리고 넉 달 만에 이혼했다. 둘 사이의 인연은 그걸로 끝
이었다. 공식적인 사유는 성격 차이였지만, 혜리가 캐낸 자료

에 따르면 혼인 기간 동안 카이의 몸 곳곳에서 상처가 발견되었다고 했다. 많은 팬들이 가정폭력을 의심하고 있었다.

그런데 이제 와서 부모 행세를 하겠다고?

법적으로 에밀리는 카이의 부모가 될 수 없었다. 대리모에겐 그럴 권리가 박탈되니까. 하지만 에밀리는 특별한 조건을 걸고 이 프로그램에 참가했다. 만약 에밀리가 우승할 경우, 그녀는 대외적으로는 카이의 부모가 되지만 법적으론 배우자로서 재결합할 예정이었다. 엄마이자 아내라니. 카이의 주위를 감싸고 있는 기묘한 세계를 알아 갈수록 강우는 머리가 깨질 듯이 혼란스러웠다.

"현장은 어떻게 목격하신 거죠?"

"아무래도 신경이 쓰여서 다시 카이의 숙소를 찾아갔어요. 안아 달라던 모습이 너무 불안해 보였거든요. 거기서 복도로 뛰쳐나오는 카이를 봤어요. 그리고….."

에밀리가 고개를 떨어뜨렸다. 그녀의 속눈썹에 수분이 맺혔다.

강우는 곁눈질로 거짓말탐지기를 살폈다. 진실. 이상 징후는 보이지 않았다. 적어도 살해 현장은 카이의 숙소가 맞군. 따로 시신을 옮겨 놓은 건 아니야.

"그럼, 119에 신고하신 것도 에밀리 씨인가요?"

"네, 맞아요."

"그때 카이의 상태는 어땠나요?"

"배에서 피를 흘리고 있었고… 솔직히 잘 모르겠네요. 제가 의사는 아니니까요. 그때 많이 놀라기도 했고."

"번호는 보셨습니까?"

"번호? 무슨 번호요?"

"카이의 번호요."

"아뇨. 경황이 없어서. 하지만 67번이었을 거라 생각해요. 그 아이는 특별하거든요."

거짓. 탐지기의 신호가 높이 튀어 올랐다.

"복도에서 67번을 보셨다……."

강우는 고민에 빠진 척하며 이어플러그에서 들려오는 목소리에 귀를 기울였다. 같은 시각, 혜리와 최미영이 주고받는 문답 소리가 전송되고 있었다.

—33번이랑 67번은 항상 사이가 안 좋았어요. 둘이 캐릭터가 겹쳤거든요.

최미영 매니저의 목소리가 들렸다. 강우는 최미영의 증언을 그대로 질문으로 바꿔 물었다.

"에밀리 씨가 보시기엔 33번과 67번이 특별히 사이가 안 좋았나요?"

"글쎄요. 다 똑같은 카이 아닌가요?"

"그게, 그렇지가 않았던 모양이더군요. 사건의 원인이 질투라는 진술도 있고요."

"싸우는 모습을 본 적은 없어요. 사실 67번 말고는 자주 만나지도 못했고요."

"에밀리 씨는 몇 번이 진짜 카이라고 생각하세요?"

"저는….."

"그만, 거기까지."

누군가 에밀리의 답변을 중단시켰다. 강우는 고개를 돌려 조사실 입구를 보았다. 백기영 검사가 그를 노려보고 있었다.

7

"백기영 검사님?"

강우가 물었다.

"어. 진 프로."

"무슨 일이십니까?"

바싹 마른 멸치 같은 놈. 백기영 검사는 특수부 소속으로, 강우보다 한 기수 위의 선배였다. 찾아온 이유야 들어 보지 않아도 뻔했다. 사건을 빼앗으러 온 거겠지. 강우는 그를 무시한 채 취조를 이어 가려 했다. 하지만 입을 열기도 전에 백 검사가 먼저 말을 꺼냈다.

"따라와."

강우는 조사실 문을 닫고 백기영의 뒤를 따랐다. 백 검사는 그를 첨수부 부장실로 데려갔다. 이미 부장까지 섭외가 끝난 모양이었다. 첨수부의 홈그라운드여야 할 부장실에서 민석영 부장은 말없이 담배만 태우고 있었다.

"이 건, 특수부에서 잘 처리할게."

자리에 앉자마자 백기영이 말했다. 진강우는 콧방귀를 뀌며 그를 노려보았다.

"이게 왜 특수부 사건입니까?"

"재벌. 기업범죄. 새끼야."

"제가 볼 땐 그냥 살인사건 같은데. 재벌은 양념이고."

"하. 이놈 말투 봐라? 그럼 이게 왜 첨수부 사건인데?"

"트라이플래닛그룹에서 만든 최첨단 복제인간 둘이서 서로를 죽였는데 이게 첨단 아니면 뭐가 첨단입니까? 저희가 뭐 북한 해커나 잡고 산업스파이 똥꼬나 뚫는 줄 아시나 본데, 그거 완전 옛날 이야깁니다."

"그만."

부장이 끼어들었다.

"이미 특수부에서 맡기로 결정 났으니까 둘 다 그만해. 백 프로는 가서 일 보고."

더 할 말이 많았지만 강우는 입을 다물었다. 타 부서 사람이 보는 앞에서 부장의 체면을 구길 수는 없었다. 백기영 검사는 기분 나쁜 미소를 지으며 꾸벅 인사하고 자리를 떠났다. 문이 닫히자마자 강우는 자리에서 벌떡 일어나 외쳤다.

"아, 부장님! 또 지셨어요?"

"야, 이게 이기고 지는 문제야? 누구든 사건만 해결하면 되는 거지."

"이거 완전 대박 아이템이잖습니까. 코르도바그룹에, 살인에, 카이 크레디트까지 온갖 스포트라이트 쫙 받을 수 있는 건인데. 제가 저번에도 트라이플래닛 살인미수 건 잘 마무리했잖아요. LCK 차남 건도 그렇고."

"너는 무슨 재벌들한테 억하심정 있냐? 평범한 거 하자. 평범한 거. 쫌."

그건 제가 할 말입니다. 강우는 속으로 생각했다. 첩수부에 평범한 사건이 있어야 말이지. 형사부 같은 속 편한 부서에 있을 때 좀 불러 주지, 하필 골치 아픈 부서에 있을 때 날 평택으로 끌어당겨서는.

"아무튼 **내일까지** 특수부로 사건 넘겨."

부장은 분명 '내일까지'라고 했다. 아직 하루가 남았다는 뜻이었다.

"부장님! 감사합니다."

강우는 고개 숙여 인사했다.

"오늘 인수인계 준비 기간인 거다? 쓸데없이 눈에 떠는 짓하지 말고."

"예! 저 혼자 조용히 발로 뛰며 수사하겠습니다."

부장은 한숨을 쉬었다.

"너는 수사가 그렇게 좋으면 형사나 하지 왜 검사가 돼 가지고 난리야?"

"결정권 가진 건 검찰 아닙니까. 양복 입으면 뽀대도 나고. 마음도 든든하고."

"그거 알아? 너 진짜 또라이다."

"아, 왜 그러세요. 제가 이번 사건 잘 해결하면 부장님 앞길에도 좋고, 우리 첨수부도 빛나고 꽃길만 가득할 텐데."

"그래, 그래. 나가 봐."

부장이 손을 저으며 포기한 듯 말했다. 진강우는 고개 숙여 인사한 뒤 방을 나섰다.

복도로 나오자마자 백기영과 마주쳤다. 그는 도현성과 에밀리를 데리고 특수부 사무실 쪽으로 이동하고 있었다.

"거기. 둘 중 어느 쪽인지는 모르겠지만, 지금이라도 저한테 전부 털어놓고 신변 보호 요청하세요."

강우가 말했다.

"코르도바가 당신 끝까지 살려 둘 것 같나요? 현직 검사도 매수한 사람들인데."

"이 새끼가 듣자 듣자 하니까 진짜!"

백기영이 소리 질렀다. 하지만 강우는 그를 못 본 체 지나쳐 갔다.

— – —

사무실로 돌아온 강우는 책상에 다리를 올려놓고 고민에 잠겼다.

검찰청 내부에 적이 숨어 있으리라는 것쯤은 충분히 예상하고 있었다. 경찰 대신 주혜리를 부른 것도 그래서고. VR 영상을 대놓고 조작할 정도라면 카이 크레디트 혹은 코르도바그룹 관계자가 자신보다 훨씬 윗선에 연이 닿아 있다고 보는 편이 자연스러웠다.

하지만 방금 전 백기영의 등장은 조금 다른 문제였다. 갑작스러워도 너무 갑작스러웠다. 이렇게 급히 움직였다는 건 뭔가 제대로 건드린 게 있다는 건데… 아무리 돌이켜 생각해 봐도 취조 내용에 특별한 건 없었단 말이지.

그럼 주혜리 쪽인가?

강우는 스마트팜을 열어 혜리에게 메시지를 보냈다.

—지금 잘하고 있어. 파이팅.

8

뭐래. 남사스럽게 파이팅은 무슨.

알아서 잘하거든요?

혜리는 속으로 투덜거리며 방을 나섰다. 생각 외로 건진 정

54

보는 많지 않았다. 매니저는 코르도바의 공식 답변을 앵무새처럼 읊어 댈 뿐이었고, 42번에 대한 단서도 얻지 못했다.

이대로 빈손으로 돌아가면 혼나겠지? 칭찬까지 들었는데.

혜리는 어깨를 추욱 늘어뜨리며 오피스텔 구역을 터덜터덜 빠져나갔다.

'모든 카이 크레디트가 진짜라는 게 코르도바의 공식 입장입니다.'

최미영의 마지막 표정이 머릿속을 떠나지 않았다. 그건 진실일까? 아니면 거짓 연기일까? 연기라고 하기엔 표정이 너무 비장했는데.

혜리는 가능한 가설들을 머릿속에 쭉 늘어놓았다. 첫째, 42번이 진짜 카이 크레디트가 맞다. 둘째, 애초에 진짜 카이 크레디트는 죽고 없었다. 처음부터 101명의 카이는 모두 가짜였다. 셋째, 진짜 카이 크레디트가 101명 중에 있었지만, 죽었고, 복제인간이 결번을 채웠다. 넷째, 다섯째, 여섯째…. 정답이 없었다. 작정하고 시나리오를 쓰자면 100가지도 더 쓸 수 있을 것 같았다. 애초에 코르도바와 카이가 한편인지 혹은 대립 중인지도 불분명한 상황이었다.

적어도 한 가지는 분명했다. 최미영에게 42번이 특별하다는 것.

에라 모르겠다. 일단 원래 계획대로. 충분히 들쑤셔 놨으니까 뭐라도 걸리겠지.

혜리는 머리를 붕붕 휘저어 생각을 날려 버리고, 멍한 표정으로 수평 엘리베이터를 타고 쇼핑 구역으로 이동했다. 그러곤 무작정 배회하기 시작했다. 30분 가까이 매장을 드나들자 드디어 꼬리가 잡혔다. 예상대로 미행이 붙었다. 혜리는 그 사실을 모르는 척 연기하며 거울 앞에 서서 원피스를 몸에 대 보았다.

혜리는 옷을 제자리에 돌려놓은 다음 자연스레 쇼핑 구역이 끝나는 막다른 통로 쪽으로 향했다. 코트의 후방 카메라에 뒤따라오는 추적자의 실루엣이 잡혔다. 골목이 90도로 꺾이는 지점을 돌자마자 트렌치코트에 달린 끈을 잡아당겼다. 연갈색이었던 코트가 산호색으로 몰드는 짧은 시간 동안, 혜리는 신고 있던 하이힐을 벗고 모자와 가발을 수풀 속에 집어던졌다.

변신을 마친 혜리는 아무 일도 없었던 것처럼 다시 뒤돌아 걸었다. 거의 동시에 추적자가 골목에 들어섰다. 혜리는 자연스럽게 추적자의 곁을 스쳐 지나갔다. 추적자는 키와 옷차림이 완전히 달라진 혜리를 잠시 동안 알아보지 못했다. 물론 몇 초 만에 이상하다는 걸 깨닫고 다시 고개를 돌렸지만 한발 늦었다. 혜리가 이미 테이저를 꺼내 그의 옆구리를 겨누고 있었다.

타타타타 소리와 함께 추적자가 바닥에 쓰러졌다.

기절한 상대를 어두운 구석까지 끌고 온 혜리는 휘파람을 불며 다시 하이힐을 신었다.

"이제 뭐가 걸렸는지 한번 확인해 볼까요? 따라다단, 따라란, 따라란……."

혜리는 추적자의 후드를 벗겼다. 그리고 조금 놀랐다. 끽해야 코르도바 보안 칩이 박힌 깍두기 정도 걸리면 대박이다 생각했는데, 이건 정말 초초초 대박적인데?

카이 크레디트였다. 그것도 42번.

"대스타를 이런 식으로 만나고 싶진 않았는데…."

혜리는 인상을 찌푸리며 카이의 몸을 뒤지기 시작했다. 음. 으음. 몸 좋은데? 주머니 속에 리모컨처럼 생긴 전자장비가 하나. 그리고….

아무것도 없었다. 스마트팜 팔찌조차.

"스마트팜도 없어? 매니저 없음 어디 가서 밥도 못 얻어먹겠네. 그럼 넷 소사이어티 계정에 댓글은 누가 다는 거야? 그것도 소속사에서 다 하는 거였어?"

실망한 혜리는 한숨을 쉬었다.

"에휴, 그래도 밥값은 했네. 얻어걸리긴 했지만 욕은 안 먹겠어."

기절한 카이 옆에 엉덩이를 붙이고 앉은 혜리는 리모컨 모양의 장비를 만지작거리며 스마트팜으로 진강우에게 메시지를 보냈다.

—검사님, 제가 뭘 낚았게요? (회심의 미소)

대답이 없었다. 뭐, 취조하느라 바쁜가 보지. 혜리는 진강우에게 무슨 특별수당을 요구할까 머릿속으로 상상하며 메시지를 입력하기 시작했다.

—짜잔! 42번 카이 크레디….

그 순간, 갑자기 세상이 빙그르르 돌았다. 혜리는 차가운 바닥에 머리를 부딪히며 쓰러졌다.

"일어나, 새끼야."

툭, 툭 발로 차는 소리와 함께 익숙한 목소리가 들렸다. 힘겹게 고개를 돌리니 흐릿한 시야 속에서 누군가가 쓰러진 카이를 부축해 일으키고 있었다. 42번을 일으키는 사람의 목덜미에도 숫자가 찍혀 있었다. 존재할 리 없는… 102번…

카이 크레디트?

혜리는 정신을 잃었다.

— – —

부르르.

손바닥에서 스마트팜 진동이 느껴졌다. 퍼뜩 정신을 차린 혜리는 서둘러 시간부터 확인했다. 다행히 시간이 많이 흐르진 않은 모양이었다. 혜리는 황급히 몸을 일으켰다.

뒤통수가 깨질 듯 아팠다. 손을 가져가자 붉은 피가 묻어 나왔다. 빌어먹을 카이 크레디트. 이번 사건만 끝나 봐라. 당장 팔로잉 끊어 버릴 거야.

부르르.

다시 한번 진동이 울렸다. 혜리는 스마트팜을 조작해 손바닥에 메시지 앱을 켰다.

—뭔데? (3분 전)

—왜 말이 없어? (1분 전)

와, 미치겠다. 혜리는 속으로 욕설을 퍼부으며 메시지를 입력했다.

—검사님, 좋은 소식과 나쁜 소식이 있는데….

—결론만.

—42번을 잡았는데, 못 잡았어요.

—뭔 소리야.

—놓쳤다고요.

—뭐? 어쩌다가?

문득 102번에 대한 기억이 머리를 스쳤다. 하지만 혜리는 진강우에게 그 사실을 공유하지 않기로 했다. 섣불리 퍼뜨리기엔 파급력이 너무 큰 정보였다. 게다가 확신도 없었다. 머리를 얻어맞은 상태였고, 어쩌면 착각이나 꿈이었을 수도 있으니까.

—제가 실수했어요.

혜리는 빠르게 주변을 살폈다. 다행히 리모컨이 남아 있었다. 급히 도망치느라 챙기지 못한 모양이었다. 혜리는 리모컨을 집어 들었다.

—일단 드론 하나만 보내 줘요. 분석해야 할 증거물이 있어요.

5분 뒤, 검찰청 소속 비행 드론이 도착했다. 혜리는 드론에 리모컨을 실어 진강우에게 보냈다. 드론이 평택지검 청사까지 날아가는 동안 근처 화장실에 들러 옷에 묻은 핏자국을 지웠다. 그리고 머리도.

잠시 후, 진강우에게서 메시지가 도착했다.

—영장 나왔어. 증거물도 분석 들어갔고.

—고마워요.

—이번엔 놓치지 마.

메시지와 동시에 블록체인 인증서가 도착했다. 0.001초 동안 최고 수준의 사생활 침해를 허용하는 수색 감청 영장. 수사관을 폭행한 현행범이기에 가능한 긴급 영장이었다.

혜리는 인증서를 활용해 근처에 존재하는 모든 CCTV의 보안 체계를 검찰청 수사 보조 시스템에 접속시켰다. 샌드박스 전역의 출입 기록과 영상 기록을 대조한 시스템이 즉각 카이의 현재 위치를 추적해 냈다. 17층 위의 공업 구역. 그리 멀지 않았다. 엘리베이터를 두 번만 갈아타면 되는 거리였다. 혜리는 가까운 엘리베이터로 향했다.

수직 엘리베이터가 가속하자 또다시 머리가 깨질 듯 아파 왔다.

9

—[Re:] 의뢰하신 증거품의 분석 결과를 송부드립니다.

메일이 도착했다. 진강우는 곧바로 태블릿을 열어 내용을 확인했다.

일단은 리모컨이 맞았다. 그것도 의료용 리모컨. 감식반 보고서에 따르면 환자의 체내에 이식한 임플란트를 제어하는 용도라고 쓰여 있었다. 상당히 특수한 암호화 과정을 거쳤다는 말도 덧붙어 있었다. 뚜껑을 열고 분석하는 과정에서 양자 키가 붕괴됐다는 것이었다. 당연했다. 아무나 리모컨으로 남의 임플란트를 제어할 수 있다면 큰 문제가 될 테니까.

강우는 혜리에게 보고서 파일을 전송하며 메시지를 덧붙였다.

—42번은 임플란트 치료를 받고 있을 가능성이 높음.

그러자 곧바로 답장이 돌아왔다.

—어떤 치료를 받고 있는지는 알 수 없나요?

—그건 파악 불가. 리모컨은 on/off 기능만 있는 거라.

혜리의 프로필 아이콘 옆에 입력 중이라는 표시가 떴다. 하지만 한참이 지나도 메시지는 오지 않았다. 무언가 고민하고 있는 모양이었다. 강우가 먼저 되물었다.

—어떻게 생각해?

—치료를 받는 게 42번뿐일까요?

—모든 카이가 같은 치료를 받고 있다?

—만약 유전적인 문제라면 그렇겠죠. 디자이너 베이비들 지병 한두 가지 정도는 달고 살잖아요. 모노아민 호르몬 결핍 같은 거.

—아무튼 별로 중요한 단서는 아니었던 것 같네.

—아뇨.

혜리가 단호한 표정의 이모티콘을 커다랗게 띄웠다.

—제 예감이 맞다면 이게 결정적 증거예요.

—?

—기억 안 나세요? 카이의 좌우명.

—좌우명이 왜?

—커트 코베인 말예요. 자살했어요. 산탄총으로.

혜리의 마지막 메시지를 읽자마자 강우는 스프링처럼 벌떡 자리에서 일어났다.

강우는 책상 위의 서류철을 대충 몇 개 집어 들고 전속력으로 달리기 시작했다. 복도 끝에서 왼쪽으로 방향을 틀자 특수부 사무실이 보이기 시작했다. 조사실… 조사실… 조사실이 어디지? 복도 끝에 팻말이 보였다. 그리고 백기영의 얼굴도.

강우는 곧장 조사실을 향해 갔다. 그의 얼굴을 알아본 백기영이 성큼 걸어오며 앞길을 가로막듯 나섰다.

"여긴 또 왜 왔어?"

"옜다, 인수인계."

강우는 집어 던지듯 두툼한 서류 뭉치로 백기영의 가슴을 후려쳤다. 상대가 충격으로 주춤거리며 뒷걸음치는 틈을 타 재빨리 조사실 문을 열어젖혔다. 투명한 유리창 너머 취조실에 에밀리가 앉아 있었다.

"야! 너 뭐야?"

뒤늦게 쫓아온 백기영이 강우의 어깨를 붙잡았다.

"이 근본 없는 새끼가 어디서 지금 선배한테….."

강우는 상대의 말이 끝나기도 전에 그의 가슴을 검지로 찔렀다.

"그냥 지금 조용히 나가라. 너 돈 받아먹은 거 터뜨려 버리기 전에."

"또라이 새끼 또 소설 쓰네. 증거 있어?"

"있지. 작년 7월 6일. 살롱 핑크. 특수부 셋, 형사부 하나, 코르도바 둘."

사비로 주혜리를 미행시켜 얻어 낸 정보였다. 백기영은 조금 놀란 듯, 자기도 모르게 반걸음 뒤로 물러났다. 강우는 기세를 이어 상대를 복도까지 몰아붙였다. 백기영은 아무 말도 못 한 채 출입구 근처까지 내몰렸다.

"이게 무슨 개수작….."

강우는 상대의 말이 끝나기도 전에 문을 닫아 버렸다.

"야! 문 안 열어?"

백기영이 거칠게 문을 두드렸다. 강우는 출입문의 잠금장치를 모조리 채우고 방음 기능을 최대로 높였다. 순식간에 바깥이 조용해졌다.

그는 유리창 앞으로 돌아와 에밀리를 노려보았다. 카이의 몸에 나타난 무수한 상처들. 그리고 성격 차이로 인한 파경. 비록 짧은 결혼 생활이었지만 두 사람은 애틋했다. 4개월간 잠시도 떨어지지 않고 꼭 붙어 다녔다고 했다. 아무리 서로가 좋아 죽어도 보통 그렇게까지 하나?

그럴 리가.

강우는 다시 조사실로 들어가 책상 앞에 섰다.

"하나만 더 물읍시다. 카이가 앓고 있는 병이 뭡니까? 임플란트 치료를 받고 있죠?"

그가 물었다. 하지만 에밀리는 침묵했다.

"그럼 다른 걸 물어볼까요? 결혼 생활은 어땠습니까? 왜 헤어지셨죠?"

"그게 사건과 관계가 있나요?"

"어쩌면."

"사생활에 대해선 대답하고 싶지 않아요."

"몸속에 넣은 게 뭐냐니까!"

강우는 양손으로 거칠게 책상을 내려쳤다. 하지만 에밀리는 단호했다. 미동도 없이 강우를 똑바로 노려보고 있었다. 감정을 더 흔들어 놓을 필요가 있었다.

"아까 복도에서 67번을 봤다고 증언하셨죠? 위증입니다. 67번은 방 안에 쓰러져 있었어요. 당신이 본 건 다른 카이였어요. 진짜 카이. 진짜가 뭘 하려는 건지 당신은 이미 알고 있잖습니까."

에밀리는 곤란하다는 듯 고개를 옆으로 돌렸다. 반쯤 포기한 시선이 조금씩 아래로 떨어졌다. 하지만 입술은 떨어지지 않았다. 오히려 입술을 질끈 깨물고 있었다.

"협력해 주십시오. 더 많은 카이가 죽기 전에."

"카이는 그저… 사랑받고 싶어서 그런 거예요."

"압니다."

에밀리는 한참 동안 고민하는 듯했다. 하지만 결국 입을 열었다.

"……카이의 몸에 들어 있는 건 충동 제어용 브레인 임플란트예요. 연수 부근에 있고요."

"어떤 충동입니까?"

"여러 가지요. 자살, 자해, 폭행, 그 외 여러 가지 폭력적인 행동들. 임플란트를 이식받기 전까지 카이는 어린애처럼 불안정했어요. 결혼 이후로 특히 증세가 심해졌고요. 카이를 비난하는 여론이 폭발적으로 증가했거든요. 채널에 달리는 악플을 읽을 때마다 그 애는 괴로워했어요. 매일 밤 자신을 때리고 욕했죠."

"그럼 상처는 모두…."

"카이가 스스로 만든 것들이에요. 공개하진 않았지만 제 몸에도 몇 군데 있고요."

에밀리가 상의를 들어 배에 난 상처를 보여 주었다. 칼에 찔린 흉터가 길게 남아 있었다.

"카이를 말리다 생긴 상처예요. 이게 임플란트 시술을 받은 결정적 계기였죠. 우리가 헤어진 계기이기도 하고."

"임플란트가 정확히 어떤 작용을 하는 겁니까?"

"뇌에서 몸으로 향하는 명령을 차단해요. 일종의 필터처럼 특정한 행동들을 금지시켜요. 머릿속이 터질 듯이 괴로워도 손목을 그을 수 없게. 상대가 아무리 미워도 주먹을 휘두르지 못하게."

"협조 감사합니다."

강우는 고개 숙여 감사를 표했다. 하지만 에밀리는 아직 할 말이 남은 모양이었다.

"검사님."

에밀리가 말했다.

"카이를 기소하실 건가요?"

"살인 용의자입니다."

"피해자죠."

에밀리가 정정했다. 강우는 잠시 침묵했다. 그리고 답했다.

"좋습니다. 노력해 보죠. 대신 뭘 좀 빌려주셔야겠습니다."

"뭔데요?"

"유명세요."

10

—뇌에서 몸으로 향하는 명령을 차단해요. 일종의 필터처럼 특정한 행동들을 금지…….

에밀리의 목소리를 더 들을 필요는 없을 것 같았다. 혜리는 이어플러그를 터치해 연결을 끊었다.

대충 퍼즐 조각은 갖춰졌네.

다시 한번 가설을 점검할 시점이었다. 카이 크레디트에겐 오래전부터 자기파괴적인 충동이 있었다. 그것도 아주 심각한 수준으로. 아마도 원인은 유전적 결함일 가능성이 높았다. 도현성 같은 또라이들에게서 물려받았을 수도 있고.

코르도바는 카이의 충동을 억누르는 브레인 임플란트를 그의 뇌에 심었다. 근본적인 문제를 해결하는 대신 콘크리트를 부어 막아 버린 셈이었다.

혜리는 카이의 뇌 속을 상상해 보았다. 융해된 두개골 속에 가득 들어찬, 멜트다운 직전의 노심처럼 팽창하는 분노와 절규를. 새빨갛게 익어 녹아내릴 듯한 회백질 덩어리를. 용암처럼 끓고 있는 뇌수를.

카이는 자신의 좁은 내면세계 속에 갇힌 채 온 세상의 미움에 맞서 힘겹게 버티고 있었지만, 겉으론 아무것도 드러나지 않았다. 임플란트가 전부 차단해 버렸으니까. 팬들이 보고, 듣고, 믿고 싶어 하는 모습만 카메라에 담겼으니까.

하지만 누군가 리모컨을 사용했다.

임플란트가 작동을 중단하자 수년간 억눌려 있던 감정이 단숨에 폭발했다. 33번도, 67번도, 어찌할 수 없는 호르몬의 격류에 휩쓸려 통제를 잃었다. 그리고, 눈앞에 보이는 '자신'을 살해했다.

그럼 리모컨은 언제 42번의 손에 들어갔지? 사건 전부터? 아니면 후에?

추리를 거듭하는 사이 엘리베이터가 공업 구역에 도착했다. 혜리는 테이저를 꺼내 들고 조심스럽게 앞으로 나아갔다. 이미 소등을 마친 메가빌딩 내부는 컴컴했다. 비좁고 어두컴컴한 골목 어디에서든 카이가 튀어나올 수 있었다. 혹은 카이가 아니더라도 위험한 뭔가가.

구불구불 오줌 냄새 가득한 통로를 지나자 창고처럼 보이는 거대한 입구가 보였다. 자세히 보니 셔터 문 아래가 조금 열려 있었다. 잠시간 무방비한 상태가 되는 것이 불안했지만 달리 방법이 없었다. 혜리는 바닥에 엎드려 좁은 틈새에 몸을 구겨 넣었다.

낡아 빠진 겉모습과 달리 내부는 최신식으로 꾸며져 있었다. 매우 섬세한 공정이 이루어지는 곳인지, 사방이 새하얀 타일로 채워져 있었고 기기들도 흠집 하나 없이 반짝였다.

대체 무슨 공장이지?

혜리는 기기 근처로 다가가 스마트팜 팔찌로 사진을 찍었다. 모델명과 일련번호를 하나씩 스캔할 때마다 정보가 귓속의 이어플러그로 전달되었다. 초당 1만 개의 단백질을 조립할 수 있는 프로틴 폴드 프린터, 절단된 신체를 봉합하는 생체 접착기, 성장 촉진 기능이 달린 줄기세포 배양 수조, 7세대 뉴럴 링크 스캐너….

혜리는 빠르게 가설을 추가했다. 이곳에서 생산된 건 아마도 카이의….

그 순간, 인기척이 느껴졌다. 어둠 속에서 검은 그림자가 종종걸음으로 이동하고 있었다. 혜리는 최대한 몸을 낮추고 그림자의 뒤를 쫓았다. 그리고 뒤통수에 테이저를 겨누었다.

머리에 테이저 끝이 닿자 상대는 멈칫하며 천천히 두 팔을 들어 올렸다. 양손 모두 빈손이었다. 혜리는 상대의 뒷머리를 쓸어 올렸다. 카이 크레디트였다. 137이라는 숫자가 이곳에 대한 추측을 입증하고 있었다. 대체 몇 번까지 만든 거야?

"잡았다."

카이가 말했다.

"야, 그건 내가 할 소리…."

팡, 소리와 함께 사방에서 눈부신 빛이 쏟아졌다. 혜리는 반사적으로 눈을 찡그리며 얼굴을 가렸다. 빛줄기 사이사이로 실루엣이 보였다. 얼핏 눈에 들어온 것만도 넷이 넘었다. 악동 같은 웃음소리가 사방에서 흘러나왔다.

"미래저널 주혜리 기자님. 아니, 민간조사사 주혜리 씨. 당신 정말 집요한 사람이구나?"

정면에서 목소리가 들렸다.

"10년 지기 열성 팬 주혜리라고 불러 주면 안 될까?"

"팬이면 더 잘 알겠네. 나는 불법 스토커들 팬으로 안 본다는 거."

"이거 불법 아닌데. 영장도 있어."

혜리는 능청을 떨며 손바닥에 띄운 영장을 들이밀었다.

"아, 그래?"

이번엔 등 뒤에서 카이의 목소리가 들렸다.

"아쉬워서 어떡하지? 당신이 찾는 **그 카이**는 여기 없는데."

슬슬 눈이 빛에 적응하고 있었다. 카이는 다 해서 일곱이었다. 그들은 헤어스타일도, 피부색도, 점의 위치도 진짜 카이와 미묘하게 달랐다. 뭐야, 이것들 불량품이잖아?

"여기 있는 거 검찰청 인공지능으로 확인했어."

그러자 왼쪽에서 웃음이 터져 나왔다.

"인공지능? 인공지능은 우리 못 잡아. 왜냐면….'"

이번엔 오른쪽에서. "우린 모두."

다음엔 뒤에서. "똑같으니까."

마지막으로 테이저에 겨눠진 카이가 말했다.

"이제 그만 포기해."

"뭐야, 너네 무슨 공연 준비해? 아주 손발이 착착 맞네."

혜리는 한층 거칠게 테이저를 뒤통수에 밀어붙였다.

"너희 수법 다 까발려졌어. 33번과 67번 둘 다 자살당한 거지? 그 리모컨으로."

카이들은 침묵했다. 혜리는 차분히 추리를 이어 나갔다.

"카이를 하나씩 바꿔 치고 있는 거지? 너희도 진짜가 몇 번인지 모르니까, 101명을 전부 말 잘 듣는 인형으로 채워서 카이의 인기를 차지하려는 거잖아. 42번은 예정에 없던 목격자거나, 혹은 리모컨을 쥐여 준 킬러 로봇이겠지. 어느 쪽이든 별로 상관없어. 관심도 없고. 나는 걔를 잡기만 하면 돼. 나머진 검찰이 알아서 할 테니까."

"그럴 리가. 그럴 거면 우리가 왜 〈페어런트 101〉을 시작했겠어?"

"보험이겠지. 혹시라도 카이가 죽었다는 사실이 드러나면 상속받을 사람이 필요할 테니까. 근데 그게 에밀리야? 아님 도현성이야? 코르도바랑 거래한 게 누구야?"

"코르도바라고?"

카이들이 일제히 웃음을 터뜨렸다.

"서민들 상상력은 이렇다니까."

카이들 중 하나가 말했다.

"뭐?"

당황한 혜리는 빠르게 주위를 둘러보았다. 카이들이 점점 가까이 다가오고 있었다. 혜리는 사방에서 몰려드는 상대를 향해 어지럽게 테이저를 휘둘렀다. 하지만 카이들은 멈추지 않았다.

"틀렸어."

정면에 서 있는 카이가 입을 열었다.

"처음부터 끝까지 전부."

한눈을 파는 사이 등 뒤로 다가온 카이에게 양팔을 붙잡혔다. 혜리는 테이저를 놓치고 말았다. 뒤에서 속삭이는 듯한 목소리가 들렸다.

"탐정님. 당신 기준엔 내 재산이 엄청난 금액처럼 느껴지는지 모르겠지만, 코르도바한테 이 정도는 완전 푼돈이거든?"

혜리는 순식간에 제압당해 무릎 꿇었다. 방금 전까지 뒤통수를 겨냥당하고 있던 카이가 천천히 뒤돌아 혜리를 내려다보았다.

"그 사람들은 우리한테 아무 관심이 없어. 〈페어런트 101〉? 코르도바 이사회는 그런 프로그램이 있는 줄도 모를걸? 아니, 카이 크레디트라는 인물이 존재했다는 걸 기억이나 할까? 진짜 세계의 지배자들이 뭣 하러 넷 소사이어티 같은 시궁창에 관심을 갖겠어?"

"코르도바가… 이 건에 아무 관련도 없다고?"

혜리는 점점 구석으로 몰렸다. 주저앉은 혜리 앞으로 일곱 명의 카이가 둥그렇게 둘러섰다. 새하얀 조명을 등진 검은 실루엣들이 마치 높게 치솟은 철창처럼 느껴졌다.

"그래. 우리 계획은 그런 게 아냐."

카이들 중 하나가 말했다. 그리고 또 다른 하나가. 그리고 또 다른 하나가.

"우린 전설을 쓰려는 거야."

"사람들에게 영원히 기억될 거야."

"영원히 사랑받을 거야."

"다시는 외로울 일이 없게."

"절대 잊혀지지 않게."

"오늘 밤, 세상을 불태울 거야."

오늘 밤?

머릿속에 마지막 조각을 끼워 넣자 모든 단서가 거꾸로 뒤집히며 새로운 결론을 가리켰다. 아, 이제 정말 알겠어. 너희가 뭘 하려는 건지.

혜리는 질끈 눈을 감았다. 그리고 트렌치코트의 단추를 뜯어 부러뜨렸다. 꽉 눌러 닫은 눈꺼풀 너머로 환한 빛이 번쩍였다. 다시 눈을 뜨자 카이들이 얼굴을 부여잡고 비틀거리는 모습이 보였다. 혜리는 정면의 카이를 밀쳐 쓰러뜨린 다음 그 위를 뛰어넘었다. 바닥에 떨어진 테이저를 집어 들자마자 자동 조준 기능을 켜고 방아쇠를 당겼다. 각각의 카이를 타깃으로 인식한 테이저가 일곱 발의 다트를 발사했다. 다트가 몸에 박히자 카이들은 부르르 떨며 바닥에 쓰러졌다. 여기저기서 살이 타는 냄새가 났다.

혜리는 테이저를 주머니에 집어넣은 다음, 그나마 정신이 남아 있는 카이 쪽으로 걸어가 멱살을 붙잡았다.

"42번은 CK 빌딩으로 간 거지?"

카이는 어이가 없다는 표정이었다.

"당연한 거 아냐? 지금 카이 크레디트가 있을 곳이 거기밖에 더 있어?"

혜리는 카이를 내팽개치고 가까운 튜브카(tubecar) 정거장으로 달렸다. 달리는 동안 스마트팜으로 개인용 차량을 하나 예약했다. 1000달러가 넘는 비용이 깨졌지만 그걸 따지고 있을 상황이 아니었다.

혜리는 진강우에게 메시지를 보냈다.

—영장 하나 더 필요해요. CK 빌딩. 〈페어런트 101〉 촬영장.

몇 초 지나지 않아 진강우의 답장이 돌아왔다.

—사유.

—42번 카이 크레디트가 범인. 추가 범행 우려됨.

정거장에 튜브카가 대기하고 있었다. 혜리는 곧장 몸을 던져 넣었다.

코르도바 빌딩을 떠난 캡슐이 급가속하며 진공 튜브를 따라 CK그룹 빌딩으로 향했다. 혜리는 의자에 앉아 스마트팜을 켜고 카이의 넷 소사이어티 채널에 접속했다. 마침 〈페어런트

101〉의 최종회가 시작되려 하고 있었다.

> *✗* Cred/t //
> 팬 여러분 안녕?

카이가 카메라를 향해 윙크했다.

> *✗* Cred/t //
> 드디어 마지막이야. 누가 우승을 차지하게 될지
> 궁금해? 궁금해? 그럼 혹시….

카이의 표정이 무어라 설명하기 어려운 형태로 살짝 일그러졌다. 하지만 금세 평소의 무심한 얼굴로 돌아온 그는 고개를 가로저었다.

> *✗* Cred/t //
> 아니다. 어차피 곧 알게 될 텐데 이것저것 말해
> 뭐 하겠어. 여러분, 끝까지 함께해 줘! 그리고 진심으
> 로 즐겨 줘! 내가 준비한 마지막 이벤트니까!

인트로 영상이 끝나고 광고가 시작되었다. 혜리는 손바닥을 문질러 화면을 지워 버렸다.

튜브카가 금세 CK 빌딩에 도착했다. 정거장 근처의 엘리베이터를 잡아탄 혜리는 곧장 스튜디오로 향했다.

ㅡ영장 나왔어. 나도 그쪽으로 이동 중.

진강우에게서 메시지가 도착했다. 인증서를 확인한 혜리는 생방송이 진행 중인 메인 스튜디오까지의 모든 출입문을 강제로 개방했다. 숨이 턱 끝까지 차올랐지만 멈추지 않고 달렸다. 혼잡한 복도를 지나, 정신없이 바쁜 스태프들을 헤치고 우승자 발표가 한창일 메인 홀의 출입문을 열어젖히자,

그곳은 이미 난장판이었다.

11

"드디어 마지막이야. 누가 우승을 차지하게 될지 궁금해? 궁금해? 그럼 혹시…."

누가 진짜 카이 크레디트인지는 궁금하지 않아?

마지막 멘트는 하지 않았다. 감정이 넘쳐흘러 볼품없는 표정이 새어 나온다. 다시 안면 근육을 가다듬으며 마지막 멘트를 뱉는다.

"아니다. 어차피 곧 알게 될 텐데 이것저것 말해 뭐 하겠어. 여러분, 끝까지 함께해 줘! 그리고 진심으로 즐겨 줘! 내가 준비한 마지막 이벤트니까!"

시야 위에 떠 있던 빨간 불이 꺼진다. VR 헤드셋을 벗자마자 크게 한숨이 터져 나온다. 왠지 호흡이 무겁다. 지나치게 흥분했기 때문이다. 이제 무대로 나갈 시간이라고 스태프가 말한다. 스튜디오 구석에 마련된 임시 촬영장을 벗어나 형광색 화살표를 따라 계단을 오른다. 심장이 미칠 듯 쿵쿵거린다. 감정이 턱 끝까지 쫓아왔다.

It's better to burn out than to fade away.

구더기 떼처럼 뭉글거리는 문장이 머릿속을 가득 채운다. 이제 얼마 남지 않았다. 해 버릴 거다. 끝내 참지 못할 거다. 저질러 버리지 않고서는 못 배길 거다. 미쳐 버리고 말 거다.

무대가 가까워지자 빛이 눈을 찌른다. 함성 소리에 청각도 날아가 버린다. 눈앞에 수만 명이 모여 있다. 하지만 모두 가짜다. 진짜 돈을 산더미처럼 지불하고 가짜를 보러 온, 가짜 관중이다. 스태프에게 지시하자 그가 태블릿을 두드린다. 홀로그램으로 만들어진 관중이 싹 사라진다.

이제 좀 조용하군.

전부 치워 버리고 나니 기분이 좋다. 진짜를 알아보지도 못하는 쓸모없는 것들. 나는 여기 있는데 대체 어딜 보는 거야? 누굴 보는 거야? 나의 원대한 계획은 조금도 이해하지 못하고 세세한 번호들에만 집착하는 바보들. 너희 때문에 나는 가짜들과 사랑을 나눠 가져야 했다. 수십억이 넘던 팔로워가 산산 조각으로 흩어졌다. 왜지? 대체 왜지?

너희는 처음부터 그랬다. 무대에서 넘어진 건 진짜였다. 나는 찐따처럼 떨고 있었다. 하지만 너희는 내가 계획적이라고 비난했지. 언제나 나는 진심이었는데. 음악을 할 때도, 성별을 바꿀 때도, 사업을 할 때도, 너희를 대신해서 대통령을 욕했을 때도. 그리고 에밀리와 만날 때도…….

너희는 날 천재라고 찬양했지. 전부 우연일 뿐인데. 나는 아무런 계획도 없는데. 너희 망상 속의 나는 내가 아냐. 너희가 말하는 카이 크레디트는 내가 아냐.

나는 너희가 생각하는 그런 사람이 아니야.

무대 위, 차곡차곡 쌓아 올려진 피라미드 위로 하나둘 모습을 드러낸다. 카이들. 엄마들. 그리고 아빠들. 그들 모두의 가슴엔 피라미드 모양의 뾰족하고 묵직한 금빛 배지가 하나씩 달려 있다. 계단마다 짝을 지어 도열한 101명의 부모와 101명의 카이들. 몇몇은 홀로그램 모조품이겠지만 무슨 상관이람? 어차피 전부 가짜인데. 전부 허상인데.

어차피 진짜 나는 거기 없어.

손가락을 튕겨 스태프에게 신호를 보낸다. 피라미드 너머 대형 화면에 카이의 얼굴이 나타난다. 대체 몇 번인지도 알 수 없는, 인공지능이 만들어 낸 가짜 영상이 입을 연다.

"여러분 안녕?"

너희는 아마 지금쯤 함성을 지르고 있겠지? 기뻐 웃음을 터뜨리고 있겠지? 더 많이 기대해. 전부 무너뜨려 줄 테니까.

"내 성격 알지? 딱 한마디만 할게."

영상 속 카이는 잠시 뜸을 들인다. 바보처럼 망설여져서가 아니다. 찐따처럼 떨고 있어서가 아니다. 그저, 보다 완벽한 타이밍에 맞춰, 완벽한 멘트를 날리기 위해서.

주머니에 손을 넣어 리모컨을 만지작거린다.

이날을 위해 반년을 준비했다. 지금을 위해 평생을 쌓아 올렸다. 수십억 명을 홀로 상대하며 버겁게 모욕을 버텨 냈다. 제멋대로 왜곡된 이미지, 악의적으로 편집된 영상, 가짜로 지어낸 이야기, 진짜로 둔갑한 팬픽, 구역질 나는 망상, 변태들의 더러운 성욕, 근거 없는 욕설과 이유 없는 증오, 그리고, 그리고, 그리고….

허상 위에 허상을 쌓는 일은 이제 질렸어. 그러니까.

"전부 죽어 버려."

꾸욱. 버튼을 누른다.

— – —

문을 열자마자 눈앞에 서 있는 카이를 발견했다. 그는 피라미드 모양 배지를 손에 쥐고 부모의 머리를 내리찍으려 하고 있었다. 옆에 서 있던 부모들 중 하나가 비명을 질렀다. 혜리는 반사적으로 테이저를 쏘았다. 카이가 비틀거리며 바닥에 쓰러졌다.

—이제 어쩌죠?

—42번을 찾아. 그놈이 리모컨을 갖고 있겠지.

강우는 잠시 간격을 두었다가, 아마 스스로도 납득하기 어려울 듯한 애매모호한 지시를 한 줄 덧붙였다.

—진짜 카이 크레디트는 무조건 살려야 해.

진짜? 시부럴 진짜가 뭔데? 저 중에 누가 가짜라는 거야? 다들 저렇게 필사적인 표정으로 싸우고 있는데.

혜리는 욕설을 쏟아 내려다 포기하고 주위를 살폈다. 현장은 그야말로 난장판이었다. 모든 카이 크레디트가 모든 카이 크레디트를 향해 투쟁을 벌이고 있었다. 카이가 카이의 배에 배지를 찔러 넣었고, 또 다른 카이가 그의 등에 철제 의자를 휘둘렀다. 그리고 그 모든 광경을 수백 대의 라이브 캠 드론이 사방을 날아다니며 촬영하고 있었다.

고개를 드는 순간 무대 위에서 카이 하나가 아래로 떨어졌다. 철퍼덕 떨어진 시신 주위로 붉은 웅덩이가 고였다. 피 냄새가 코를 찔렀다.

혜리는 구역질을 억누르며 고개를 돌렸다. 심장이 쿵쾅거렸다. 온몸을 지배하는 말초신경들이 위험을 경고하는 신호를 미친 듯 내지르고 있었다. 시야가 좁아져 아무것도 보이지 않고 아무 생각도 나지 않았다. 침착해, 주혜리. 지금은 42번만 생각해. 혜리는 테이저의 와이어를 감으며 재빨리 고개를 움직여 목표를 찾기 시작했다.

최미영이 보였다. 혜리는 곧장 최미영을 향해 달려갔다. 최미영은 흥분한 표정으로 촬영 스태프들에게 소리치고 있었다.

"빨리 찍어! 상관없으니까 카메라 전부 켜서 찍으라니까!"

"매니저님, 아무리 그래도…."

"시키는 대로 해요! 하나도 빼놓지 말고 라이브로 내보내!"

혜리는 최미영을 붙잡아 턱 밑에 테이저를 겨누었다. 설명할 시간조차 아까웠다.

"42번 어딨어요?"

최미영은 말이 없었다. 하지만 옆에서 모니터를 보고 있던 스태프가 대신 대답했다.

"피라미드 꼭대기 쪽입니다!"

혜리는 고개를 돌려 피라미드를 보았다. 아주 멀리, 목덜미에 42가 찍힌 카이 크레디트가 보였다. 그는 피라미드 꼭대기에 서서 양팔을 벌린 채 웃음을 터뜨리고 있었다. 혜리는 최미영을 밀치고 피라미드 쪽으로 향했다.

얼어붙은 부모들과 미쳐 버린 카이들을 헤치며 피라미드를 오르는 와중, 갑자기 옆에서 카이 하나가 달려들었다. 혜리는 깜짝 놀라 양팔로 얼굴을 감쌌다. 하지만 카이는 혜리를 지나쳐 다른 카이를 향해 배지를 휘둘렀다. 어우 씨 깜짝 놀랐잖아. 혜리는 가슴을 쓸어내리며 허겁지겁 계단을 뛰어올랐다.

42번 카이와 눈이 마주쳤다. 추적을 눈치챈 카이가 움찔하더니, 몸을 돌려 무대 뒤로 사라졌다. 혜리는 한층 속도를 높였다.

무대 뒤로 들어서자 사다리를 타고 올라가는 카이의 뒷모습이 보였다. 바지 주머니에 아슬아슬하게 리모컨이 삐져나와 있었다. 사다리는 무대 위 조명 시설로 이어졌다. 혜리는 사다리에 발을 얹었다.

끝 모르게 높은 사다리를 오르자마자 카이가 주먹을 휘둘렀다. 아슬아슬하게 주먹을 피한 혜리는 카이를 발로 차 쓰러뜨렸다. 아래로 떨어질 뻔한 카이는 곧장 등을 돌려 다시 도망치기 시작했다. 혜리는 카이의 뒤를 쫓았다. 외나무다리처럼 좁은 조명 프레임 위에서 뒤뚱거리다 떨어질 뻔했지만 이내 균형을 회복하고 상대와 거리를 좁혀 나갔다.

어차피 막다른 골목이었다. 조명 장치가 끝나는 지점에 몰린 카이는 양손을 앞으로 뻗어 방어 태세를 취하고 있었다. 어느새 드론들이 쫓아와 그의 얼굴에 밝은 조명을 비추고, 표정 하나라도 놓칠세라 주위를 빙빙 돌며 영상을 찍어 댔다.

"방해하지 마!"

카이가 소리 질렀다. 혜리는 그를 안심시키기 위해 말을 걸었다.

"카이, 진정해. 여기서 이러면 위험해."

"혼자 죽으면 42번만 죽는 거야. 전부 다 죽어야 카이 크레디트의 죽음이 돼.”

“뭐?”

“번호를 지우려면 전부 없어져야 한다고!”

“지금 나랑 대화하고 있는 거 맞지?”

“이렇게 사라지기 싫어! 절대 잊혀지지 않을 거야! 절대!”

카이는 뒤로 한 걸음 물러섰다. 이제 더 물러날 공간이 남아 있지 않았다. 혜리는 그를 자극하지 않으려 최대한 조심스럽게 거리를 좁혔다.

“카이! 이제 그만하자. 이 정도면 네 뜻 충분히 알겠으니까.”

“싫어. 이게 내가 준비할 수 있는 최고의 쇼야. 알아? 아이돌은 시시하게 사라져선 안 돼. 차라리 불타 없어져야 하는 거야. 나는 자격이 있어. 자격이…….”

이거 완전 미쳤구만. 자기 머리에 있는 임플란트까지 꺼 버린 건가? 더 망설일 틈이 없었다. 혜리는 단숨에 거리를 좁혀 카이의 멱살을 붙잡으려 했다.

하지만,

그보다 조금 빨리,

카이가 아래로 뛰어내렸다.

혜리는 가까스로 카이의 손을 붙잡았다. 하지만 땀 때문에 조금씩 미끄러졌다. 혜리는 남은 손을 뻗어 리모컨을 빼앗으려 했지만 팔이 닿지 않았다.

"죽긴 왜 죽어! EZ_WE$T는 130살에 증손녀까지 보고도 아직 전설이거든?"

혜리가 소리쳤다. 그러자 카이가 되물었다.

"살면 뭐가 좋은데?"

"뭐라도 있겠지!"

42번은 고개를 가로저었다.

"죽으면 지금보다 더 유명해질 수 있어. 지금보다 더 많은 사람들에게 사랑….."

손이 빠져나갔다.

혜리는 재빨리 테이저를 꺼내 카이를 쐈다. 일곱 가닥 와이어가 카이의 몸에 깊게 박혔다. 인형처럼 매달린 몸이 부르르 떨렸다.

혜리는 양손으로 힘겹게 와이어를 당겨 기절한 카이의 몸을 끌어올렸다. 묵직한 체중 때문에 입에서 신음 소리가 흘러나왔다. 조금씩 카이가 가까워졌다. 몸을 떨어 댄 탓인지 리모컨이 주머니 밖으로 반 이상 튀어나와 있었다. 아슬아슬했네. 리모컨을 집어 든 혜리는 안도의 한숨을 쉬었다.

"미안. 싫겠지만 좀 더 살아 봐."

혜리는 리모컨의 on 버튼을 눌렀다.

하지만 아무 일도 일어나지 않았다.

— 검사님, 완전 망했는데요. 이거 가짜예요.

혜리의 메시지가 도착했다. 강우는 속으로 욕설을 뱉으며 손바닥을 문질렀다. 그는 스마트팜을 바라보고 있는 에밀리에게 물었다.

"어떻습니까? 에밀리 씨."

"메시지는 이거면 될까요?"

— 함께 카이를 지켜 주세요. 카이를 위해 외쳐 주세요. 문구는…….

메시지를 마저 읽은 강우는 고개를 끄덕였다.

"좋습니다. 조회수는요?"

"방금 3억 뷰 넘었어요. 이 정도면 충분할 거예요."

"그럼 갑시다."

강우와 에밀리는 문을 열고 스튜디오로 들어섰다. 피라미드 위에서 카이와 부모들이 난투극을 벌이고 있었지만 애써 무시했다. 그들은 무대가 아닌 스태프들을 향했다.

"평택지검 진강우 검사입니다."

강우는 검사 배지를 내밀며 스태프에게 지시를 내렸다.

"왜 관객 피드백을 차단한 겁니까? 당장 켜세요."

"진짜요? 아니면 가짜 영상이요?"

"VR로 접속한 진짜 관객들."

"지금 켰다간 비명 소리 때문에 더 난리가 날 텐데요?"

"그럴 일 없으니까, 시키는 대로 하세요."

스태프는 대답을 피하며 최미영 매니저를 보았다. 상황을 눈치챈 최미영이 그를 향해 다가왔다.

"당신 뭐야?"

"평택지검 진강…."

"그런 건 모르겠고, 행패 부리지 말고 어서 꺼져요."

"행패는 댁이 부리고 계시고. 거기 스태프분은 어서 홀로 그램이나 켜세요."

강우가 손짓으로 재촉했지만 스태프는 여전히 머뭇거리고 있었다. 강우는 직접 모니터 앞으로 다가가려 했다. 그러자 최미영이 그의 앞을 가로막았다.

"방해하지 마! 이제 거의 끝나 간단 말야! 더 사랑받을 거야! 더 크게 성공할 거라고!"

최미영은 수술용 레이저 메스를 손에 쥐고 있었다. 그리고 다른 손에는 부서진 리모컨이 들려 있었다. 크게 위협적이진 않았지만 난처했다. 자해를 할 수도 있으니까. 강우는 결국 걸음을 멈추고 말았다.

하지만 에밀리는 멈추지 않았다. 강우의 뒤에 그림자처럼 붙어 있던 그녀는 조용히 앞으로 나아가 최미영 앞에 섰다. 그리고 손바닥으로 뺨을 때렸다.

"이제 그만해."

최미영이 놀란 표정으로 뺨을 움켜쥐었다. 한껏 커진 눈동자가 '당신이 왜?'라고 말하고 있는 것 같았다.

"괜찮아. 성공하지 않아도."

에밀리는 다정한 손길로 미영을 감싸 안았다. 메스를 떨어뜨린 최미영의 눈에서 한 줄기 눈물이 떨어졌다.

강우는 스태프에게 눈짓으로 신호했다.

"빨리 홀로그램 켜요."

스태프가 고개를 끄덕이며 차단되어 있던 홀로그램을 활성화했다. 텅 비어 있던 관객석이 순식간에 팬들의 홀로그램으로 가득 차올랐다. 그러자,

에밀리의 넷 소사이어티 계정을 통해 순식간에 팬들 사이로 공유되어 퍼져 나간 단 하나의 메시지가 한마음으로 이렇게 들려오는 것이었다.

"카이! 사랑해!"
"카이! 사랑해!"

수십억 팬들이 내지르는, 목청이 끊어질 듯한 필사적인 외침에 감싸인 101명의 카이들은, 더는 아무런 행동도 하지 못한 채 멈춰 서서, 일제히 쥐고 있던 뾰족한 피라미드를 떨어뜨

리고 주저앉아 어린아이처럼 큰 소리로 울음을 터뜨리기 시작했다.

12

"혜리 씨, 이제 기자 일도 해?"

강우가 물었다. 혜리는 어깨를 으쓱였다.

"한 가지만 해 가지곤 도무지 먹고살 수가 없어서요."

조용한 평일 오후의 카페. 주혜리와 진강우는 다시 마주 앉았다. 강우가 몇 번이나 인터뷰를 거절했지만 혜리는 집요하게 매달렸다. 집 앞까지 찾아와 잠복하기를 수차례, 강우는 결국 혜리의 인터뷰 요청을 수락할 수밖에 없었다.

"근데 익명 보장 확실하게 해 주는 거지?"

강우가 물었다.

"그럼요. 모자이크랑 음성변조 쎄게 넣어 드릴게요. 인공지능으로도 복구 못 하게요."

거짓말이다, 이놈아. 너도 한번 당해 봐라. 혜리는 속으로 쿡쿡 웃었다.

"이걸로 빚 갚는 거다? 그때 산재 처리 못 해 준 거 진짜 미안하고⋯."

예, 예, 여부가 있겠습니까. 혜리는 짜증을 꾹 누르며 가짜 미소를 지어 보였다.

"그럼 인터뷰 시작할까요, 검사님?"

"그러시죠. 미래저널 주혜리 기자님."

혜리는 고개를 끄덕이며 태블릿의 촬영 버튼을 눌렀다.

"결국 최미영의 단독 범행인 건가요?"

"검찰의 기소 의견은 그렇습니다. 용의자 최미영은 카이를 친자식처럼 여겨 왔습니다. 성공 가도를 달려온 커리어 전부를 포기할 만큼 소중했던 모양이에요. 최미영은 카이를 통해 자신의 삶이 보상받기를 원했고, 점점 더 집착적으로 카이를 관리하기 시작했습니다. 그 과정에서 학대도 있었던 것으로 추정되고요. 이와 관련된 증언도 다수 확보된 상태입니다."

"그렇다면 동기는 집착인가요?"

"뒤틀린 집착, 이지요."

강우가 혜리의 질문을 정정했다.

"최미영은 점차 카이와 자신을 동일시하기 시작했어요. 대한민국 부모들에게 흔히 나타나는 현상이죠. 최미영에게 '카이 크레디트'는 하나의 브랜드였고, 그 브랜드를 기획한 자신이야말로 진짜 카이라고 믿었습니다. 일종의 리플리증후군이랄까요. 최미영은 카이를 반드시 성공시켜야만 했습니다. 그래서 이런 범행까지 준비한 거고요."

"이번 사건이 철저한 기획의 산물이라는 뜻인가요?"

"〈페어런트 101〉의 기획 단계에서부터 범행을 준비한 것으로 판단하고 있습니다."

"만약 그렇다면 기획이 성공하긴 했네요."

혜리는 차갑게 평했다.

사건 이후, 카이의 인기는 여느 때보다도 높게 치솟았다. 팔로워는 50억을 돌파했고, 조회수는 연일 신기록을 경신하고 있었다. 이 기세를 몰아 코르도바는 카이의 인형을 본격적으로 대량 생산하기 시작했다. 트라이플래닛이 만든 한정본처럼 원본을 완벽하게 재현하진 못했지만, 그래도 꽤 비슷한, 아주 조금씩 색다른 개성을 지닌 대량 생산품이었다. 조잡한 인공지능 칩을 단 카이의 인형은 세계 곳곳으로 팔려 나갔고, 집집마다 인테리어처럼 하나씩 자리 잡았다.

모두가 카이를 사랑했다. 카이가 원했던 대로. 그리고 최미영이 원했던 대로. 결국엔 창고에 틀어박혀 잊히겠지만, 적어도 당분간은 그럴 터였다.

"그럼 리모컨을 빼돌린 것도 최미영인가요?"

"네. 본인이 자백했습니다. 코르도바 연구실에서 유출했다고요. 최미영이 42번에게 리모컨을 건네는 모습도 CCTV에 포착됐어요. 사건이 일어나기 일주일 전에요."

"그럼 42번은…."

강우는 한숨을 쉬었다.

"42번은 여전히 자신이 범인이라 주장하고 있어요. 그래야만 자신이 진짜라는 환상이 유지되는 모양입니다."

"재판이 복잡해지겠군요."

"복잡할 것도 없습니다. 증거는 확실하니까요."

시계를 보니 약속한 시간이 훌쩍 지나 있었다. 혜리는 태블릿을 접었다.

"인터뷰는 여기까지. 수고하셨어요."

"바로 일어나도 되지? 요즘 많이 바빠서."

강우는 곧장 자리에서 몸을 일으켰다.

"아, 맞다."

혜리는 갑자기 생각났다는 듯 능청스럽게 손뼉을 쳤다.

"마지막으로 하나만 더 물어봐도 돼요? 오프 더 레코드로."

"뭔데?"

"에밀리랑 무슨 거래 했어요?"

"거래라니?"

"검사님도 아시잖아요. 진짜 가해자가 누구인지."

"무슨 뜻인지 모르겠는데."

어설프다 어설퍼. 강우의 표정을 확인한 혜리는 더욱 심증을 굳혔다.

"최미영 매니저가 교통사고를 당했었다는 거 아시죠? 카이 크레디트가 101명으로 복제되기 일주일쯤 전에요. 수사 중에 의료기록을 좀 살펴봤는데, 머리 쪽을 심하게 다쳐서 뇌사 판정까지 받았더라고요. 그런데 놀랍게도 최미영은 한 달 만에 완전히 회복했어요. 기적처럼요. 그래서, 여기서부턴 제 소설인데……."

혜리는 추리를 시작했다.

"최미영은 카이를 자식처럼 사랑했어요. 그래서 이런 생각을 하게 됐죠. 코르도바와의 온갖 계약과 전속 의무에 얽매인 카이를 구해야겠다고. 노예처럼 살아가는 아이에게 자유를 줘야 한다고. 그래서 최미영은 몰래 계획을 세웠어요. 카이의 뇌를 자신의 몸에 이식하기로. 카이에게 새 삶을 주기로.

최미영의 몸에서 깨어난 카이는 에밀리와 함께 〈페어런트 101〉을 기획했어요. 전설로 남기 위해서. 그리고 자신의 재산을 에밀리에게 상속하기 위해서. 카이는 희생자가 아니라 가해자였던 겁니다. 이 모든 건 자작극이었고요."

혜리는 강우의 표정을 살폈다. 강우의 얼굴엔 아무 반응도 나타나지 않았다.

"하지만 카이는 예상하지 못했어요. 에밀리가 배신할 줄은. 에밀리가 복제된 카이에게 애정을 느끼게 될 줄은 몰랐던 거죠. 에밀리는 진짜를 버리고 가짜들을 택했어요. 모든 죄를 최미영에게 뒤집어씌우고 카이의 이름을 지켜 냈어요. 101명의 카이들이 사람들에게 계속 사랑받을 수 있도록. 물론 이 모든 일은 마음 약한 어떤 검사님의 협조가 있었기에 가능했겠지만요."

혜리는 회심의 미소를 담아 찡긋 윙크했다.

"어떤가요, 제 소설."

진강우는 의미를 알 수 없는 미소를 지으며 천천히 입을
열었다.

"너무 비약인데."

저 디지털
세계의
좀비들

"네? 저보고 뭘 하라고요?"

혜리가 되물었다. 그러자 곧바로 이어플러그에서 강우의 답변이 돌아왔다.

—미끼가 되라고.

대체 내가 왜 그런 짓까지 해야 하는데? 혜리는 높은 층계를 한 칸씩 뛰어오를 때마다 분노를 담아 소리쳤다.

"망할!" "놈의!" "바이러스!" "내가!" "왜!" "그놈 땜에!" "이 고생을!"

버려진 구축 건물 옥상에 도착한 혜리는 가쁜 숨을 고르며 앞을 보았다. 산맥처럼 치솟은 마천루의 숲이 시야를 가득 채웠다. 평택 특별자치시 기술규제 면제특구. 일명 샌드박스. 윤리의 경계를 넘나드는 끔찍한 기술들을 가둬 둔 실험용 모래 상자. 미친 과학자들의 안전한 놀이터. 상상할 수 있는 모든 첨단기술이 자유롭게 거래되는 낙원이자 지옥인 도시.

그곳에서 좀비 떼가 몰려오고 있었다.

옆으로 고개를 돌리니 그쪽도 마찬가지였다. 지금 막 도착한 튜브카의 출입문이 열리며 좀비 떼가 쏟아져 나왔다. 눈에 보이는 것만도 수십이 넘었다.

머리 위로 검찰청 소속의 비행 드론 한 대가 다가왔다. 부끄러울 정도로 요사스럽게 치장된 원피스와 가발이 바람에 펄

럭이며 매달려 있었다. 드론이 집게를 풀자 옷가지가 바닥에
떨어졌다. 강우가 무전으로 말했다.

　―입어. Roo_D.A가 실제 콘서트에서 입었던 옷이야.

　"아니 근데 검사님, 진짜 꼭 이래야 해요?"

　―의논할 시간 없어.

　두고 보자, 진강우. 혜리는 속으로 욕설을 뱉으며 입고 있
던 트렌치코트를 벗고 원피스로 갈아입었다. 싸구려 합성 옷
감의 까끌거리는 질감이 거슬렸다. 옷을 전부 갈아입은 혜리
는 서둘러 좀비들이 질주하는 길목으로 향했다. 눈앞에 거대
한 메가빌딩이 고고히 솟아 있었다. 타워 펠리시아 라그랑주.
샌드박스 최상위 0.1퍼센트의 부와 권력이 모여 사는 곳.

　어느새 수백으로 불어난 좀비들이 텅 빈 대로를 따라 몰려
오고 있었다. 혜리는 그 앞을 가로막듯 서서 강우에게 물었다.

　"이제 뭘 하면 되는데요?"

　―Roo_D.A 흉내를 내.

　"그러니까 그걸 어떻게 하냐고요."

　―기다려. 넷 소사이어티에서 영상을 찾아볼게.

　짧은 침묵.

　―찾았어. 일단 주먹을 쥔 다음에 둘째손가락과 새끼손가
락을 펴.

　"로큰롤 할 때 하는 그거요?"

　―그래. 했으면 눈 옆으로 가져가.

혜리는 시키는 대로 한번 따라 해 보았다.

"이, 이렇게 하면 되나?"

—그리고 이렇게 랩을 하면 돼.

강우가 Roo_D.A의 랩 가사를 스마트팜 메시지로 알려 주었다. 손바닥에 떠오른 노랫말을 확인하자마자 혜리의 얼굴이 새빨개졌다.

"검사님, 요즘 누가 이런 촌스러운 랩을 해요?"

—괜찮아. Roo_D.A는 약간 어설픈 게 콘셉트인 모양이더라고.

"아니, 지금 그런 문제가 아니잖아요! 검사님도 지금 입으로 말하기 부끄러워서 문자로 보냈으면서!"

—그냥 빨리 하기나 해.

"정말 다른 방법 없어요? 가사라도 다른 걸로…."

—이제 진짜 시간 없어.

내가 대체 여기서 뭘 하고 있는 거지? 혜리는 한껏 미간을 찌푸리며 자신의 꼴을 내려다보았다. 홀로그램 장식이 주렁주렁 달린 싸구려 원피스, 머리엔 멍텅구리 같은 양 갈래 가발, 끔찍하게 짧은 치마는 또 어떻고. 생각하면 생각할수록 기가 막혔다.

진강우 이 인간, 아주 만나기만 해. 이 옷 그대로 입혀 버릴 테니까.

좀비 떼가 이제 코앞까지 몰려왔다. 달리 방법이 없었다.

저들을 유인하려면 진강우가 시킨 대로 하는 수밖에. 부끄러워서 눈물이 날 것 같았다. 혜리는 최대한 깊이 숨을 들이마시며 마음을 다스렸다. 에이, 빨리 하고 치워 버리자. 자포자기한 심정으로 크게 한숨을 내쉰 혜리는 검지와 소지를 눈 옆으로 가져가 찡긋 윙크했다.

"Eeh, Yo. I'm Roo_D.A! 어서 어서…."

두 뺨이 폭발할 것처럼 화끈거렸다. 혜리는 결국 가발을 바닥에 패대기쳤다.

"아, 진짜 이것까진 못 하겠다고!"

혜리의 외침에 호응하듯, 좀비 떼가 괴성을 지르며 달려들었다.

2

"선생님, 제발 한 번만요. 네?"

혜리는 간절함을 가득 담은 눈으로 노인을 바라보았다. 그러나 노인은 양팔로 격렬하게 손사래 치며 한사코 혜리의 손길을 거부했다.

"거시기 스캔 같은 거 찝찝해서 싫대도. 보험 아가씨, 그걸로 내 몸 확인할 생각은 꿈에도 하덜 말어."

노인은 과장된 연기 톤까지 섞어 가며 격렬하게 의체 측정을 거부했다. 난감했다.

"선생님, 저 보험사 직원 아니라니까요. 그리고 이거 진짜 아무것도 아니에요. 왜 에어카(aircar) 보험 들면 1년에 한 번씩 보험사에 계기판 찍어서 보내잖아요? 그거랑 똑같은 거예요. 데이터 포트에 케이블 꽂아서 공개 로그만 확인하면 끝나요. 의료기록이랑 개인정보는 하나도 안 건드리고요. 진짜 1분도 안 걸린다니까요, 선생님."

"그건 내가 모르겠고. 나는 에어카 같은 걸 가져 본 적이 없다니깐."

"젊었을 적에 바퀴 달린 차는 가지고 계셨을 거 아니에요."

"바퀴고 나발이고 간에……."

매번 이런 식이었다. 노인들은 완강히 의체 상태 측정을 거부했다. 그냥 집집마다 돌아다니며 데이터케이블만 꽂으면 되는 꿀 알바라 생각했는데 이런 맹점이 있을 줄이야. 의뢰비를 건당으로 책정한 보험사 놈들에게 제대로 속았구나 싶었다.

휴먼 셰어하우스 메가빌리지. 평택 보편복지공단에서 야심 차게 건립한 공공임대 메가빌딩엔 10만 명이 넘는 노인들이 모여 살았고, 그중 대략 30퍼센트가 노령 기초생활 의체를 착용하고 있었다. 의체 사용자에게는 법적으로 책임보험 가입 의무가 있다. 그래서 매년 이맘때가 되면 보험사들은 의체보험료 갱신을 위해 혜리와 같은 임시 조사원들을 대거 고용했다. 가입자들의 의체가 정상적으로 잘 작동하고 있는지 확인하는 의례적인 절차랄까. 딱히 조사를 거부할 이유는 없었다.

아니, 실은 왜 그러는지 짐작이 갔다. 해서는 안 될 짓을 했으니까. 며칠간 조사를 진행하면서 혜리는 이곳 노인들이 의체를 이용해 얼마나 어처구니없는 짓들을 벌이고 있는지 끔찍할 정도로 잘 이해하게 되었다. 자식이 대체 뭐길래.

아니지, 돈이 대체 뭐길래.

의체는 비싸다. 기본 기능만 달린 표준형 모델 한 대 값으로 에어카 두 대는 뽑을 수 있을 정도로. 개인 화장실도 없는 스물두 평짜리 공동주택에 꾸깃꾸깃 모여 사는 노인들이 무슨 돈으로 의체를 샀을까? 당연히 국가에서 지급하는 보조금 덕분일 터였다. 그러고도 부족한 금액은 노령연금을 담보로 대출받았을 거고.

노인들은 그렇게 마련한 의체를 곧장 브로커에게 넘겼다. 그것도 아주 헐값에. 그 대신 자신들은 저급한 수입품을, 도난 신고된 장물을, 배터리 수명이 10퍼센트도 남지 않은 중고품을 입었다. 그걸로도 모자라 속에 있는 부품까지 분해해 팔아 치웠다. 그렇게 마련된 목돈은 고스란히 자식들의 주머니로 흘러 들어갔다. 주택 임대 보증금으로, 창업 자금으로, 대출 이자로, 도박 빚으로.

눈앞의 노인도 비슷한 경우일 게 뻔했다. 딱 봐도 낡아 빠진 공압식 플라스틱 의수는 손가락도 제대로 움직이지 않는 것 같았다. 기계화 시술을 받아 본 적 없는 혜리는 그게 얼마나 불편한 일일지 상상조차 되지 않았다.

도와주고 싶어도 방법이 없었다. 노인이 팔아 치운 의체는 이미 깨끗이 초기화되어 태평양 한가운데를 건너는 중일 테니까. 의체를 수거해 간 업체는 폐업 신고된 지 오래일 테고. 괜히 들쑤셔 봐야 국가보조금을 환수당하지나 않으면 다행이었다. 혜리는 한숨을 쉬며 적당히 스캔 기록을 조작해 태블릿에 채워 넣었다. 의체 기능 정상. 전년과 동일.

—똑. 똑.

손바닥에 요상한 진동이 느껴졌다. 진강우 검사였다. 간만에 어쩐 일이래? 혜리는 손뼉 치듯 스마트팜 화면을 두드려 메신저 앱을 켰다. 사전에 설정된 예의 바른 인삿말과 함께 고개를 숙이다 못해 거의 절을 하는 모습의 이모티콘이 자동으로 전송되었다.

—그간 격조했습니다, 진강우 검사님. 공기정화식물이 낙엽처럼 저무는 늦가을, 검사님께서는 강녕히 지내셨는지요. 항상 신경 써 주신 덕분에 저는 평안히 잘 지내고 있습니다. 이렇게 연락 주시기 전에 먼저 찾아뵙고 문안드렸어야 마땅하오나, 일이 바빠 메신저로 대신 인사를 전하게 된 점….

—혜리 씨, 지금 좀 바쁘니까 바로 본론으로 갑시다. 급한 사건인데, 한 시간 안에 휴먼 셰어하우스 메가빌리지로 가 줄 수 있어?

앗싸, 완전 땡큐. 한 시간 동안 스캔 작업 마무리하고 바로 검찰 일 받아서 하면 되겠다. 혜리는 속으로 그렇게 생각하며 난처한 표정의 이모티콘을 보냈다.

—음… 한 시간이면 빠듯하긴 한데 어떻게든 맞춰서 가 볼게요. 다른 분도 아니고 검사님 부탁이니깐.

—좋아. 지금 어디야? 일단 조사 용역 계약부터 하게. 태블릿에 계약서랑 사건 브리핑 파일 넣어서 바로 드론 띄울게.

—아, 지금 좀 바쁜데. 검사님, 한 시간 뒤에 현장에서 하면 안 되나요?

—우리도 행정절차가 있어서. 일단 계약부터 합시다. 혹시 지금 바로 계약하기 어려우면 얘기해. 다른 사람 알아봐야 하니까. 할 거면 빨리 위치 전송하고.

—의뢰 내용이 뭔데요?

—계약 전엔 비밀이야.

—금액은요?

—긴급 수의계약으로 하루에 5000달러. 비용 발생 시 실비 별도 지급.

저 구두쇠가 5000달러? 대체 얼마나 급한 의뢰길래? 조금 찝찝했지만 이 조건이라면 수락할 수밖에 없었다. 혜리는 한숨을 쉬며 좌표를 전송했다.

—…휴먼 셰어하우스 메가빌리지 17층에 있어요.

—잘됐네. 바로 일 시작하면 되겠다. 시간 벌었어. 그럼 조사부터 착수하고, 세부 계약서랑 정산서는 일 끝나면 그때 한

번에 작성하는 걸로.

머리 위에서 붕붕거리는 소리가 들렸다. 검찰청 비행 드론이 벌써 도착해 8자를 그리며 내려오고 있었다. 진강우, 이 능구렁이. 내가 어디 있는지 알면서 떠본 거였잖아. 혜리는 한숨을 쉬며 드론이 싣고 온 태블릿을 받아 들었다. 화면에 손바닥을 올리자 계약 절차가 시작되었다.

—바로 브리핑 시작해도 되지? 의뢰할 내용은 두 가지야.

드론에 태블릿을 싣자마자 이어플러그에서 강우의 목소리가 들렸다. 혜리는 인적이 드문 골목으로 이동하며 코트 주머니에서 개인용 태블릿을 꺼내 펼쳤다. 사건 파일이 이미 전송되어 있었다.

"네, 말씀하세요."

—자료, 보고 있어?

"휴먼 셰어하우스에서 발생한 폭력 범죄 발생 내역이네요. 대부분 가벼운 폭행이고, 재물손괴도 일부 있고, 과실치사가 한 건 있긴 한데 밀쳐진 상대가 창밖으로 떨어져서 그런 거라 이것도 대단한 사건은 아니고요."

—맞아. 심각한 사건은 한 건도 일어나지 않았어. 문제는 지나치게 건수가 많다는 거야. 일주일 동안 휴먼 셰어하우스 메가빌리지에서 일어난 폭력 범죄는 총 72건. 평시 대비 열 배나 많은 수치야. 샌드박스 전체 평균은 그대로인데 딱 거기만 사건이 폭증한 거지. 그것도 며칠 전부터 갑자기.

지루해진 헤리는 강우의 설명을 한 귀로 흘리며 나머지 자료를 획 넘겨 보았다. 대부분 범죄자들의 프로필로 채워져 있었다.

"뭔가 이상하다는 건 알겠어요. 근데 첨수부에서 맡을 만한 사건은 아닌 거 같은데요? 그래 봐야 구속도 안 되는 가벼운 주먹다짐이잖아요. 영감님들끼리 편 갈라서 다툼이라도 했나 보죠."

─나도 처음엔 그렇게 생각했어. 그런데 이상한 점이 몇 가지 보이더라고.

"이상한 점이요?"

─일단 동기가 없어. 가해자 조서마다 공통적으로 자기가 왜 그랬는지 모르겠다는 진술이 나와. 갑자기 저도 모르게 폭력을 휘둘렀다고. 가해자 대다수가 일관되게 그렇게 주장하고 있어.

"그야, 원래 다들 체포되면 그러잖아요."

─72명 중에 68명이나? 단체로 미치지 않고서야.

이어플러그 너머로 강우가 코웃음을 쳤다. 왠지 자존심이 상했다.

"또 이상한 점은요?"

─89페이지를 봐.

헤리는 단숨에 페이지를 넘겼다. 일자별 통계가 나열되어 있었다. 첫째 날 3건, 둘째 날 4건, 셋째 날 5건, 넷째 날 7건,

다섯째 날 10건, 여섯째 날 15건. 그리고 마지막 날엔….

갑자기 29건?

"통계가 왜 이래요?"

―다음 페이지.

페이지를 넘기자 일자별 사건 기록이 그래픽으로 정리되어 있었다. 가해자는 빨간색 동그라미로, 피해자는 파란색 동그라미로.

―첫째 날 1번 사건. 가해자 심형철. 피해자 노규선. 확인했어?

혜리는 이름을 손가락으로 짚어 가며 답했다.

"네."

―둘째 날 7번 사건. 가해자 노규선. 피해자 조규철.

"피해자가 이번엔 가해자가 됐네요. 얻어맞은 걸 복수했나 보죠?"

―글쎄, 거기서 끝났으면 다행이지. 넷째 날 17번 사건.

혜리는 손가락으로 이름을 따라갔다. 가해자 조규철. 피해자 윤정연. 이번에도 피해자가 가해자로 바뀌었다. 그다음 날엔 윤정연이 가해자로 등장했다. 심지어 윤정연은 두 번이나 폭력을 휘둘렀다.

―상황 파악됐으면 다음 페이지.

혜리는 다음 페이지로 화면을 넘겼다. 앞서와 똑같은 그래픽 위에 화살표가 덧그려졌다. 그러자 패턴이 한눈에 보였다.

파란색이 붉은색으로. 앞선 사건의 피해자가 또 다른 사건의 가해자로. 더욱이 이런 패턴을 보이는 경우가 한둘이 아니었다. 첫날의 사건으로부터 폭력이 가지 치듯 확산되며 이어지고 있었다.

—어떤 것 같아?

"미운 사람 때리기 릴레이 챌린지라도 했대요? 이 펀치는 영국에서 시작되어 일곱 명에게 주먹을 날리면 만사가 잘 풀리고 어쩌고…"

큭, 하고 웃음 새는 소리가 들렸다. 어이구 강우 아저씨, 이런 개그가 취향이셨어? 왠지 한 방 먹였다는 생각에 혜리는 다시 기분이 좋아졌다. 당황한 진강우가 헛기침 소리를 내며 화제를 돌렸다.

—결론부터 이야기하면 검찰 내부에서는 이게 일종의 충동장애를 일으키는 감염병이 아닐까 예측하고 있어.

"바이러스 같은 거요?"

—아직 몰라. 명확한 증거가 아무것도 없으니까. 단지 통계 데이터상 그렇게 보인다는 것뿐이지. 하지만 사건이 전파되는 양상을 설명할 수 있는 시나리오는 감염뿐이야. 적어도 에이다가 내린 결론은 그래.

"에이다?"

—이번에 새로 도입한 인공지능이야. 자세한 건 나중에 설명해 줄게.

"너무 복잡하게 생각하는 거 아니에요? 그냥 두 그룹이 서로 복수를 반복하고 있는 걸 수도 있잖아요."

—그 케이스는 확실히 아니야. 조직 간 에스컬레이션 사건은 통계 패턴이 전혀 달라.

"좋아요. 검사님 말이 맞다 쳐요. 그럼 질병청에 넘기면 되겠네요."

—자연 발생한 바이러스라면 그렇지.

"그 말은……."

—휴먼 셰어하우스 밖에선 비슷한 현상이 발견되지 않고 있어. 누군가 인공적으로 이 사태를 일으켰을 가능성이 높아. 그럴 경우 이건 테러 사건이 돼.

지금 네가 하고 있는 짓이 테러다, 이 자식아. 구두쇠 진강우가 웬일로 인심 쓰나 했더니, 그냥 위험수당이 붙은 것뿐이잖아. 혜리는 찝찝한 기분을 느끼며 주머니에서 마스크를 꺼내 귀에 걸쳤다. 근데 마스크로 감염을 막을 수 있긴 한가?

"바이러스가 폭력 충동을 일으킨다니, 그런 병은 들어 본 적도 없어요."

—프로틴 폴드 프린터만 있으면 뭔들 못 만들어 내겠어. 뇌의 특정 부위에 영향을 미치는 단백질 정도야 요즘 바이오 해커들에겐 일도 아니지.

"그래서 제가 할 일은 뭔가요? 바이러스 샘플을 채취하는 건가요?"

—그건 질병관리청에서 이미 하고 있어. 가해자들의 혈액을 전수 분석 중인데, 아직은 가닥이 보이질 않는데. 원인이 뭔지도 파악 못 한 상황이야.

　"그럼 저는 뭘 할 수 있죠?"

　—혜리 씨는 혜리 씨가 잘하는 걸 해야지. 범인 잡는 거. 일단 심형철부터 만나 봐. 최근 누구랑 접촉했는지, 의심 가는 사람은 없었는지. 여태껏 증상이 대량으로 확산되지 않은 걸 보면 접촉을 통해서만 소규모로 감염되는 게 틀림없어 보이니까.

　강우는 그렇게 말하며 심형철이 격리되어 있는 시설의 주소를 전송했다. 수직 엘리베이터로 40층 정도 올라가야 했다.

　"첫 번째 의뢰는 대충 알겠어요. 두 번째 의뢰는 뭐죠?"

　—응?

　"의뢰할 내용이 두 가지라면서요."

　—아, 별거 아냐. 외주 수사관에게 당분간 의무 적용되는 사항인데.

　동시에 혜리의 손등에 아이콘이 하나 생성되었다. 로딩 표시가 빙글빙글 돌아가며 강제로 신규 앱이 설치되고 있었다. 파란색 검찰청 로고 아래에 투박한 글씨로 앱의 이름이 쓰여 있었다. 에이다(AIDA).

　—에이다의 베타테스트. 협조 좀 부탁해.

3

검찰청 수사 보조 인공지능
AIDA
ver.0.931_BETA

오직 AIDA에서만 가능한 새로운 가능성

AIDA(Artificial Intelligence Detective Assistant)는 검찰 수사관을 위해 새로이 개발된 최첨단 대화형 인공지능입니다. 오직 범죄 수사만을 위해 학습된 17만 6862개의 알고리즘이 이제껏 경험하지 못한 수준의 통계 분석과 증거 수집 능력을 제공하죠. 간결해진 UX, 빨라진 처리 속도, 대화형 서포트 시스템, 능동형 프로그래밍, 강화된 증강현실, 그 밖에도 다양한 기능을 새롭게 선보입니다.

▶▶ 소개 영상 시청하기

인간보다 인간다운. 1782% 향상된 자연어 처리 능력

2인 1조 수사가 어려워진 현실 여건을 반영해, 저희 시스템 개발진은 AIDA의 대화 능력을 극적으로 향상시켰습니다. 대화를 주고받는 것이 너무나 자연스러워 인간 파트너보다 더 가깝게 느껴질 정도죠.

저 디지털 세계의 좀비들

111

아무리 혼란스러운 상황에서도 AIDA는 주변 잡음과 파트너의 음성을 완벽히 분리해 인식합니다. 그리고 진짜 파트너처럼 반응하죠. 심지어 파트너의 긴장을 풀어 줄 농담도 탑재되어 있답니다. 믿기지 않는다고요? 미안합니다, 데이브. 유감이지만 그럴 수 있습니다.

▶▶ 자세히 알아보기

차세대 능동형 프로그래밍 언어 '뉴비(New_B)' 탑재

이제 복잡한 코딩은 필요 없습니다. AIDA에게 지시하기만 하면 금세 프로그램을 만들어 줄 테니까요. 개인화된 용의자 명부 관리, 실시간 동선 추적, 사소한 단서까지 자동으로 배열하고 정리해 줄 3차원 스프레드시트… 차세대 능동형 프로그래밍 언어 '뉴비'가 이 모든 것을 말 한마디로 가능하게 해 줍니다. 지금 바로 지시해 보시겠어요? 'AIDA, 지뢰 찾기 만들어 줘.'

▶▶ 자세히 알아보기

강화된 증강현실

혹시 버추얼 렌즈나 온 사이트 디스플레이를 사용 중이신가요? AIDA의 향상된 AR 메커니즘은 필요한 정보를 실제보다 실제처럼…

이걸 어느 세월에 다 읽으란 거야? 참을성이 떨어진 혜리는 버튼을 눌러 팝업창을 꺼 버렸다. 간결해졌다는 개발자의 설명과 달리 메인화면엔 수십 개의 메뉴가 무질서하게 나열되어 버벅대고 있었다. 혜리는 손등을 문질러 앱을 닫아 버렸다. 어휴, 나랏돈 먹고 만든 앱이 다 그렇지.

—반가워요. 혜리.

갑자기 이어플러그에서 성별을 추정하기 힘든 목소리가 들렸다.

"응? 혹시, 에이…다?"

—맞아요. 잘 부탁해요. 혜리.

"너 부른 적 없는데."

—부르셨어요. 호출 아이콘을 누르셨잖아요.

손등을 문지르다 대화 기능이 켜진 모양이었다. 혜리는 벅벅 머리를 긁으며 인사를 건넸다.

"그래, 그래, 잘 부탁해."

—목소리에서 불신이 느껴지는군요.

"어. 내가 인공지능이라면 아주 질색이거든."

—저런, 유감이에요. 제 최우선 과업은 당신과 친해지는 건데. 분위기도 바꿀 겸 제가 농담 하나 해 볼까요?

"아니, 됐어."

혜리의 제지에도 에이다는 꿋꿋이 농담을 던졌다.

—세상에서 제일 작은 총은? 미시건. 호. 호. 호. 어떠신가

요? 제 회심의 유머.

인공지능이 누구 취향에 맞춰 제작됐는지 알 만했다. 혜리는 아주 크게 한숨을 쉬었다.

—또 하나 해 볼까요? 경기도 화성시에 가려면 뭐가 필요할까요? 답은 우주선. 왜냐면 화성이니까. 푸. 하. 하.

"충분히 웃겼어. 이제 그만 닥쳐 줄래?"

—혜리. 여전히 저를 신뢰하지 않는군요. 저는 당신의 파트너예요. 우리 사이에 비속어는 바람직하지 않아요. 혜리는 지금보다 좀 더 저를 존중해야 해요.

더 상대하고 싶지 않았다. 피로해진 혜리는 입을 꾹 다문 채 가까운 수직 엘리베이터로 향했다. 호출 버튼을 누르기 위해 손을 뻗는 순간, 그보다 한발 먼저 엘리베이터 문이 열렸다.

—제가 미리 호출했어요. 목적지는 58층으로 설정하면 되겠죠? 용의자 심형철 씨와 면회 일정도 이미 예약되어 있어요.

깜짝 놀란 혜리는 빤히 손등을 바라보았다. (회심의 미소) 이모티콘이 떠 있었다.

"…이거 좀 쓸 만한데?"

—만족하셨다면 평가하기 버튼을 눌러 별점을 매겨 주시겠어요?

"글쎄. 아직은 보류."

혜리는 엘리베이터에 탑승했다. 문이 닫히자마자 엘리베이터가 가속하며 상승하기 시작했다.

— - —

심형철에 대한 심문은 이렇다 할 소득 없이 끝났다. 조서에 쓰인 내용 이상의 새로운 정보는 없었다. 사건 당일, 자택 앞 통로를 걷던 심형철은 갑자기 돌변해 일면식도 없는 노규선을 폭행했다. 본인은 제대로 기억조차 못 하고 있지만, CCTV 기록에 따르면 심형철은 피해자의 다리를 붙잡아 쓰러뜨린 후 허벅지를 세 차례 가격했다. 티타늄 의수로 사람을 때리다니. 해머를 휘두른 거나 다름없었다. 그나마 기계 의족이어서 다행이지, 생체 부위를 쳤더라면 아마 살인 사건이 되고도 남았을 터였다.

폭력을 가한 이유 또한 알아내지 못했다. 심형철은 도대체 자신이 왜 그랬는지 모르겠다며 억울함을 가득 담은 표정으로 혜리에게 호소했다. 대체 바이러스(만약 정말로 그런 게 존재한다면 말이지만)를 언제 어디서 누구에게 옮았는지 아무 실마리도 잡을 수 없었다. 에이다가 사건 발생 전 1개월간의 동선을 샅샅이 추적했지만 의심스러운 접촉 흔적은 발견되지 않았다.

심형철이 거짓말을 하는 것 같진 않았다. 딱히 병에 걸린 사람처럼 보이지도 않았고. 적당한 지식만 갖추면 프로틴 폴드 기법으로 뭐든 뚝딱 만들어 낼 수 있는 시대라지만, 아무리 그래도 어떻게 바이러스가 딱 몇 초 동안만 사람을 미치게 할 수가 있지? 범행을 저지른 후엔 증상이 깨끗이 사라져 멀쩡한 상태로 돌아온다니, 생각할수록 이상한 일이었다.

　─단서를 찾으셨나요?

심문을 마치자마자 에이다가 물었다.

"아니, 아직은. 혹시 여기에 다른 가해자들도 있어?"

　─네. 세 명이 더 있어요. 윤정연, 최유선, 유미라.

"그 사람들도 전부 만나 봐야겠어."

혜리는 순서대로 가해자들을 호출했다. 꽤 공을 들여 가며 세 사람을 모두 심문했지만 마찬가지로 소득은 없었다. 조서를 베껴다 붙이기라도 한 것처럼 사건의 양상이 동일했다. 가해자들은 모두 생전 처음 보는 사람에게 폭력을 휘둘렀다. 특별한 이유도 없이. 같은 변호사에게 가이드라인을 공유받기라도 한 듯 하나같이 자신이 왜 그런 짓을 저질렀는지 모르겠다며 억울함을 호소하고 있었다.

단서라고는 조금도 발견할 수 없었다. 실체가 없는 유령을 쫓고 있는 기분이었다. 기운이 쏙 빠진 혜리는 텅 빈 복도에 쭈그리고 앉아 마스크를 벗었다.

내가 놓치고 있는 게 뭐지?

초조해진 혜리는 저도 모르게 손톱을 깨물었다. 그러자 에이다가 핀잔을 주었다.

　─혜리. 부주의해요. 바이러스가 손에 묻었을 가능성이 있어요.

"어. 나도 감염돼서 진강우 검사 한 대 때려 주려고. 에이다. 방금 전 세 사람 사건 파일을 다시 한번 읽어 줘. 최대한 짧게 요약해서. 공통점 위주로."

에이다는 잠깐의 딜레이도 없이 요약된 내용을 브리핑하기 시작했다.

—윤정연. 87세. 사흘 전 두 명을 폭행했어요. 사건은 한 시간 간격으로 일어났고, 둘 다 개인적인 관계가 전혀 없는 사람들이에요. 표준형 전신 의체로 격투를 벌인 결과, 피해자 한 명은 의수가 부러졌고 한 명은 인공심폐 모듈이 찌그러졌어요.

—최유선. 82세. 윤정연에게 폭행당한 피해자 중 한 명이에요. 아마도 윤정연에게 감염된 것이 아닐까 추정돼요. 사건은 이틀 전에 일어났고, 보험사에서 고용한 임시 조사원을 공격했군요.

"와, 정말 못됐다. 어떻게 조사원을."

혜리는 진심을 담아 맞장구쳤다.

—피해자 진술에 따르면 현관문을 열자마자 최유선이 자신의 팔을 끌어당겼다고 해요. 하지만 마음대로 잘 되진 않았어요. 왜냐면 윤정연이 그의 의수를 망가뜨렸거든요. 그러자 최유선은 문틈에 피해자의 팔을 끼워 꺾어 버렸어요. 피해자는 손목의 서보 모터*가 파손됐고요.

---

*   servo motor. 각종 센서를 통해 위치, 속도, 토크 등의 움직임을 정밀하게 제어할 수 있는 모터. 로봇의 동력계를 구성하는 핵심 부품 중 하나이다.

―유미라. 77세. 셋 중엔 이 사건이 가장 심각해요. 피해자는 청소 작업자인데, 작업용 경량 의체를 입고 빌딩 외벽에서 말라붙은 공기정화식물을 걷어 내는 중이었어요. 마침 창밖을 바라본 유미라가 바깥에 매달려 있던 작업자와 눈이 마주쳤고, 유미라는 그를 발견하자마자 창문을 깨고 배를 발로 걷어찼어요.

"외벽은 강화유리일 텐데?"

―유미라는 실버 클럽 높이뛰기 선수예요. 마침 훈련을 끝마치고 돌아온 터라 다리에 시합용 강화 의족을 착용 중이었고요.

에이다의 설명을 들으며 혜리는 알 수 없는 위화감을 느꼈다. 발견되지 않는 감염원. 면식 없는 피해자. 충동적으로 일으킨 범행. 파손된 기계 신체. 그리고 노인들….

잠깐, 노인들?

왠지 알 것 같은 기분이 들었다.

"에이다. '뉴비'로 프로그램을 만들 수 있다고 했지? DB 구축도 가능해?"

―네. 뭐든 말씀해 주세요.

"이번 사건과 관련된 사람들의 개인정보 전체를 자유롭게 필터링할 수 있는 스프레드시트를 만들어 줘."

―완성됐어요.

혜리는 주머니에서 태블릿을 꺼내 펼쳤다. 화면에 에이다가 정리한 정보들이 3차원 큐빅 모양으로 깔끔하게 정리되어 있었다.

"가해자 중 가장 어린 사람이 몇 살이지?"

혜리의 질문이 끝나기도 전에 파란색으로 필터링된 결괏값이 화면에 표시되었다.

—73세입니다.

"가해자 중 의체 사용자는 몇 명이야?"

—전원 의체 사용자예요. 부분 의체 사용자가 54명, 전신 의체 사용자가 18명.

"피해자는?"

—피해자도 전원 의체 사용자네요.

"구체적인 스펙이나 상태도 알 수 있어?"

—가해자에 한해서요. 체포할 때 스캔이 이루어지니까요. 혜리. 무엇이 궁금하시죠?

"무선통신 기능이 지원되는지."

—72명 중 71명이 무선통신을 지원하는 모델을 사용 중이에요.

"사건 당시에 해당 기능이 활성화되어 있었어?"

—아니요. 가해자 전원 비활성 상태였어요.

예상대로였다. 혜리는 입술을 만지작대며 생각을 정리했다.

"원인을 찾은 것 같아."

—흥미롭군요. 저한테도 알려 줘요.

"바이러스."

—그건 이미 알려진 사실인데요.

"아닐걸?"

—오, 알겠어요. 바이러스가 의체 내부에 잠복 중이라 의심하는군요.

"자기, 눈치 되게 빠르다?"

혜리는 에이다에게 다음 지시를 내렸다.

"혹시 뉴비로 의체에 잠복한 바이러스를 스캔하는 프로그램도 만들 수 있어?"

—가능해요.

"얼마나 걸려?"

—다 됐어요. 태블릿으로 전송할게요.

태블릿 홈 화면에 신규 앱이 추가되었다. 〈바이러스 스캐너 by AIDA〉. 확인을 마친 혜리는 다시 격리 시설로 돌아가 심형철을 호출했다. 얼마 후 의료진이 심형철을 데려왔다. 몇 번이나 불려 다닌 탓에 심형철은 잔뜩 짜증이 난 상태였다. 그가 무어라 소리치려 했지만, 혜리는 아랑곳 않고 상대의 의수를 끌어당겨 외장을 뜯어 냈다. 내부 패널에 데이터케이블을 가져가자 케이블 말단에 부착된 자석이 금속면에 착 달라붙었다. 접촉 회선을 통해 전송된 스캔 데이터가 태블릿 화면에 표시되기 시작했다. 결과를 확인한 혜리가 윙크하며 말했다.

"찾았어. 바이러스."

4

"혜리 씨, 그러니까 바이러스는 맞는데 그 바이러스는 아니다?"

강우가 물었다. 그는 사무실 책상에 다리를 꼬고 앉아 있었다.

─네, 검사님. 사건을 일으킨 원인은 디지털 바이러스였어요. 에이다가 방금 간이분석을 마쳤는데, 바이러스는 의체 간 통신을 통해 전염되는 모양이에요. 폭행 사건은 감염의 결과가 아니라 과정이었던 거죠.

"혜리 씨, 내가 이해가 잘 안 돼서 그러는데. 가해자들이 바이러스를 감염시키기 위해 폭력을 휘둘렀다는 거야?"

─그게, 설명하려면 좀 복잡한데….

"복잡하게 해 봐."

혜리는 잠시 뜸을 들였다.

─검사님, 혹시 '의체깡'이라고 들어 보셨어요?

"정부 지원금으로 신형 의체를 구입한 다음, 그걸 다시 구형으로 교환해서 차액을 현금으로 빼돌리는 거잖아. 뻔한 사기 수법이지."

─목록에 있는 가해자들 전부 깡을 한 사람들이에요. 기록상 보유하고 있어야 할 의체보다 훨씬 낡은 모델을 입고 있더라고요. 그것도 한참 오래전에 기술 지원이 끝난 구형을요.

제조사에서 보안 업데이트를 중단해서 자연히 바이러스에도 취약하고요.

"바이러스에 감염된 이유는 알겠어. 근데 그게 폭력 사태랑 무슨 관계가 있지?"

—이분들도 바보가 아니거든요. 자기들이 입고 있는 의체가 해킹이나 바이러스에 취약하다는 사실을 본인들도 잘 알아요. 그래서 나름 할 수 있는 방어 조치는 전부 취해 놔요. 외부에서 유선으로 접속할 수 있는 데이터 포트를 전부 고장 내 버린다든지, 무선통신 모듈을 제거한다든지. 그럼 웬만해서는 외부에서 침투가 불가능하거든요. 여기까진 이해되시죠?

"응. 계속해 봐."

—유무선통신이 완벽히 차단된 상태에서 바이러스가 자신을 외부로 전파하려면 어떻게 해야 할까요? 일단 가능한 방법은 신체 접촉면의 전압 차로 데이터를 주고받는 접촉 통신 회선을 이용하는 거예요. 그런데 이게 쉽지가 않아요. 접촉 회선은 원래 긴급용 모스부호를 주고받는 용도로 설계된 시스템이어서 데이터 전송 속도가 느리거든요. 게다가 상대가 신체 접촉을 거부할 수도 있고요. 결국 바이러스는 최후의 수단을 사용하는 수밖에 없어요. 의체 내부 기판에 직접 데이터케이블을 쑤셔 박는 거죠. 설령 신체 일부를 파괴하는 한이 있더라도요.

"휴먼 셰어하우스에 이런 사람들이 얼마나 되지?"

—제 체감으로는 대충 열에 하나?

"음. 만 명 정도인가."

─검사님. 진짜 중요한 건 이분들이 아니에요. 이분들은 오히려 최악의 여건에 놓여 있었기 때문에 바이러스 증상이 겉으로 빨리 드러난 것뿐이에요. 만약 통신 모듈이 멀쩡한 사람들은 어떨까요? 데이터케이블 접속이 가능한 사람들은요? 어쩌면 휴먼 셰어하우스 밖에도 이미 바이러스가 퍼졌을지 몰라요. 무증상 감염자의 수가 얼마나 될지 저는 상상도 되질 않네요. 게다가 우린 아직 바이러스의 진짜 목적이 무엇인지도 모르고 있어요. 대체 누가 왜 이 바이러스를 퍼뜨렸는지, 바이러스가 감염자들에게 어떤 기작을 일으키는지도요. 검사님, 이제 어쩌죠?

"……."

안 그래도 지방선거가 코앞인데 왜 하필 이런 일이 생기는 거야? 강우는 답답한 심정을 속으로 삼키며 최대한 냉정한 표정을 유지했다.

그간 유사한 바이러스 사건을 몇 차례 겪으며 강우는 관련 기관들에 대한 기대를 접은 지 오래였다. 사람들의 몸이 점점 기계로 바뀌고 있는데도 질병관리청은 여전히 생물학적 바이러스 외엔 자신들의 관할이 아니라는 식의 답변만 앵무새처럼 반복했다. 평택 자치경은 관련 정보를 꽁꽁 감춘 채 검찰에 대한 라이벌 의식만 불태우고 있었고. 내용 없는 공문을 수십 장 주고받는 사이, 3종 팬데믹 선언도 코호트 격리도 이뤄지지 않은 채 차일피일 시간만 흘러가고 있었다.

"바이러스 코드는 확보했어?"

—네. 실리카 메모리에 카피해 뒀어요.

"그걸로 백신 제작이 가능할 거 같아?"

—아뇨. 에이다 말로는 바이러스가 복제될 때마다 코드가 완전히 새롭게 변조된대요. 변조되지 않은 원본 소스 코드를 확보하기 전엔 치료가 어렵다고 하네요.

"일단은 확보된 코드라도 드론에 실어 보내. 바이러스 문제는 이쪽에서 알아서 해결해 볼 테니까, 혜리 씨는 계속 범인을 추적해 줘."

—알겠어요.

"추적할 단서는 있는 거지?"

—에이다가 심형철 의수에서 데이터 전송 로그를 복구하는 중이에요. 작업이 잘된다면 누가 심형철에게 바이러스를 전송했는지 추적할 수 있겠죠.

"그래. 그쪽은 맡길게."

강우는 땀에 젖은 앞머리를 쓸어 넘겼다. 그런데 태블릿 너머에 비친 혜리의 표정이 이상했다. 눈동자를 굴려 눈짓으로 어딘가를 가리키고 있었다. 강우는 시선이 향하는 방향을 따라 손바닥을 보았다. 지난번에 설치해 둔 커플 앱에 비밀 메시지가 전송되어 있었다.

—그… 에이다 말인데요.

―어떤 거 같아?

―좀 별로예요.

―어떤 점이?

―연수원 갓 졸업한 신입 같다고 해야 하나. 빠릿빠릿하긴 한데 일을 좀 이상하게 한다고 해야 하나. 얘가 상식을 완전히 벗어나 있더라고요.

―무슨 일 있었어?

―심형철 의체에서 바이러스 샘플 확보하기 전에 당연히 신체 수색영장부터 신청했어야 하는데, 에이다는 절차고 뭐고 싸그리 무시하고 곧장 해킹 프로그램부터 생성해 버리더라고요. 덕분에 저야 편했지만. 뭐랄까, 작정하고 무리한 지시를 내리면 굉장히 부적절한 방법을 써서라도 억지로 임무를 관철시키지 않을까… 그런 인상을 받았어요.

―베타 버전이니까. 차차 고쳐지겠지. 다른 특이한 점은 없었어?

―음, 지나치게 유능해요. 위험할 정도로요. 제가 시키지도 않았는데 제 생각을 읽은 것처럼 미리 행동하더라고요. 눈치가 어찌나 빠른지 몇 년 안에 우리 전부 실직하게 생겼어요.

―검사들 사이에서도 에이다가 본격적으로 도입되면 수사관 절반은 정리해고 당하는 거 아니냐는 이야기가 나오더라고.

―그 '뉴비'라는 프로그래밍 언어 덕분일까요?

―아마도.

―대체 뭐예요? 그 뉴비라는 물건.

―나도 정확히는 몰라. 사용자의 감정 상태를 정밀하게 스캔해서 대충만 지시해도 알아서 원하는 프로그램을 만들어 준다는 정도밖엔.

―어디서 개발한 건데요?

―코르도바.

―역시.

혜리가 (찌릿) 이모티콘을 보냈다.

―검찰에서 그렇게 수상한 시스템을 써도 되는 거예요?

―한창 위에서 밀고 있는 사업이야. 일단은 모른 체해 줘. 가능하면 평점도 좋게 주고. 이 프로젝트에 잡음이 생기면 크게 다칠 사람들이 많거든. 상황을 정확히 파악하기 전까진 불편해도 좀 참아 줘.

혜리는 (한숨) 이모티콘을 남기곤 접속을 끊어 버렸다. 설마 이 대화까지 에이다가 염탐하고 있는 건 아니겠지. 강우는 속으로 걱정하며 손바닥을 문질러 앱을 종료시켰다.

5

―혜리. 복구가 끝났어요.

이어플러그에서 에이다의 목소리가 들렸다.

"결과는?"

─접속 로그를 확보했어요. 바이러스는 9일 전 조창묵이라는 사람에게서 전송됐어요. 심형철과 같은 셰어하우스를 쓰는 룸메이트인데, 같은 공간에서 함께 수면하는 동안 의체 충전기를 통해 전송된 것으로 추정돼요.

"조창묵이 누구한테 바이러스를 옮았는지는 알 수 없어?"

─그건 조창묵의 메모리를 확인해야만 알 수 있어요. 그래도 더 중요한 사실을 알아냈어요. 놀라지 말아요. 꽤 중요한 정보니까.

"뭔데?"

─복구된 로그 데이터에서 바이러스가 복제된 횟수를 파악했어요. 바이러스를 복제할 때마다 고유 번호를 매기도록 알고리즘이 설계되어 있었어요.

"그래서?"

─심형철의 바이러스는 여섯 번 복제됐어요. 다시 말해 여섯 명만 거슬러 올라가면 바이러스를 퍼뜨린 범인에게 도달할 수 있다는 뜻이죠. 어때요? 이 정도면 결정적이죠? 후. 후. 후.

혜리는 엄지와 검지로 미간을 주물렀다.

"에이다. 혹시 케빈 베이컨 법칙이라고 알아?"

─물론이죠. 위키넷에 따르면 케빈 베이컨 법칙은 할리우드 배우 케빈 베이컨이 즐기던 놀이에서 유래했다고 해요. 이

론의 내용을 요약하면 인간관계를 여섯 단계만 거치면 지구상의 어떤 사람과도 지인 관계로 연결될 수 있다는 것으로…….

어휴, 말이나 못하면 밉지라도 않지. 혜리는 속으로 투덜거리며 서둘러 엘리베이터로 향했다.

— – —

에이다의 분석대로 조창묵의 의체에서 바이러스가 발견됐다. 조창묵은 사귀는 사이인 안나 밍에게 접촉 회선을 통해 옮았고, 안나 밍은 조창묵과 데이트하기 하루 전 종교 예배에서 장로에게 근거리 통신으로 바이러스를 옮았다. 장로는 홍민지의 손님이었고, 홍민지는 충전소에 들르기 하루 전 조윤주의 가게에서 미용 정비를 받았다. 그리고 조윤주는….

"여기야?"

―네. 이 주소가 맞아요. 조윤주는 여기서 중고 거래로 의수를 구입했어요.

흔적을 거슬러 최종적으로 도착한 곳은 휴먼 셰어하우스 인근의 평범한 메가빌딩이었다. 직장을 다니지 않는 소상공인들이 주로 모여 사는 아담한 주거 블록. 조윤주는 상대의 얼굴을 보지 못했다고 했다. 의수는 전용 케이스에 포장되어 문 앞에 놓여 있었고, 대금 결제는 체리마켓 앱으로 이루어졌다. 거래 상대방의 ID는 '루다사랑'. 본명은 비공개로 되어 있었다.

"에이다, 수색영장 신청해."

—벌써 했어요.

혜리는 손바닥을 확인했다. 가택수색을 허락하는 블록체인 인증서가 등록되어 있었다.

"자기, 점점 마음에 드는데?"

—만족하셨다면 지금 바로 평가하기 버튼을 눌러 별점을….

"나중에."

혜리는 주머니에서 테이저를 꺼내 들고 출입문을 두드렸다.

"계세요?"

기다려도 답이 없었다. 그럼 그렇지. 혜리는 말없이 손바닥에 글씨를 썼다. 에이다, 강제로 문 열어. 그러자 곧바로 잠금이 해제되는 소리가 들렸다. 손잡이를 잡아당기자 손쉽게 문이 열렸다. 내부는 어두컴컴했다. 혜리는 발소리를 죽인 채 조심스럽게 집 안으로 걸어 들어갔다.

그리고 의외의 광경과 맞닥뜨렸다.

"하아암, 누구세요?"

열다섯에서 열일곱쯤 되었을까. 학생처럼 보이는 아이가 기지개를 켜며 방 안에서 걸어 나왔다. 방금 전까지 낮잠이라도 잤는지 긴장감이라고는 찾아볼 수 없는 얼굴이었다. 수사관이 집에 들이닥치리라고는 상상조차 해 본 적 없는 듯한.

혜리는 황급히 테이저를 주머니에 집어넣었다.

"안녕하세요. 출입문이 열려 있길래… 혹시 여기에 '루다사랑'이라는 분 계신가요?"

"어, 그럴걸요?"

"누가 찾아오셨어?"

거실 안쪽에서 목소리가 들렸다. 아이는 안쪽을 향해 큰
소리로 외쳤다.

"아빠 찾아왔대."

"아빠는 왜? 그 인간이 또 무슨 사고 쳤어?"

"나야 모르지."

거실에 환하게 불이 켜졌다. 생각했던 것보다 훨씬 평범한
풍경이었다. 월스크린과 소파가 놓여 있는, 어디서나 볼 수 있
는 평범한 가정집. 소파 위에 부부와 아이의 모습이 출력된 디
지털 액자가 걸려 있었다. 용의자는 하품이 나올 정도로 평범
한 얼굴이었다.

부엌에 있던 중년 여성이 앞치마에 손을 닦으며 다가왔다.
엄마와 눈빛을 교환한 아이는 다시 방으로 들어가 문을 닫았
다. 여성이 조심스레 혜리에게 물었다.

"남편은 지금 집에 없는데, 혹시 무슨 일이시죠?"

"그게, 체리마켓에서 거래했는데 이 주소로 오라고 하셨거
든요."

"그러시구나. 요 앞에 잠깐 나갔으니까 아마 곧 돌아올 거
예요. 차라도 한잔 드릴까요?"

혜리는 손사래 치며 사양했다.

"아뇨, 괜찮습니다. 근데 혹시 이 집에 콘솔이 있나요?"

"네, 저기 있어요. 남편 방에요."

여성이 엄지로 등 뒤의 방을 가리켰다. 이 좁은 집에 남편 방이라니. 누가 들으면 집에 방이 다섯 개는 있는 줄 알겠네. 헤리는 짜증이 솟구쳤다.

"잠깐 들어가 봐도 될까요? 구입할 물건이 저 안에 있을 거 같은데."

"아니, 그게 좀…."

여성이 무어라 말했지만 헤리는 무시하고 안쪽으로 밀고 들어갔다. 여성도 딱히 적극적으로 말리지는 않는 눈치였다. 문을 열자마자 헤리는 저도 모르게 중얼거렸다.

"뭐야, 이게?"

헤리를 맞이한 것은 수십 명의 Roo_D.A였다. 한쪽 벽면을 가득 채운 Roo_D.A의 포스터, 홀로그램 피규어, 포토 카드, 높다랗게 쌓인 앨범의 탑…. 빼곡하게 들어찬 유명 아이돌의 존재감에 숨이 막힐 정도였다.

책상 위에 Roo_D.A의 스킨이 씌워진 VR 헤드셋과 콘솔이 놓여 있었다. 헤리는 콘솔을 향해 다가갔다.

"당신 누구야!"

그 순간, 등 뒤에서 목소리가 들렸다. 고개를 돌리자 중년 남자가 새빨개진 얼굴로 씩씩거리고 있었다. 액자에서 봤던 얼굴이었다.

"루다사랑?"

물었지만 대답이 없었다. 혜리는 손바닥에 영장을 띄워 상대에게 내밀었다.

"평택지검 수사관 주혜리입니다. 수색영장 여기 있고. 지금부터 가택수색 시작하겠습니다. 그리고 당신. 바이러스 테러 용의자로 긴급 체포할 거니까 얌전히 있어요."

혜리는 남자에게 다가갔다. 그러자 상대가 경계하며 한 걸음 뒤로 물러섰다. 한 걸음, 또 한 걸음. 뒷걸음치는 걸음이 점점 빨라졌다. 남자가 몸을 돌려 뛰쳐나가려는 찰나, 부인이 남편의 뒷덜미를 붙잡아 방 안으로 끌어당겼다.

"이 인간아, 이번엔 또 무슨 사고를 쳤길래 검찰에서 찾아와! 테러? 테러?"

"오, 오해야!"

"퍽도 오해겠다."

흥분한 부인이 남편의 등짝을 때리기 시작했다. 당황한 혜리는 부인을 뜯어말렸다. 부인은 새빨개진 얼굴로 한참 동안 남편을 향해 욕설을 퍼부었다. 혜리는 겨우 부인을 진정시켜 밖으로 내보낸 다음, 넋을 잃은 남자의 손목에 전자수갑을 채웠다.

"왜 찾아왔는지 말 안 해도 알지?"

남자는 묵묵부답이었다. 혜리는 손바닥에 사진을 띄워 상대에게 보여 주었다.

"얼마 전 체리마켓에서 이렇게 생긴 의수를 판 적 있지?"

"네."

"당신이 판매한 의수에서 치명적인 바이러스가 발견됐어."

"네?"

남자는 모르는 일이라는 듯 눈을 동그랗게 떴다. 어설프게 연기하는 티가 얼굴에 잔뜩 묻어났다. 혜리는 콘솔이 놓인 책상으로 거칠게 그를 끌고 갔다. 책상 위에 쌓인 Roo.D.A의 사진 무더기를 걷어 내자 30년은 된 듯한 낡은 책들이 모습을 드러냈다. 《초보 해커를 위한 입문 해킹 예제》, 《블랙 해커를 위한 입문 테크닉》, 《트로이-네트워킹 공격의 미학》······.

"완전 딱 걸렸는데? 이래도 발뺌할 거야?"

범인이 갑자기 허탈한 웃음을 터뜨렸다.

"큭, 절대 추적당할 일 없다고 자신만만해하더니. 그 여자한테 완전 속았군."

그가 양손으로 머리를 쓸어 넘기며 말했다. 아주 짜증 나는 말투였다. 남자는 혜리는 안중에도 없다는 듯, 자기 연민에 완벽히 도취되어 있었다.

"바이러스 소스 코드 어딨어?"

"······."

"대답 좀?"

"···콘솔 안에 있어요."

혜리는 범인을 내버려 두고 콘솔로 향했다. 태블릿의 데이터

케이블을 콘솔에 연결하자 곧바로 에이다의 목소리가 들렸다.

—찾았어요.

"어때?"

—한번 보시겠어요?

콘솔 화면에 소스 코드가 출력되었다. 혜리는 당황했다.

"이게 프로그램 코드야? 이딴 게?"

—바이러스는 뉴비로 제작됐어요. 그래서 소스 코드가 일상 언어로 되어 있어요.

"아무리 그래도 이게 말이 돼? 이렇게만 써도 작동한다고?"

혜리는 화면을 손가락으로 가리켰다. 화면엔 이렇게 쓰여 있었다.

〈Virus.new_b〉

마구 퍼뜨려라.『무슨 수』를 써서든
가만히 [때]를 기다려라
약속의 [시간]은 10월 9일 13시
[Roo_D.A]에『접속』하라!

—뉴비는 이용자의 개인정보와 평소 행동, 감정 상태를 기반으로 욕망을 예측해요. 그래서 구체적인 지시 없이도 언제

든 이용자가 원하는 형태로 프로그램을 제작할 수 있죠.

에이다가 덧붙였다.

"이 코드만 있으면 백신 제작이 가능해?"

—여기서는 힘들어요. 하지만 검찰청 서버라면 가능해요. 가해자들에게서 확보한 바이러스 데이터와 소스 코드를 대조한다면 코드가 어떤 식으로 변조되는지 패턴을 분석할 수 있을 거예요.

혜리는 콘솔에 실리카 메모리를 꽂았다.

"여기다 복사해 줘. 그리고 진강우 검사에게 경과 보고도 부탁해. 용의자 픽업해 갈 사람도 한 명 보내 달라고 하고."

—알겠어요.

에이다에게 지시를 마친 혜리는 몸을 숙여 주저앉은 남자와 시선을 맞췄다.

"당신, 지금부터 내가 몇 가지 물어볼 건데. 아주 솔직하게 대답해야 해."

"뭐, 뭡니까?"

"바이러스를 퍼뜨린 목적이 뭐야?"

남자는 잠시 머뭇거리다가, 아주 작은 목소리로 소곤거렸다.

"…다 때문이에요."

"뭐? 크게 말해."

"Roo_D.A요."

"Roo_D.A? 아이돌 Roo_D.A 말하는 거야? 걔가 왜?"

저 디지털 세계의 좀비들　　　　　135

"온라인에서 버추얼 콘서트가 있어요."

"그래서?"

"그게… 그러니까… 콘서트 티켓을……."

"아저씨, 결론만 빨리."

혜리는 검지를 빙글빙글 돌리며 상대를 재촉했다. 그러자 남자가 갑자기 흥분해 소리치기 시작했다.

"보, 보, 복수! 복수하려고 그랬다! 내, 내가 한 달에 꽂아 주는 돈이 얼만데 Roo_D.A 걔가 어떻게 나한테 이럴 수가 있어? 어떻게 티켓 한 장 가지고 그러난 말이야. 매크로 좀 돌렸다고 어떻게 날 차단할 수가 있냐고!"

대충 윤곽이 보였다. 콘서트라니. 너무 하찮아서 짜증이 날 지경이었다.

"그러니까, 콘서트 표를 못 구해서 복수심에 바이러스를 퍼뜨렸다 이거야?"

"그래, 했다!"

남자가 부르르 떨며 양손으로 바닥을 내려쳤다.

"바이러스에 감염된 좀비들이 디도스 공격으로 서버를 마비시킬 거야. 아무도 콘서트에 접속 못 해. 내가 Roo_D.A의 공연을 완전히 망쳐 버릴 거라고!"

"디도스?"

디도스가 대체 뭐야? 갑자기 좀비는 또 뭐고. 마음속으로 의문을 떠올리기 무섭게 이어플러그에서 에이다의 목소리가 들렸다.

　—디도스. 디. 디. 오. 에스. 위키넷에 따르면 D.D.O.S는 서비스 거부 공격의 줄임말로, 수십 년 전에나 쓰이던 아주 고전적인 해킹 수법이에요. 바이러스로 다수의 컴퓨터를 감염시킨 다음, 정해진 일시가 되면 동시에 특정 주소에 접속을 반복해 서버를 마비시키는 거죠.

　"그럼 좀비는?"

　—바이러스에 감염된 꼭두각시 콘솔들을 당시엔 좀비 컴퓨터라고 불렀어요. 이 경우엔 감염된 의체들을 지칭하는 것으로 추측돼요. 의체는 하나하나가 고성능 컴퓨터나 다름없으니까요.

　에이다의 설명을 듣고 나니 바이러스 코드의 내용이 이해되었다. '약속의 시간은 10월 9일 13시, Roo_D.A에 접속하라.' 다시 말해 바이러스는 10월 9일 13시에 Roo_D.A의 버추얼 콘서트 서버를 공격할 예정이었다.

　10월 9일이면 오늘이잖아? 혜리는 손바닥을 펼쳐 시간을 확인했다. 에이다가 그보다 한발 먼저 확인해 주었다.

　—11시 45분. 이제 1시간 15분 남았어요.

　"심문 내용 진강우 검사한테 공유해. Roo_D.A 소속사에도 경고해 주라고 하고."

　—알겠어요.

　혜리는 심문을 이어 갔다.

"당신, 뉴비 컴파일러는 대체 어디서 얻었어? 아직 시중에 풀리지도 않은 건데. 아까 '여자'라고 했지? 그 여자가 대체 누구야?"

"체리마켓에서 우연히 만났어요. 해킹 방법도 그 여자가 알려 줬고요."

"이름은?"

"'여울'이라는 ID를 썼어요. 본명은 저도 몰라요."

여울이라. 분명 어디서 들어 본 이름인데……. 혜리는 정체불명의 이름을 마음속에 새기며 질문을 이어 갔다.

"만나 봤어? 어떤 사람이지?"

"직접 만나진 못했습니다."

"그럼 거래는 어떻게…."

―혜리.

갑자기 에이다가 끼어들었다.

"에이다, 잠깐만 있어 봐. 지금 중요한 질문 하고 있으니까."

―혜리.

"아, 왜?"

―급한 일이에요.

"뭔데?"

―이걸 봐요.

에이다가 콘솔 화면에 뉴스 채널을 띄웠다. 라이브 캠 드론이 휴먼 셰어하우스 메가빌리지 내부를 비추고 있었다. 아나

운서가 급박한 목소리로 외쳤다.

—좀비입니다! 마치 좀비처럼 사람들이 폭주해 빌딩 밖으로 몰려 나가고 있습니다! 이게 대체 어떻게 된 일일까요?

화면이 바뀌었다.

대로를 따라 비틀거리며 질주하는 노인들의 모습이 화면에 잡혔다. 카메라가 앞쪽으로 날아갈수록 사방에서 인파가 합류하며 그 수는 점점 빠르게 불어났다.

—바이러스가 활동을 개시했어요.

"어째서? 아직 시간 안 됐잖아. 그리고 서버에 접속만 하는 거라며?"

—답변하기 어렵군요. 저도 원인을 모르겠어요.

혜리는 무선통신 모듈을 제거한 노인들의 의체를 떠올렸다.

"혹시 버추얼 콘서트 서버로 향하고 있는 건 아닐까? 유선으로 접속하려고."

—서버는 CK 메가빌딩에 있어요. 정반대 방향이에요.

혜리는 범인을 노려보았다. 하지만 그는 멍하니 중계 화면만 바라보고 있을 뿐이었다. 혜리는 그의 멱살을 붙잡아 일으켜 세웠다.

"숨기는 거 있으면 지금 당장 말해."

"저, 저도 몰라요! 전 그냥 콘서트 서버만 마비시키려고 한 것뿐이라고요! 이런 일이 일어날 줄은⋯⋯."

남자를 내팽개친 혜리는 입술을 쥐어뜯으며 고민에 잠겼

저 디지털 세계의 좀비들

다. 아무리 해도 이가 맞지 않는 조각난 퍼즐들이 머릿속을 떠다녔다. 뉴비. 바이러스. 노인들. 폭행 사건. 망가진 의체. 제거된 통신 모듈. 버추얼 콘서트. 디도스. 좀비. Roo_D.A에 접속하라….

내가 뭘 놓친 거지?

"에이다. 좀비들이 어디로 향하고 있는지 알 수 있어?"

─이대로 계속 간다면 약 한 시간 후에 선두가 '타워 펠리시아 라그랑주'에 도달해요.

이름을 들어 본 적 있었다. 기업에 소속되지 않은 상위 0.1퍼센트의 전문직과 고위 공직자, 정치인과 셀럽이 모여 산다는 최고급 메가빌딩.

설마.

"혹시 Roo_D.A도 거기 입주민이야?"

─네.

마지막 조각을 찾았다. 그러자 단숨에 모든 퍼즐이 이어졌다. 차마 입에 담기도 힘든 진실에 시선의 끝자락이 닿는 순간, 혜리의 내면에서 주체할 수 없는 분노가 폭발했다. 혜리는 범인의 턱을 구둣발로 걷어찼다.

"역겨운 새끼. 어떻게 딸뻘인 애한테……."

─혜리. 원인을 찾았나요?

"응. 범인은 이놈이야."

─그건 이미 알려진 사실인데요.

"아닐걸?"

―음, 이번엔 추측하기 어렵군요.

"뉴비는 사용자의 욕망을 반영해서 프로그램을 작성한다고 했지? 바로 그게 문제야. 'Roo_D.A에 접속하라.' 이 개보다 못한 놈은 그 명령어를 입력할 때 디도스 공격을 생각하지 않았어. 더 추잡한 상상을 하고 있었지. 좀 더 직접적이고 육체적인 장면을 말이야."

혜리는 뉴비 컴파일러가 '접속하라'는 명령의 의미를 구체적으로 어떻게 왜곡해 받아들였을지 상상조차 할 수 없었다. 솔직히 알고 싶지도 않았다. 눈앞의 남자가 무슨 욕망을 떠올렸는지 따위는 하나도 중요하지 않았다. 정말로 중요한 것은 그 욕망으로부터 피해자를 안전하게 지켜 내는 일이었다.

남자가 발끈하며 반박했다.

"무, 무슨 소립니까! 나는 Roo_D.A한테 한 번도 그런 상상을 해 본 적이…"

"닥쳐."

혜리는 주머니에서 테이저를 꺼내 남자의 가랑이에 방아쇠를 당겼다. 최대 출력으로 설정된 전류가 흐르자 남자는 비명을 지를 새도 없이 온몸을 바둥거리며 기절했다. 혜리는 범인의 온몸을 와이어로 묶으며 말했다.

"에이다, 에어카 한 대 빨리 호출해 줘. 제일 빠른 걸로. 목적지는…"

─물론 타워 펠리시아 라그랑주겠죠? 이미 호출했어요.

"자기, 이럴 때마다 진짜 반하겠다니까."

─만족하셨다면 지금 바로 평가하기 버튼을….

"아, 좀! 하여튼 무드가 없어."

혜리는 곧장 밖으로 뛰쳐나갔다. 출입문 앞에 주차된 에어카에 올라타며 스마트팜으로 진강우를 호출했다.

"검사님! 지금 급하게 도움이 필요한데, 혹시 신변 보호 가능해요?"

에어카가 하늘로 떠오르며 급가속했다.

6

"Roo_D.A가 보호를 거부했다고요?"

깜짝 놀란 혜리가 되물었다.

─상황을 전부 설명했는데도 소용없었어. 매니저가 아주 고집이 세더라고. 타워 펠리시아에 숨어 있는 편이 더 안전하다고 생각하는 모양이야.

"거기 있는 건 확실하고요?"

─응, 그건 확실해. 버추얼 콘서트용 모션 트레이서가 자택에 있대.

"그게 진짜 이유네. 이 난리통에도 콘서트 강행하겠다는 거잖아요."

혜리는 투덜거리며 창밖을 내려다보았다. 이제 수천 명 가까이 늘어난 좀비 떼가 해일처럼 라그랑주로 향하고 있었다. 가까이서 보니 상황이 생각보다 훨씬 엉망진창이었다. 의체의 스펙도 형태도 가지각색인 좀비들은 불협화음을 내며 거칠게 서로를 밀치고 짓밟고 넘어뜨렸다. 부분 의체를 착용한 사람들의 상태는 더 심각했다. 통제를 잃은 의족과 의수에 생체 부분이 억지로 끌려다니는 형국인 데다, 각 부위가 따로따로 움직이는 탓에 온몸이 기이한 각도로 꺾여 버린 경우도 있었다.

에어카로 여기까지 오긴 왔다만, 이제 어쩌지?

"검사님, 일단 제가 빌딩에 들어가서 Roo_D.A를 설득해 볼게요."

─그건 불가능해.

"왜요?"

─타워 펠리시아엔 입구가 없어. 주민들이 외부인 출입을 극도로 꺼리거든. 사전에 등록된 에어카만 개별 출입구로 진입할 수 있어.

"그게 말이 돼요? 소방안전법에 걸리지 않아요?"

─그래서 매년 벌금을 내지. 아주 많이.

아주 잘하는 짓이다, 망할 것들. 혜리는 상상할 수 있는 최대한의 욕설을 마음속으로 마구 쏟아 냈다.

"그럼 영장이라도 내 줘요. Roo_D.A 집에 에어카로 들이

받을 테니까."

―영장? 타워 펠리시아에? 담당 판사 삥삥이 돌려 가면서 시간만 질질 끌다가 결국 일주일 후에 기각 때릴걸.

"그럼 어떡하라고요? 검사님은 뭐 방법 있어요?"

―준비 중이야. 일단 근처에서 대기해.

"알겠어요."

혜리는 가까운 도로에 에어카를 정차시켰다. 밖으로 뛰쳐나온 그녀는 먼지바람을 일으키며 상승하는 에어카를 뒤로한 채 강우에게 물었다.

"도착했어요. 이제 뭘 하면 돼요?"

―아무래도 혜리 씨가 좀비들을 유인해 줘야겠어.

그 지시를 따르지 말았어야 했는데. 그 능구렁이가 설마 이런 말도 안 되는 작전을 떠올릴 줄은 몰랐다. 펄럭이는 원피스를 직접 받아 든 후에야 혜리는 뒤늦게 후회했다.

……하여, 혜리는 결국 Roo_D.A의 옷을 입고 좀비 앞에 나서게 된 것이었다.

― - ―

"Eeh, Yo. I'm Roo_D.A! 어서 어서…."

참다못한 혜리는 가발을 패대기쳤다.

"아, 진짜 이것까진 못 하겠다고!"

혜리의 외침에 호응하듯 좀비 떼가 괴성을 지르며 달려왔다. 혜리는 뒤돌아 빠르게 도망치기 시작했다. 일단 먹히긴 먹힌 건가?

—혜리. 위를 봐요.

에이다의 목소리가 들렸다. 고개를 들자 비행 드론 한 대가 내려오고 있었다.

—짜잔.

"저게 뭔데?"

—점프 부츠예요. 모든 수사관은 비상시 필요한 표준 장비를 요청할 권리가 있어요. 외주 수사관이라 하더라도요.

"진짜? 그런 얘기 처음 듣는데."

—진강우 검사가 이런 부대 비용에 얼마나 민감한지 잘 아시면서.

"흐흐. 자기 진짜 최고다. 우리 사귈까?"

—거절할게요. 지적 수준이 맞지 않는 상대와는 연애하고 싶지 않아요.

"와, 상처 주네."

—오, 그랬다면 죄송해요. 정정할게요. 저는 제가 존경할 수 있는 사람이 이상형이에요.

"방금 더 상처받았어."

—지금이라도 평가하기 버튼을 눌러 평점을 남겨 주신다면 혜리와 교제하는 건에 대해 긍정적으로 재고해 볼 수도….

"됐거든?"

질주하는 혜리의 눈앞으로 드론이 날아와 검정 박스를 떨어뜨렸다. 바닥에 내려앉은 박스의 겉 부분이 폭발하며 점프 부츠의 티타늄 골격이 모습을 드러냈다. 혜리는 부츠에 양발을 집어넣었다. 빨대처럼 가느다란 외골격이 무릎과 정강이를 꽉 조이며 다관절 모터와 복합 탄성 스프링이 순식간에 근력을 증강시켜 주었다. 혜리는 지금까지보다 몇 배는 빠른 속도로 달려 나갔다.

타워 펠리시아에 도착하자마자 혜리는 지체 없이 점프했다. 단숨에 3층 높이를 뛰어올라 테라스 난간에 착지했다. 그러자 좀비들이 하나둘 건물 외벽을 기어오르기 시작했다.

개중에 점프력이 뛰어난 좀비들이 단숨에 테라스 위로 따라왔다. 혜리는 다시 점프했다. 테라스에서 테라스로, 아래층에서 위층으로, 쉴 틈 없이 점프하며 좀비들에게서 멀어지기를 반복했지만 아무리 노력해도 그들의 손아귀에서 벗어날 수 없었다.

쟤들은 뭐야? 체조선수야?

월등한 스펙의 의체를 입은 좀비들이 빠르게 거리를 좁혀왔다. 혜리는 또다시 점프했다. 다시 착지하기도 전에 좀비 하나가 먼저 테라스에 도착해 있었다. 좀비가 혜리의 발목을 붙잡았다. 혜리는 욕설을 뱉으며 부츠에서 발을 빼냈다. 구두가 걸려 맨발만 빠져나왔다. 발이 빠져나오자마자 부츠가 철사처럼 찌그러졌다.

좀비가 혜리를 억지로 끌어안으려 했다. 생각할 틈도 없이 빠르게 상체를 숙여 양팔을 피했다. 균형을 잃은 좀비가 쓰러지며 유리창이 깨졌다. 혜리는 나머지 한쪽 부츠도 마저 벗어 버리고 몸을 던져 집 안으로 뛰어들었다.

"꺄악!"

집 안에 있던 사람들 중 하나가 비명을 질렀다. 혜리는 서둘러 몸을 일으켜 현관문 쪽으로 달리기 시작했다. 깨진 창에서 좀비 떼가 쏟아져 들어왔다. 값비싼 물건들이 요란하게 부서지는 소리가 났다. 혜리는 문을 열고 복도로 나갔다.

"감히 어디서 소란을 피워!"

누군가 문을 열고 나와 소리 질렀다.

"불편을 드려 죄송합니다! 공무 집행 중입니다!"

"공무 집행? 너 이름 뭐야?"

"평택지검 첨수부 평검사 진강웁니다!"

"아아, 니가 그 또라…."

혜리는 오른손으로 경례하는 시늉을 하며 상대의 옆을 빠르게 지나쳐 갔다. 상대는 다음 말을 잇지 못했다. 이미 좀비의 파도가 그를 휩쓸어 버린 뒤였다.

—혜리 씨, 아이돌이 된 기분이 어때?

이어플러그에서 진강우의 목소리가 들렸다.

"검사님, 제가 지금 열라 바쁘거든요?"

—지금 어딘데?

"모르겠어요. 아무튼 건물 안이에요. 검사님, 저 이거 언제까지 해야 하는데요?"

—어떻게든 옥상까지만 올라와.

혜리는 복도를 질주하며 엘리베이터를 찾기 시작했다. 다행히 근처에 수직 엘리베이터가 있었다. 그것도 여섯 개나.

27층입니다.

사방에서 엘리베이터 문이 열리며 좀비들이 쏟아져 나왔다. 피할 곳이 없었다. 잠깐 몸이 굳어 버린 사이 좀비들이 혜리의 주위를 둘러싸고 거리를 좁혀 왔다.

"빨리 피하세요!"

갑자기 그들 중 하나가 소리쳤다. 한쪽 다리에만 의족을 착용한 남자였다. 남자는 펄떡거리는 자신의 다리를 양팔로 움켜쥔 채 버티고 있었다. 덕분에 비집고 들어갈 공간이 생겼다. 혜리는 짧은 틈을 놓치지 않고 남자의 다리 아래로 슬라이딩했다.

"고마워요!"

혜리는 곧장 엘리베이터에 들어가 문을 닫았다. 천천히 문이 닫혔다. 하지만 그보다 먼저 좀비들의 팔이 문틈을 비집고 들어왔다. 출입문에 쾅쾅 부딪치는 소리가 났다. 혜리는 다가오는 손길을 피해 한 걸음 뒤로 물러서며 소리쳤다.

"에이다, 강제로 출발시켜!"

문이 열린 채로 엘리베이터가 급상승했다. 틈새에 끼인 기계 팔들이 박살 나며 바닥에 떨어졌다. 혜리는 여전히 물고기처럼 펄떡거리는 팔들을 걷어차 한쪽 구석으로 치웠다.

수직으로 질주한 엘리베이터를 타고 겨우 옥상에 도착했다. 혜리는 조심스럽게 밖으로 나왔다. 아직 좀비의 기척은 느껴지지 않았다.

그래 봤자 어차피 곧 도착하겠지. 걸어서든 기어서든.

혜리는 서둘러 옥상 한가운데로 이동했다. 바닥에 헬기 착륙장 표시가 그려져 있었다. 테이저를 꺼내 들고 잠시 숨을 고르며 기다렸다. 얼마 지나지 않아 사방에서 좀비들의 소음이 들려오기 시작했다. 외벽을 기어서, 계단을 달려서, 엘리베이터를 타고 뒤쫓아 올라온 좀비들이 서서히 혜리의 주변을 포위하듯 둘러싸기 시작했다.

"검사님?"

—최대한 높은 곳으로 올라와.

혜리는 주위를 두리번거렸다. 통신사에서 설치한 위성통신 중계용 기지국이 보였다. 혜리는 높다랗게 솟은 철골 타워를 기어올랐다. 맨발에 닿는 금속의 감촉이 얼음처럼 차가웠다. 좀비들이 빠르게 기지국 주위를 에워쌌다. 빽빽하게 밀집한 좀비들은 앞다투어 타워를 오르려다 오히려 서로를 방해했다. 그들은 서로의 몸을 짓밟으며 점점 높게 탑을 쌓았다. 혜리는 가까이 올라온 좀비에게 테이저를 발사했다. 좀비 한 무리가 우르르 아래로 떨어졌다.

　—좋아. 계획대로 되고 있어.

　"그 기깔난 계획 빨리 좀 봅시다!"

　—다 왔어.

　위쪽에서 프로펠러 소리가 들렸다. 헬리콥터가 내려오고 있었다. 근처까지 다가온 헬기의 문이 열리며 진강우 검사가 모습을 드러냈다. 그가 길쭉한 팔을 앞으로 내밀며 소리쳤다.

　"이쪽으로 뛰어! 혜리 씨!"

　점프하기엔 너무 멀었다. 하지만 혜리는 지체하지 않고 점프했다. 근처에 높이 쌓아 올려진 좀비들의 무더기를 밟고 다시 한번 뛰어올랐다. 강우가 조금 더 멀리까지 몸을 내밀며 손을 뻗어 왔다. 혜리는 강우의 손을 잡았다.

　혜리의 몸을 위로 끌어당기자마자 강우는 주머니에서 복잡하게 생긴 기계장치를 꺼내 방아쇠를 당겼다. 그리고,

　옥상에 모인 좀비들이 일시에 작동을 중단하며 우수수 바닥에 쓰러졌다.

7

　—겨우 옥상까지 올라왔더니 사방에서 바이러스에 감염된 환자분들이 절 완전히 둘러싸는 거예요! 그땐 정말 끝이구

나 싶었죠. 그런데 그 순간 딱! 진강우 검사님이 하늘에서 나타나 절 구해 주신 거 있죠? 완전 감동! 최고! 검사님 완전 슈퍼히어로로 같았어요!

화면 속에서 Roo_D.A가 진강우를 팔꿈치로 툭툭 치며 생글생글 웃어 댔다.

—당연히 해야 할 일을 했을 뿐입니다.

—우와아, 겸손까지 멋져요!

둘이 아주 신났네 신났어. 짜증 낼 기운조차 남아 있지 않았다. 완전히 지쳐 버린 혜리는 사무실 책상에 턱을 괴고 기절하려는 머리를 겨우 받쳤다.

—두 분, 정말 훌륭하세요. 검사님, 어떻게 사건을 해결하셨는지 여쭤봐도 될까요?

기자가 물었다.

—사태를 인지하자마자 저희 평택지검은 신속하게 전문가들을 섭외해 바이러스 구조를 분석했습니다. 바이러스의 특성을 무력화하는 백신이 완성된 직후 근거리 무선통신으로 환자분들에게 전송했고요. 통신이 불가능한 환자분들은 주변 환자들로부터 자동적으로 백신이 전파되도록 했습니다. 바이러스의 전염력을 응용해 백신을 전염시킨 거죠.

—와, 정말 기발한 아이디어네요. 검사님이 직접 생각하신 건가요?

—물론입니다.

홍. 보나 마나 또 누구 부려 먹었겠지. 혜리는 코웃음 치며 맥주 캔을 입으로 가져갔다.

—그런데 아이돌 Roo_D.A 양도 검사님만큼이나 중요한 역할을 하셨다고요?

—에이, 아네요.

Roo_D.A가 손사래 쳤다.

—사실입니다. Roo_D.A 양이 나서서 폭주한 감염자분들을 유인하지 않았더라면 사상자가 훨씬 늘어났을 겁니다.

—멀리서 몰려오는 좀… 아니, 감염자분들을 발견한 순간 결심했어요! 지금은 내가 나서야 할 때라고, 타워 펠리시아 주민 여러분께 받은 사랑을 돌려드릴 때라고요. 마침 눈에 띄는 복장을 입고 있어서 다행이었어요.

Roo_D.A가 양손을 움켜쥐며 두 눈을 크게 부릅떴다. 아주 지랄을 해요. 혜리는 다시 맥주를 입으로 가져갔다. 맥주가 나오지 않았다. 그녀는 공허한 표정으로 빈 캔을 흔들었다.

—네, 오늘은 의문의 바이러스 사태로부터 타워 펠리시아 라그랑주를 구한 두 영웅을 만나 봤습니다. 지금까지 뉴스타격 조예선 기자였습니다.

—Eeh, Yo. I'm Roo_D.A! 어서 어서 구독 신청 여기루다!

Roo_D.A가 검지와 소지를 눈 옆으로 가져가며 윙크했다. 와, 진짜 저걸 하네.

강우와 Roo_D.A가 서로 웃고 떠드는 장면을 마지막으로 인터뷰 영상이 끝났다. 혜리는 정지된 화면 속 진강우의 얼굴을 노려보며 잠시 고민하다가, 크게 한숨을 쉬곤 태블릿을 접어 버렸다.

"에이, 뭐 아무렴 어때."

쭈욱 기지개를 켠 혜리는 책상 위에 놓인 두툼한 현금 다발을 집어 손가락으로 촤르륵 넘겨 보았다. Roo_D.A에게 모든 공을 양보하는 대신 지급받은 보상이었다. 종일 고생한 대가치곤 저렴했지만, 그렇다고 많이 아쉬워할 정도는 아니었다.

부족한 금액은 진강우한테 청구하지 뭐.

이 모든 고생을 시킨 진강우에게 어떻게 복수하면 좋을까 고민하며, 혜리는 새로운 맥주 캔을 집어 뚜껑을 땄다.

파멸로부터의
9호 계획

1

엘리베이터 출입문이 닫히고 있었다. 혜리는 전력으로 질주해 점점 좁아지는 틈새로 어떻게든 몸을 밀어 넣었다. 텅. 육중한 금속이 맞물리는 소리가 났다. 출구가 굳게 닫혔다. 이제 도망칠 곳은 없었다. 혜리도, 범인도.

허를 찔린 범인은 멍한 표정으로 눈만 끔벅거리고 있었다. 혜리는 거친 숨을 헐떡이며 상대의 곁으로 다가가 옆구리에 테이저를 찔렀다.

"잡았다, 요놈아."

당황한 범인이 어깨를 움츠리며 빠르게 양손을 치켜들었다.

"자, 잘못했어요."

그렇게 금방 후회할 놈이 뭐 하러 이런 귀찮은 짓을 벌여 가지고는. 혜리는 인상을 찌푸리며 테이저에 꾹 꾹 힘을 주었다.

"대답해. 여기서 무슨 짓 했어?"

"무슨 짓 했냐고요? 궁금해요? 어디서부터 말씀드려요?"

놈의 반짝거리는 눈빛을 본 순간 혜리는 직감했다. 덕후였다. 그것도 아주 심각한. 세상 해맑은 표정을 보아하니 자신이 벌인 짓을 생각만 해도 날아갈 것처럼 기분이 좋아지는 모양이었다. 하여튼 해킹 사건은 이래서 귀찮다니까.

"당연히, ■■을 설■했죠! 와, 진짜 쩔■다!"

갑자기 이어플러그에 잡음이 섞였다. 자동번역 기능이 또

말썽이었다. 혜리는 미간을 찌푸리며 손바닥으로 귀를 두드렸다.

"뭘 설치했다고?"

"파멸이요."

"파멸?"

"파멸 모르세요? 그, 제가, 파, 멸, 을, 설치했다니까요?"

파멸이 대체 뭔데? 짜증이 난 혜리는 이어플러그를 뽑아 버렸다. 번역을 거치지 않은 상대의 육성이 귀에 꽂혔다. 미국식 영어였다. 혜리는 그제야 상대의 말뜻을 정확히 알아들을 수 있었다.

"**둠(Doom)**이요!"

"둠? 게임을 깔았다고?"

"네."

"어디에?"

"저기에."

범인이 엄지로 등 뒤의 패널을 가리켰다. 엘리베이터 행선지를 입력하는 터치패널에 조잡한 픽셀 그래픽의 게임 화면이 띄워져 있었다. 하, 진짜 내가 어이가 없어서. 혜리는 앞머리를 쓸어 넘기며 크게 한숨을 뱉었다. 하도 어이가 없다 보니 화도 나지 않았다. 오히려 웃음이 나올 지경이었다.

"너희 해커 놈들은 대체 왜 기계만 보면 저걸 못 깔아서 안달인 건데?"

"저 해커 아닌데요."

"뭐? 그럼 뭔데?"

"후훗. 제 정체를 물으신다면 친절히 답해 드리는 것이 인지상정."

범인이 왼손을 힘주어 펼치며 얼굴의 절반을 가렸다.

"광대한 메타 소사이어티의 어둠의 그림자를 질주하는 넷 스프린…."

"아, 됐고."

더 들을 것도 없었다. 혜리는 범인의 손목을 낚아채 수갑을 채웠다. '뉴비'의 베타 버전이 유출된 후부터 해커를 자칭하며 이딴 한심한 범죄나 일으키고 다니는 모지리들을 수도 없이 겪었다. 이제는 이런 놈들의 뒤꽁무니를 쫓는 일이 양치질만큼이나 친숙한 일과처럼 느껴질 지경이었다.

"나머지 얘기는 취조실 가서 하자고."

혜리는 범인의 뒷덜미를 거칠게 끌어당기며 출입문 쪽으로 다가갔다. 그런데….

"…여기서 어떻게 나가지?"

픽셀 그래픽으로 채워진 패널 어디에도 열림 버튼이 보이지 않았다.

2

일주일 전, 글로벌 해커 그룹 '파멸로부터의 9호 계획'이 평택 국제공항으로 입국했다는 첩보가 입수되었다. 곧 다가올 세상의 파멸을 경고한다며 전 세계 곳곳에서 별별 기상천외한 장난질을 벌여 온 놈들이 이번엔 샌드박스를 놀이터로 삼은 모양이었다.

밤낮으로 동향을 추적한 끝에 겨우 해커들의 꼬리를 잡을 수 있었다. 놈들의 목표가 코르도바 메가빌딩이라는 정보였다. 실낱같은 단서에 의지해 사흘간 잠복을 이어 간 혜리는 화물 운송용 리니어 엘리베이터를 해킹하고 있던 멤버 한 명을 발견했다. 그리고 호기롭게 안으로 뛰어들어 놈을 체포하긴 했는데….

대체 뭐냐고, 이 대책 없는 똥멍청이는.

"출입문을 열 방법이 없다고?"

"그게요. ESC 키를 눌러서 메뉴를 열어야 게임을 종료할 수 있거든요. 그런데 수사관님이 갑자기 들이닥치시는 바람에 키 매핑을 마무리 못 했어요. 헤헤. 그래도 게임에 필요한 키들은 잘 입력돼요. 다행이죠?"

"지금 그게 웃을 일이냐고! 애초에 여기다 게임을 왜 깔아!"

"그냥 화면이 있길래……."

말을 말자. 혜리는 손바닥으로 이마를 짚으며 에이다를 호출했다.

"에이다, 방법 없어?"

—해킹 시도가 감지되자마자 관제실에서 이 구역의 무선통신을 차단했어요. 외부랑 연락이 닿질 않아요.

"아, 그래서 자동번역 성능이 개판이구나. 유선은?"

—접속단자가 외부에 있어요. 엘리베이터 내부에선 접속이 불가능해요.

베타 버전 시절이라면 어떻게든 우회할 방법을 찾았겠지만, 정식 버전이 업데이트된 후로 에이다의 기능에 많은 제약이 생겼다. 아쉽지만 어쩔 수 없었다.

—방법이 하나 있긴 한데, 혜리는 별로 좋아하지 않을 거예요.

"말해 봐."

—게임을 클리어하세요.

"뭐?"

—게임을 끝까지 클리어하면 메인화면이 나올 거예요. 그럼 게임을 종료하고 원래 상태로 되돌릴 수 있어요.

혜리는 인상을 찌푸리며 범인을 노려보았다.

"야, 중2병. 너 이 게임 할 줄 알아?"

"네? 저요? 당연히 못하죠. 설치하는 법만 알아요. 헤헤."

범인이 태연자약한 표정으로 뒤통수를 긁었다. 세상 멍청한 표정을 보고 있자니 속이 터졌다. 이러다 의체 시술받으러

가면 온몸에서 사리 쏟아지는 거 아냐? 혜리는 한숨을 쉬며 화면 앞에 섰다. 권총을 쥔 주먹이 조악한 도트 그래픽으로 그려져 있었다.

─혜리. 할 수 있겠어요?

"나 데모닉 소울 11도 최고 난이도로 깬 사람이거든?"

혜리는 화면 속 화살표 키에 손을 얹었다. 게임이 시작되자 빠른 비트의 전자음악이 흘러나왔다. 적당히 조작 방법을 파악한 뒤 곧장 정면으로 나아갔다. 그리고 3초 만에 사망했다. 화면 아래에 그려진 주인공의 얼굴이 불쌍할 정도로 피투성이가 되어 있었다.

"어…라? 이게 아닌데……."

버튼을 누르자 다시 처음부터 스테이지가 시작되었다. 혜리는 이번에도 기세 좋게 앞으로 달려 나갔다. 하지만 얼마 지나지 않아 적들에게 총알 세례를 받으며 사망했다.

"와, 더럽게 못하시네요."

범인이 감탄하듯 말했다.

"야, 조용히 안 해? 너도 잘 못하잖아."

말하는 순간 또 사망했다.

─혜리. 정말 답답하게 플레이하는군요. 제가 방법을 알려드릴까요? 우선 정면에 보이는 계단을 올라가면 갑옷이….

"내가 알아서 할 수 있거든?"

인공지능에게까지 무시당하자 속에서 피가 끓기 시작했다.

잔뜩 흥분한 혜리는 패널을 때려 부술 기세로 연타했다. 다시 처음부터 스테이지가 시작되었다. 혜리는 권총을 난사하며 뛰쳐나갔다. 열 번 가까이 사망한 끝에 겨우 첫 번째 스테이지를 돌파할 수 있었다.

생각보다 잘 만들어진 게임이었다. 웜홀 실험 사고로 지옥에서 튀어나온 악마들을 물리쳐 나가는 단순 무식한 스토리. 미칠 듯한 속도감. 화면 가득 튀기는 혈액과 살점들. 샷건을 빠르게 재장전하며 갈겨 대는 손맛도 꽤 훌륭했고. 그중에서도 혜리는 전기톱이 가장 마음에 들었다.

"오, 전기톱! 훌륭한 대화 수단이죠!"

"또 뭔 헛소리야?"

"그런 게 있어요. 헤헤."

"옆에서 자꾸 이상한 소리 할래?"

태클을 끝내기도 전에 사방에서 악마들이 튀어나왔다. 혜리는 반사적으로 전기톱을 휘둘렀다. 적들이 순식간에 케이크 잘리듯 사방으로 조각조각 흩어졌다. 흐릿한 픽셀 그래픽이었지만 그래서 오히려 상상력을 자극하는 면도 있는 것 같았다. 톱날이 한 번 회전할 때마다 뇌 속에서 아드레날린이 폭발하듯 뿜어져 나왔다.

"이, 이거 완전 마음에 드는데?"

정면에 좀비 병사들이 잔뜩 모여 있었다. 한껏 흥분한 혜리는 진강우의 뚱한 얼굴을 상상하며 온갖 창의적인 방법으

로 병사들을 하나씩 고문했다. 악마들로 가득했던 포보스[*]
기지가 순식간에 깨끗해졌다.

"어후, 스트레스 확 풀리네. 근데 이 게임 몇 스테이지까지
있는 거야?"

혜리가 범인을 발로 차며 물었다.

"어, 오리지널 버전이니까… 에피소드 3까지 있어요. 에피
소드마다 맵이 여덟 개씩 있고요."

다음이 에피소드 1의 마지막 스테이지였다. 혜리는 각오를
다지며 샷건을 꺼내 들었다. 사방에서 초록색 포털을 타고 외
계 괴물들이 쏟아져 나왔다. 지체하지 않고 눈앞에 보이는 드
럼통을 쏘았다. 드럼통이 폭발하며 괴물 수십 마리가 화염에
휩싸였다. 드럼통을 이용해 악마들을 소각한 뒤 스테이지의
끝자락까지 도달하자 에피소드 1의 보스가 등장했다. 미노타
우로스처럼 생긴 쌍둥이 괴물. 별로 대단한 건 없었다. 게임에
충분히 익숙해진 혜리는 현란한 움직임으로 손쉽게 보스를
무찔렀다. 포보스 기지에서 악마를 몰아내는 데 성공했다는
짧은 줄거리 소개와 함께 첫 번째 에피소드가 막을 내렸다.

그 순간, 타고 있던 엘리베이터가 움직이기 시작했다. 갑작
스러운 충격에 몸이 크게 휘청거렸다.

—혜리 씨, 들려?

[*]   Phobos. 화성의 첫 번째 위성.

이어플러그에서 진강우의 목소리가 들렸다. 무선통신이 회복된 모양이었다.

"네, 검사님. 제가 범인 체포했어요."

—응. CCTV로 확인했어. 지금 코르도바 관제실이야. 근데 혜리 씨, 지금 거기서 게임 하고 있는 거야?

"아니, 제가 뭐 한가하게 놀고 있었는 줄 아세요? 다 그럴 만한 이유가 있거든요? 암튼 여기 문이나 빨리 좀 열어 줘요."

—당장은 좀 힘들겠어.

"네? 왜요?"

—이쪽도 게임이 시작됐거든.

3

〈레버넌트 게임〉

로켓을 발사하기 직전인 레버넌트 하나가 폭발 드럼통을 향해 질주하고 있고, 드럼통에는 무고한 시민 다섯 명이 묶여 있다. 만약 둠가이가 레버를 당긴다면 웜홀 장치가 작동해 레버넌트를 다른 곳으로 보낼 수 있다. 웜홀 그곳에는 시민이 한 명만 드럼통에 묶여 있다.

레버넌트가 대체 뭐야?

거대한 메인 스크린에 떠오른 조잡한 도트 그래픽 문장을 읽으며 진강우는 미간을 찌푸렸다. 천하의 코르도바가 이딴 허접한 장난질에 관제실까지 뺏겨 버릴 줄이야. 그는 짜증을 억누르며 보안 책임자에게 물었다.

"상황이 어떻습니까?"

"해킹된 엘리베이터와 통신을 재개하자마자 관제실 전체가 장악됐습니다. 리니어 엘리베이터 조작 권한을 전부 빼앗겼어요. 아마도 회선을 역추적당한 것 같습니다."

"엘리베이터 해킹은 미끼였군요."

"아마도요."

책임자가 고개를 돌려 엔지니어를 윽박질렀다.

"야, 어떻게 됐어!"

"화면 지금 복구됩니다!"

엔지니어가 다급히 키보드를 두드렸다. 그러자 곧바로 메인 스크린이 회복되었다. 나뭇가지처럼 복잡하게 얽히고설킨 초록색 선들이 화면에 잔뜩 표시되었다. 길게 뻗은 직선 하나하나가 엘리베이터가 이동하는 통로인 모양이었다.

"제어권을 되찾은 겁니까?"

"아뇨, 화면만요. 제어권은 아직입니다."

"저기 빨간색으로 표시된 건 뭡니까?"

"엘리베이터가 해당 노선을 점유하고 있다는 뜻이에요."

잠시 후, 붉은색이 한 칸 위의 통로로 옮겨 갔다.

"움직이고 있군요."

"점점 속도를 높이고 있어요. 이미 규정 속도를 한참 넘었습니다."

갑자기 화면이 붉게 깜빡이며 사이렌이 울렸다. 충돌 경고. 깜짝 놀란 책임자가 서둘러 화면을 확대했다. 두 개의 선로가 하나로 합쳐지는 지점이었다. 양쪽에서 각각의 선로를 따라 상승하던 엘리베이터가 동시에 합류 지점으로 진입하려 하고 있었다. 충돌 예상 시각이 화면에 떠올랐다. 앞으로 1분.

"혹시 엘리베이터에 사람이 타고 있나요?"

강우가 묻자, 엔지니어가 뒤늦게 내부 CCTV에 접속했다. 메인 스크린에 두 개의 창이 떠올랐다. 한쪽엔 다섯 명이, 그리고 다른 쪽엔 세 명이 타고 있었다.

"방법이 없습니까?"

"엘리베이터 제어 권한이 아직……."

"다른 방법은요?"

"선로전환기 조작은 가능해요. 둘 중 한쪽을 선택해 위로 올려 보낼 수 있습니다."

"선택하지 않은 쪽은 어떻게 되죠?"

"안전측선으로 빠집니다."

"안전측선?"

"엘리베이터를 강제로 탈선시키기 위해 만들어 둔 짧은 통로예요. 사고로 운행선이 막혀 버리면 곤란하니까요."

"위험하진 않나요?"

"조금 다칠 수도 있지만 죽진 않을 겁니다. 아직은요. 하지만 엘리베이터가 가속할수록 점점 위험해집니다."

"통상적으로 이런 경우엔 어떻게 대응….."

강우는 하던 말을 멈췄다. 표정을 보아하니 책임자는 이미 패닉에 빠져 있었다. 가만히 맡겨 뒀다간 마지막 순간까지도 결정하지 못할 게 분명했다. 붉은색이 점점 합류점에 가까워지고 있었다. 앞으로 10초. 지체할 시간이 없었다.

강우는 책임자의 어깨를 밀치며 엔지니어에게 다가가 직접 지시를 내렸다.

"다섯 명이 탄 쪽을 탈선시켜요. 세 명은 올려 보내고."

"알겠습니다."

엔지니어가 화면을 터치하자 통로가 오른쪽으로 고정되었다. 곧이어 왼쪽 CCTV 화면이 크게 흔들리며 다섯 명의 사람들이 바닥에 주저앉았다. 다행히 다친 사람은 없어 보였다. 오른쪽은 여전히 똑같은 모습이었다. 세 명을 태운 엘리베이터는 합류점을 통과해 변함없이 상승을 이어 가고 있었다.

강우는 미간을 주무르며 크게 숨을 뱉었다.

안도하는 것도 잠시. 곧바로 다음 충돌 경고가 울렸다. 또 다른 합류점에서 엘리베이터들이 충돌 코스로 접근하고 있었다. 똑똑한 놈들. 다른 고민 할 틈 같은 건 안 주겠다 이거지?

"CCTV 화면 띄워요. 아까처럼."

두 엘리베이터 내부가 스크린에 표시되었다. 한쪽은 네 명. 그리고 다른 쪽은….

주혜리였다.

4

─대충 그런 상황이야. 그래서 이번엔 혜리 씨가 탄 엘리베이터를 위로 올려야겠어. 서운하게 생각하진 마.

"네, 네, 어쩌겠어요. 저쪽은 네 명이라면서요. 이쪽은 두 명이고."

그중에 한 명은 범인이고. 혜리는 속으로 투덜거렸다.

엘리베이터의 상승 속도가 점점 빨라졌다. 안전속도를 넘어서는 급가속 때문에 몸이 아래로 압축되는 느낌이었다.

"검사님, 이거 어디까지 올라가는 거예요?"

─지금 속도면 20분 내로 최상층에 도착할 거야.

"그다음에는요?"

─몰라. 옥상을 뚫고 날아가지 않기만 바라야지.

망할. 혜리는 바닥에 주저앉은 범인의 상태를 살폈다. 실실 웃으며 여유로운 척 허풍을 떨고 있지만 긴장한 기색이 역력했다. 일이 이렇게 될 줄은 몰랐다는 듯이.

"야."

혜리가 범인을 발로 툭 차며 물었다.

"해킹된 엘리베이터가 더 있다는 거, 왜 말 안 했어?"

"그… 안 물어보셨으니까?"

범인이 눈을 끔벅거리며 검지로 입가를 긁었다. 어후, 이걸 그냥. 혜리는 주먹을 꽈악 움켜쥐며 차오르는 분노를 삼켰다. 한 대 때릴까?

"여기서 나가고 싶으면 알고 있는 거 전부 말해. 니들 진짜 목적이 뭐야?"

범인은 양 손바닥을 보이며 고개를 좌우로 흔들었다.

"몰라요. 본조에서 그냥 게임만 설치하면 된다고 했단 말예요."

"웃기시네. 빨리 말 안 해?"

"그, 그렇게 협박한다고 말할 거 같아요?"

"응. 말할 거 같아."

혜리는 상대의 눈앞에 테이저를 흔들었다. 그러자 상대는 과장된 표정으로 한쪽 눈썹을 일그러뜨리며 큭, 하고 웃었다. 그 모습을 보니 더 확실해졌다. 놈은 뭔가 알고 있었다.

"그거 못 쏠 텐데. 지금 제가 기절하면 곤란하지 않아요?"

"어. 이거 1단에 놓고 쏘면 아프기만 하고 기절하진 않아."

혜리는 범인의 허벅지에 테이저를 대고 방아쇠를 당겼다. 타타타타 소리와 함께 범인의 몸이 요동치기 시작했다. 범인은 비명을 지르며 한참 동안 바둥거렸다. 혜리는 바닥에 쓰러진 범인을 다시 일으켰다.

"다시 물을게. 니들 진짜 계획이 뭐야?"

"큭, 겨우 이 정도로 내가 대답할 줄 알았다면 큰 오산……."

"한 번 더 해 줘?"

"아, 아뇨! 잘못했어요!"

범인은 곧장 자신들의 계획을 실토했다.

"최상층에서 최하층까지 직행하는 비밀 루트가 있어요. 빌딩 중심축에 직선형 입자가속기가 설치되어 있거든요."

"최상층에 도착하면 그걸로 갈아탈 셈이었어?"

"아뇨. 지금 타고 있는 엘리베이터가 거기로 곧장 이동할 거예요. 여기 엘리베이터들은 수평 방향으로도 움직일 수 있거든요."

"최하층에 뭐가 있는데?"

"웜홀이요."

"그건 그냥 웃자고 하는 헛소리잖아. 코르도바 빌딩은 원래부터 입자가속기 소형화 실험용 설비로 지어졌어. 추후에 메가빌딩으로 개축된 거고."

"정말 그렇게 생각해요? 순진하시네. 설마 지구가 둥글다는 말도 믿으시는 건 아니죠? 아, 설마 미국이 달에 갔다고 생각하시는 거예요?"

범인은 연민을 가득 담은 표정으로 혜리를 바라보았다. 컴퓨터 덕후로도 벅찬데 이젠 음모론이야? 더는 짜증 낼 기운도 없었다.

"후, 이거 아무한테나 안 알려 드리는 건데. 제가 특별히 진실을 알려 드리죠. 메타 소사이어티의 딥 다크한 그림자 속에 감춰진 추악한 진실을……."

범인은 자신의 망상에 완벽히 도취된 표정으로 일장 연설을 늘어놓기 시작했다.

"벌써 100년도 넘게 이어져 온 계획입니다. 1943년 필라델피아 실험에서 이미 아인슈타인이 이론적으로 완전히 입증을 마쳤죠. 그 위험성을 알리기 위해 1947년 로즈웰에 외계인들이 방문했던 거고요. FBI와 51구역도 이 문제와 얽혀 있어요. 할리우드도 먹혔고요. 선지자 존 카맥과 게이브 뉴얼은 이문제를 수십 년 전부터 경고해 왔습니다. 그런데 인류는 그들을 어떻게 대했습니까? 그들의 경고를 무시하고 손바닥에 전자 칩을 심어 악마의 표식을 새기지 않았습니까!"

"에이다, 존 카맥이 누구야?"

헤리가 속삭이듯 물었다.

—저 게임 제작한 사람이요.

"게이브 뉴얼은?"

—비슷한 거 만든 사람이요.

"어휴, 이게 다 뭔 소리람."

—헤리. '웜홀-악마 음모론'은 넷 소사이어티에서 가장 인

기 있는 콘텐츠 중 하나예요. 구독자가 2억 7000만 명이나 될 정도로요. 지구가 평평하다는 주장 다음으로 많아요.

"말도 안 돼. 그 많은 사람들이 죄다 이 개똥같은 소리를 믿는다고?"

—어머, 전 세계 인류의 25퍼센트가 무성생식으로 태어난 남성이 죽음에서 부활한 이야기를 믿는걸요. 대한민국 인구의 70퍼센트는 기름에 튀긴 음식으로 죽은 부모를 소환할 수 있다고 믿고요.

그러거나 말거나, 범인은 꿋꿋이 자신의 설명을 이어 갔다.

"2008년 LHC의 첫 번째 충돌 실험이 진행되던 날 최초의 웜홀이 열렸어요. 반대편은 지옥이었죠. 생성된 웜홀의 크기가 너무 작았던 탓에 악마들이 직접 이곳으로 넘어올 수는 없었지만, 그 대신 저주파 신호로 전송된 사악한 영혼이 한 여성 연구원의 배 속에 빙의됐어요. 아시다시피 그 사람이 바로 로널드 레이건 대통령이죠. 로널드가 취임한 직후부터 미국 정부는 코르도바에 막대한 자금을 지원하기 시작했습니다. 더 큰 웜홀을 완성하기 위해서요. 2년 전 샌드박스 전역이 정전됐던 사건 기억하시죠? 바로 그날이 웜홀이 열린 날입니다. 전부다 관련되어 있어요! 전부 다요! 심지어 미국이 베이징과 전쟁을 일으킨 것도요. 악마들의 군대가 본격적으로 침공을 시작하기 전에 인류를 약화시키려는 거죠. 지금도 일루미나티의 렙틸리언들은……."

가만히 두면 이대로 몇 시간이라도 떠들 기세였다. 혜리는 뒤통수를 벅벅 긁으며 상대의 말을 잘랐다.

"아아, 잘 알겠고. 그래서 계획이 뭐냐니까?"

"웜홀을 파괴할 거예요. 엘리베이터를 추락시켜서."

생각했던 것보다 상황이 심각했다.

"그게 무슨 뜻인지 알고 하는 소리야? 이게 추락하면 우리도 다 죽어!"

"그쪽 때문이잖아요! 원래는 출입문이 닫히기 전에 빠져나갈 계획이었다고요!"

에이씨. 열심히 일하면 꼭 결말이 이렇다니까. 혜리는 곧장 스마트팜을 켜서 강우를 호출했다.

"검사님, 여기 해커가…."

"넷 스프린터!"

"넷… 시발 놈이 전부 불었어요. 엘리베이터를 추락시킬 거래요."

—응. 방금 '파멸로부터의 9호 계획'이 성명서를 발표했어.

"관제 시스템은 아직도 먹통이에요?"

—지금 선로전환기 조작만으로도 벅차. 그래도 순서대로 하나씩 탈선시키고 있어. 마지막 한 대에 아무도 타고 있지 않기만을 바라야지.

"그냥 엘리베이터를 강제로 세우는 방법은 없어요?"

—있지. 있는데. 안에 사람들이 타고 있잖아.

"많이 위험해요?"

─뭘 폭파해야 한다는데?

손 놓고 기다릴 수만은 없었다. 혜리는 에이다를 호출했다.

"에이다, 게임만 클리어하면 안쪽에서 멈출 수 있는 거 확실하지?"

─아마도요.

혜리는 다시 화면 앞에 서서 손을 풀며 심호흡했다.

"가장 빨리 클리어할 수 있는 공략법 좀 찾아봐 줘."

─세계 신기록 영상을 이미 숙지했어요. 시작하자마자 왼쪽 텔레포트 장치로 들어가요. 다음 텔레포트 장치까진 외길이에요. 용암에 빠지지 않게 조심하고요.

혜리는 에이다의 지시를 따르며 한 발로 범인을 툭 건드렸다.

"야! 너도 죽기는 싫지? 빨리 알고 있는 거 다 말해."

"그… 이동하실 때 대각선으로 비비시면 더 빨리 움직일 수 있어요. 버그가 있거든요."

"비비는 게 뭐야?"

"지그재그로 움직이시라고요."

범인이 손가락으로 방법을 알려 주었다. 시키는 대로 조작하자 이동속도가 월등히 빨라졌다. 이제 좀 해볼 만한데? 자신감이 생긴 혜리는 최소한의 전투만 수행하며 빠르게 스테이지를 돌파했다.

—혜리. 거기서 벽에 로켓 런처를 쏴요. 네, 지금 그 각도
로요.

시키는 대로 로켓을 쏘자 캐릭터가 폭발에 튕겨 날아가며
단숨에 협곡을 넘었다. 60년이 넘는 기간 동안 연구가들에 의
해 개발된 무궁무진한 트릭 중 하나였다. 기둥 사이로 열쇠 빼
내기, 가속 버그로 벽 통과하기, 시체 상태로 좁은 틈을 통과
해 스테이지 넘기기……. 에이다가 알려 주는 오묘한 공략법
을 활용하자 클리어 속도가 획기적으로 빨라졌다. 에피소드
2의 보스인 사이버 데몬과의 결전에서 조금 고전하긴 했지만
이 또한 에이다의 도움으로 어떻게든 클리어할 수 있었다. 혜
리는 이제 에피소드 3의 무대인 지옥으로 넘어갔다.

—혜리, 서둘러요. 이제 최상층 도착까지 8분 남았어요.

"서두르고 있어. 다음 열쇠는 어디에 있어?"

—다녀올 시간 없어요. 버그로 통과해야 해요.

"어떻게?"

"아, 여긴 저도 알아요. 기둥에서 좌우로 비비시면 왼쪽 틈
새로…".

"비비긴 자꾸 뭘 비벼, 이 양반아!"

"네? 귀족이요?"

"아오, 이 망할 놈의 번역기!"

입은 투덜거렸지만 손가락은 여전히 빠르게 움직였다. 혜
리는 버그를 이용해 기둥과 벽 사이로 몸을 통과시켰다. 현란

하게 번쩍이는 픽셀 그래픽 때문에 눈알이 빠질 것 같았다. 지형이 미로처럼 복잡해 어디가 어디인지도 파악하기 어려웠다. 에이다의 지시에 의존해 좁다란 통로를 질주하던 혜리는 혈관이 잔뜩 엉겨 붙은 벽체 사이에 교묘하게 숨겨진 공간을 발견했다. 비밀문이 열리자 처음 보는 무기가 놓여 있었다.

YOU GOT THE BFG9000! OH, YES.

―혜리. 그 무기는 쓰지 말고 아껴 둬요.
"이게 뭔데?"
그러자 해커가 흥분한 목소리로 신나게 떠들었다.
"모르세요? 천사의 무기 Big Fu….'
혜리는 해커의 입을 찰싹 때렸다.
"하여튼 공부 못하는 것들이 꼭 쓸데없는 것만 잘 외워요."
혜리는 복잡하게 생긴 무기를 집어넣고 다시 플라스마 라이플을 꺼내 들었다. 바글바글 모여든 악마들에게 탄환을 퍼부은 끝에 에피소드 3의 세 번째 스테이지도 클리어했다. 보스전을 제외하면 이제 남은 스테이지는 네 개뿐이었다. 혜리는 손등의 타이머를 보았다. 이제 3분도 남지 않았다. 빠르게 줄어드는 숫자를 볼수록 점점 초조해졌다. 침착해, 주혜리. 크게 숨을 들이마신 혜리는 화면을 터치해 다음 스테이지를 시작했다.

동시에, 철컹거리는 소리가 나며 엘리베이터가 멈춰 섰다. 최상층에 도착한 모양이었다. 갑자기 멈춰 선 충격으로 등 뒤에 서 있던 해커가 엉덩방아를 찧었다. 혜리 역시 몸이 휘청거렸지만 다행히 넘어지진 않았다. 혜리는 화면에서 눈을 떼지 않고 게임 플레이를 이어 갔다. 30초 만에 스테이지 하나를 더 통과했다.

"검사님?"

─엘리베이터가 빌딩 중심부 쪽으로 건너가는 중이야.

수평 방향으로 이동 중인 게 몸으로도 느껴졌다. 대화를 이어 가는 도중에도 손은 게임 플레이를 멈추지 않았다. 끝을 향할수록 점점 속도가 붙었다. 혜리는 금세 스테이지를 하나 더 클리어했다.

"상황은요?"

─남은 엘리베이터는 두 대야. 동시에 중심부로 향하고 있고. 2분쯤 뒤에 양쪽 선로가 하나로 합쳐져. 충돌하기 전에 둘 중 어느 쪽을 추락시킬지 선택해야 해.

"저쪽은 몇 명인데요?"

─그게, 문제가 있어.

강우는 자꾸만 대답을 머뭇거렸다. 천하의 진강우가 왜 이렇게 말이 길지? 혹시 저쪽이 우리보다 인원이 많은가? 아님 이쪽에 범인이 타고 있으니까 아무래도 선택하기 곤란한가?

"괜찮으니까 빨리 말해 줘요."

―저쪽 CCTV가 고장이야. 몇 명인지 확인이 안 돼.

"그게 뭔……."

강우는 더 이상 말이 없었다. 초조해진 혜리는 손톱을 질 경질경 물어뜯었다. 아무런 선택도 내리지 못한 채 속절없이 시간만 흘러갔다. 언제 충돌해도 이상하지 않은 상황이었다. 결정을 내려야만 했다. 어떤 식으로든.

혜리는 게임 화면을 노려보았다. 에피소드 3의 일곱 번째 스테이지를 클리어하고 이제 최종 보스전만 남은 상황이었다. 시간 안에 깰 수 있을까? 근데 진짜 게임만 끝내면 엘리베이터 를 멈출 수 있는 건가? 어휴, 내가 미쳤지. 어떻게 저 모지리 말 만 믿고 지금까지…….

망할. 될 대로 되라지.

혜리는 질끈 눈을 감고 크게 소리쳤다.

"위험수당 3000달러 추가!"

―뭐?

"저쪽부터 세우라고요. 이쪽은 알아서 해 볼 테니까."

―혜리 씨, 정말 괜찮겠어?

"지금 따질 시간 없잖아요. 그 위험한 방법인지 뭔지나 빨 리 시도해 봐요. 폭파가 추락보단 나을 거 같으니까."

―응. 지금 바로 요청할게.

갑자기 이어플러그 너머가 소란스러워졌다. 떠드는 내용으 로 보아 평택 자치경에서 찾아온 모양이었다.

―영감님! 우리 쪽 수사가 안 끝났는데 보충수사권 발동에 민간인까지 투입하시면 어떡합니까?

―민간인 아니고 외주 수사관입니다. 범인도 체포했고요.

―아니이, 범인 체포가 중요한 게 아니라.

―그럼 뭐가 중요합니까?

―이거 완전 월권인 거 아시죠? 얘들아! 검사님 밖으로 뫼셔라.

―형사님! 지금 관할이나 따질 때가….

시끄러운 소리가 나며 통화가 끊어졌다. 몸싸움이 벌어진 모양이었다.

그래, 진강우 니가 그럼 그렇지. 혜리는 한숨을 쉬며 게임에 집중했다. 무조건 한 번에 끝내야 해. 그녀는 목을 한 바퀴 돌려 어깨의 긴장을 풀어 준 다음 스페이스 바를 눌러 마지막 스테이지에 진입했다.

그 순간,

엘리베이터가 추락하기 시작했다.

중력을 잃은 몸이 허공에 부웅 떠올랐다. 게임을 멈추면 안 돼. 그럼 진짜 끝장이야. 혜리는 속으로 그렇게 생각하며 화면을 향해 손을 뻗었다. 버튼을 터치하자 반동으로 몸이 뒤로 밀려 나갔다. 당황한 혜리는 황급히 팔다리를 허우적거렸다. 벽에 붙은 손잡이에 겨우 발끝을 걸쳐 균형을 잡을 수 있었다. 그녀는 다시 게임에 집중했다.

짧은 통로를 빠져나오자마자 보스전이 시작되었다. 에이다가 말했다.

—혜리. 이제 보스만 처치하면 엔딩이에요.

"어떻게 하면 돼?"

—BFG를 써요. 가진 탄환을 전부 맞혀야 해요.

"알겠어."

혜리는 게임 화면에 온 신경을 집중했다. 멀리 최종 보스의 모습이 보였다. 스파이더 마스터마인드. 네 개의 기계 다리를 가진 거대한 두뇌가 체인건을 난사하며 다가오고 있었다.

—침착해요, 혜리. 기회는 한 번뿐이니까.

혜리는 신중하게 조준을 맞춘 다음 있는 힘껏 발사 버튼을 난타했다. 초록색 플라스마 덩어리들이 보스를 향해 일제히 날아갔다. 그리고,

번쩍이는 섬광과 함께 보스가 쓰러졌다.

"됐다!"

엔딩을 빠르게 스킵하자 시작 화면이 나타났다. 혜리는 서둘러 게임을 종료시켰다. 드디어 검은색 터미널 창이 나타났다. 이 화면이 이렇게 반가울 수가.

"거기 넷 어쩌고! 이제 당신 차례야!"

"스프린터!"

의미 불명의 소리를 외치며 범인이 벽을 차고 다가와 허둥지둥 화면 속 키보드를 두드렸다. 금세 명령어가 완성되었다.

그가 기세 좋게 엔터 키를 눌렀다.

"장비를 정지합니… 어? 안 되잖아?"

화면에 붉은색 에러 표시가 떴다. 혜리는 범인의 멱살을 잡았다.

"야, 넌 도대체 할 줄 아는 게 뭐야!"

"이, 이게 분명 맞는데?"

"으아아아아아! 이젠 진짜 파멸이야!"

"네? 둠이요?"

"넌 머릿속에 그거밖에 없냐 인간아아!"

추락하는 속도가 점점 빨라졌다. 떨어지는 도중에 무언가에 부딪혔는지 충격으로 사방이 크게 뒤흔들렸다. 온몸이 빙그르르 회전하며 시야가 빠르게 치솟았다. 정신을 차릴 수가 없었다.

―혜리. 방금 전 명령어에 오타가 있었어요. 제가 다시 불러 줄게요.

"빨리!"

퍼뜩 정신을 차린 혜리는 범인을 발로 걷어차며 겨우 균형을 잡았다. 터미널 화면에 커서가 깜빡이고 있었다. 혜리는 에이다가 불러 주는 대로 침착하게 키보드를 터치했다. #···D···o···E···m···e···r···

비상제동을 실시합니다.

메시지와 함께 브레이크가 작동하며 사방에서 고막이 찢

어질 듯한 마찰음이 들렸다. 혜리는 양팔을 교차해 얼굴을 보호했다. 추락하던 속도 그대로 바닥과 충돌했다. 팔이 부러질 것처럼 아팠다.

엘리베이터는 30초 가까이 미끄러진 후에야 겨우 멈춰 섰다. 지면과 충돌하기까지 고작 10미터를 남겨 둔 높이였다.

5

명령어를 입력하자 출입문이 열렸다. 실루엣조차 보이지 않는 어두컴컴한 공간은 사람 손을 탄 지 한참 된 듯 낡은 먼지 냄새가 났다. 태블릿을 꺼내 빛을 비추자 곳곳에 칭칭 감긴 거미줄이 눈에 띄었다. 방치된 지 이미 몇 년은 된 것 같았다.

혜리는 범인과 함께 엘리베이터 밖으로 뛰어내렸다. 그곳은 일종의 상황실처럼 보였다. 아마도 입자가속기 충돌 실험을 모니터링하는 장소 중 하나였으리라. 버려진 필기구와 모니터들이 쓸쓸히 바닥을 뒹굴고 있었다.

당연하지만 거대한 통유리창 같은 건 없었다. 입자 충돌은 눈으로 관찰할 수 있는 실험이 아니니까. SF 영화나 게임에서 보던 풍경과는 완전히 달랐다. 평범한 사무실처럼 심심하게 생긴 방 안엔 그저 평범한 작업 콘솔 몇 대가 덩그러니 설치되어 있을 뿐이었다. 웜홀이 생성될 거대한 공동(空洞)이나 화려한 계기판이 달린 기계장치 따위는 어디에도 보이지 않았다.

"잘 봐, 웜홀 같은 건 없지?"

충격이었을까? 범인은 바닥에 털썩 주저앉은 채 아무 말도 하지 않았다.

혜리는 스마트팜을 열어 진강우에게 자신의 위치를 알렸다. 구조대를 파견하겠다는 답장이 돌아왔다. 손바닥을 문질러 화면을 닫아 버린 그녀는 조심스럽게 범인의 곁으로 다가가 나란히 앉았다.

"좀 있으면 널 체포할 사람들이 올 거야."

"…그렇군요."

"소감이 어때? 아무 의미도 없는 음모론 때문에 감옥에서 썩게 될 텐데."

"……."

"대답하기 싫으면 안 해도 돼."

잠시 침묵하던 그가 천천히 입을 열었다.

"근데, 수사관님."

"응?"

"오늘 둘이서 참 많은 일을 겪었네요. 죽을 뻔도 하고."

"그랬지."

"짧은 시간이었지만 그래도 우리 꽤 많이 친해진 것 같지 않나요?"

범인이 부담스러울 정도로 몸을 밀착해 왔다. 갑자기 얘가 대체 왜 이런담? 충격이 너무 컸나? 왜 풀이 죽고 난리야? 어린 놈이 측은하게시리. 혜리는 파르르 떨리는 그의 어깨를 짧게 토닥여 주었다.

"체포되기 전에 마지막으로 부탁 하나만 드려도 될까요?"

"…그래, 말해 봐."

한참 동안 수갑을 내려다보며 머뭇거리던 범인은 이윽고 결심을 마친 듯, 천천히 몸을 일으켰다. 그리고 고개를 돌려 혜리의 눈을 똑바로 바라보았다. 어느새 그의 얼굴엔 아까처럼 해맑은 미소가 돌아와 있었다.

그가 말했다.

"저 입자가속기에 둠 한 번만 깔아 봐도 돼요?"

슈퍼히어로
프로듀서

1

꽤나 만족스러운 직장이었다. 직장이라는 점만 빼면.

기획총괄팀 최승희는 출근하자마자 책상에 앉아 태블릿을 펼쳤다. 각 팀에서 작성한 보고서가 시간 순서대로 업무 시스템에 업로드되어 있었다. 최승희는 고민 없이 첫 번째 파일을 열었다. 통일성 없이 작성된 보고서들을 대표의 입맛에 맞게 요약해 재편집하는 간단한 작업. 겨우 이 정도 일로 이 정도 연봉을 받아도 되나 싶을 정도였다.

"야, 진짜 승희 씨 없었으면 우리 큰일 날 뻔했다."

등 뒤에서 팀장이 다가와 커피를 권했다. 최승희는 머그잔을 받아 들며 사무적인 미소를 지어 보였다.

"에이, 그냥 서류만 정리하는 단순 작업인데요."

"우리 팀 사람들 다 현장 출신이라 서류로 일하는 방식을 잘 모르거든. 승희 씨 들어오기 전까진 보고서 스타일 못 맞춰서 맨날 깨졌다니까. 승희 씨, CK그룹 출신이라며?"

"그냥 몇 달 잠시 다닌 것뿐이에요."

"그래도 우리랑은 클라스가 다르쥐이."

적당한 답변을 찾지 못한 최승희는 애매한 미소를 이어 가며 커피를 홀짝였다.

"저어, 그런데……."

"응?"

"대표님은 언제 뵐 수 있을까요? 여기서 일한 지도 2주가 지났는데 인사 한번 못 드린 것 같아서요."

"아, 그게."

팀장은 검지로 머리를 긁적이며 난처한 표정을 지었다.

"워낙 바쁘신 분이라 얼굴 뵙기 쉽지 않을 거야. 사실 나도 거의 못 뵈었어."

"그런가요? 어떤 스타일인지 알면 맞춰서 보고할 수 있을 텐데."

"괜찮아. 승희 씨, 지금도 충분히 잘하고 있으니까."

어색한 침묵이 이어지자 팀장은 수고하라는 인사를 남기고 떠났다. 최승희는 양손으로 안경을 고쳐 쓴 뒤 하던 작업으로 돌아갔다.

사무실 한쪽 벽면을 꽉 채운 월스크린에 방금 입수된 '스위치(Switch)'의 영상이 재생되고 있었다. 멀리서 손짓만으로 빌런의 의수를 찌그러뜨리는 것을 보니 오늘은 '키네시스'를 사용한 모양이었다. 나타날 때마다 매번 사용하는 능력이 바뀌는 탓에 사람들은 그에게 스위치라는 별명을 붙였다.

홀로마스크(holomask)를 쓰고 범죄자들을 처단하는 슈퍼히어로에 대한 소문이 넷 소사이어티에 퍼지기 시작한 것은 약 6개월 전부터였다. 처음엔 괴담이나 다름없는 뜬소문으로, 목격담을 풀어놓은 썰들로, 흐릿한 영상으로, 전문가의 라이브 캠 촬영으로, 급기야 3차원 VR 콘텐츠까지 점차 다양한 증거들이 채널 사이를 부유하기 시작했다.

스위치가 사람들에게 인정받기 시작한 결정적인 계기는 '철탑 빤스 사건'이라 불리는 에피소드 이후부터였다. 데이트 폭력 사건으로 고발된 LnK금융그룹 막내아들을 조사하던 검찰이 돌연 기소를 포기하자, 그날 밤 스위치는 LnK 저택에 침입해 그를 납치했다. 납치된 막내아들은 다음 날 아침 LnK 빌딩 옥상 철탑에 온몸이 꽁꽁 묶인 채 속옷 바람으로 발견되었다. 자신의 죄를 자백하는 상세한 사과문과 함께.

신종 장난 정도로 치부되던 슈퍼히어로 스위치의 존재는 그 사건 이후 기정사실이 되었다. 넷 소사이어티 유저들은 각양각색의 초능력으로 범죄자들을 물리치는 히어로에게 열광하기 시작했다. 스위치가 모습을 드러낼 때마다 그의 능력과 정체를 분석하는 토론이 수십 개의 클럽 커뮤니티에서 반복되었고, 진위 여부를 알 수 없는 촬영물들이 하루에도 수백 개씩 쏟아졌다. 스위치는 카이 크레디트 이후로 가장 인기 있는 셀럽이 되었다. 그가 누구인지 아는 사람은 아무도 없었지만.

최승희가 근무 중인 회사 'CH.스위치'도 그 거대한 파도에 올라탄 채널들 중 하나였다. 그 누구보다 먼저 슈퍼히어로 스위치의 상품성을 캐치한 여섯 명의 버추얼 스트리머들이 함께 모여 기업형 스타트업 채널을 개설했고, 채널은 단 3개월 만에 팔로워 1억 명 규모의 거대 공룡 기업으로 성장했다. 결정적인 계기는 CK그룹의 투자 결정이었다. CK그룹의 막대한 자금력을 등에 업은 CH.스위치는 스위치 관련 제보와 촬영 소스를 공격적으로 매입하기 시작했다. 경쟁 채널들은 순식간에 정리되었다. 채널을 직접 운영하는 것보다 차라리 사례금을 받고 촬영 소스를 제보하는 편이 몇 배는 수익이 되었으니까. 그 결과 현재는 사실상 CH.스위치가 관련 콘텐츠를 독점하고 있는 형국이었다.

"어떤 거 같아?"

옆자리에 앉은 민 대리가 슬그머니 최승희의 곁으로 다가와 물었다.

"뭐가요?"

"저거. 방금 들어온 제보 영상 말이야. 진짜 같아?"

최승희는 표정 없는 얼굴로 고개를 가로저었다.

"아뇨. CG 티가 너무 나는데요."

"그치? 어째 갈수록 퀄리티가 허접해진다니까."

민 대리는 한숨을 쉬며 주르륵 의자를 밀어 자기 자리로 돌아갔다. 최승희는 한참 동안 멍하니 영상을 바라보다가, 다시 자신의 업무에 몰두했다.

— - —

예상대로 영상은 가짜였다. 최승희는 판독팀에서 올라온 보고서를 보기 좋게 편집하며, 이 내용을 보고받을 대표에 대해 생각했다. CK그룹에서 낙하산으로 내려온 사람이라는 것 외에 대표에 대한 정보는 일절 알려진 바가 없었다. 사실 법적으로 따지면 대표도 아니었다. 공식적인 직함으로는 투자사에서 파견한 자문 컨설턴트라고 불러야 마땅하겠지만 모두들 그를 대표라고 불렀다. 사실상의 실권자라는 거겠지. CK그룹의 자금 지원 없이는 하루도 회사가 굴러가지 않을 테니까.

겉으로 보이는 것과 달리 CH.스위치는 심각한 적자를 겪고 있었다. 콘텐츠를 독점하기 위해 제보자들에게 비상식적으로 많은 사례금을 지급했기 때문이었다. 심지어 명백한 페이크 소스에도 동등한 사례금이 지불되고 있었다. 중요한 것은 진짜냐 가짜냐가 아니었다. 사람들을 매혹시킬 콘텐츠를 공급할 수 있느냐 없느냐였지.

어쩌면 스위치가 슈퍼히어로가 될 수 있었던 건 모두 CH.스위치의 콘텐츠 덕분일지도 몰랐다. 회사가 그를 영웅으로 이미지메이킹하고 매력적인 스토리를 부여하지 않았더라면 지금과 같은 열광적인 인기를 얻진 못했을 것이다. 스위치가 아이돌이라면 CH.스위치는 그의 매니지먼트인 셈이었다. 서로 얼굴 한 번 본 적 없이 도움을 주고받는 기묘한 공생관계. 그게 바로 최승희의 회사가 하고 있는 일이었다.

이번 주 스위치의 행적을 스토리라인 형태로 정리한 에피소드팀의 보고서와 지난주 새롭게 선보인 초능력의 마케팅 방향이 담긴 캐릭터팀의 제안서, 방금 전 판독팀의 보고서까지 모두 합쳐 오늘 치 통합본 편집을 마무리했다. 최승희는 안경을 벗고 기지개를 켠 다음, 가벼운 마음으로 방금 전 새로 입수된 영상을 재생했다.

그리고 이상한 점을 발견했다.

"역시 이번에도……."

잠시 고민하던 최승희는 새로운 페이지를 열고 자신의 이름으로 보고서를 작성했다. 그리고 방금 전 정리한 보고서들 사이에 조용히 한 장을 끼워 넣었다. 이번엔 어떻게 되나 보자. 마음속으로 그렇게 중얼거리며 팀장에게 보고서를 전송했다. 팀장은 최승희가 올린 보고서를 제대로 검토조차 하지 않고 승인 버튼을 눌렀다. 보고서는 곧장 대표에게 전송되었다. 팀장의 결재를 확인한 최승희는 만족스러운 표정으로 콘솔을 덮고 사무실에서 퇴근했다.

다음 날, 출근하자마자 곧바로 반응이 왔다.

대표의 호출이었다.

2

화려한 홀로그래픽에 감싸인 슈퍼히어로 스위치가 빌런들을 향해 돌진한다. 그의 손에는 방금 전 주머니에서 꺼낸 테이저가 쥐여 있다. 아니, 삼단 봉이다. 마치 마술사처럼, 그가 등 뒤로 손을 감출 때마다 무기가 바뀐다. 오늘 스위치가 선택한 초능력은 사용하는 도구를 자유자재로 바꾸는 것. 그의 팬들이 '잡 체인지'라고 부르는 능력이다. 스위치는 삼단 봉을 휘둘러 빌런을 쓰러뜨린다.

"끄끄끄…. 오늘은 여기까진가."

빌런 '프로페서 자칼'이 특유의 웃음소리를 내며 도망치기 시작한다. 그의 곁에는 언제나처럼 화려한 파티 가면을 쓴 소녀 '캐리'가 함께하고 있다. 스위치가 삼단 봉을 권총으로 바꾸며 자칼의 뒤를 쫓아 달린다. 스위치는 거의 난사하듯 총알을 발사한다. 하지만 그 순간, 캐리가 크게 팔을 휘두른다. 염력이다. 보이지 않는 힘에 붙들린 탄환이 허공에 정지한다. 캐리가 다시 한번 팔을 휘두르자 스위치가 뒤쪽으로 휙 날아가 기둥에 처박힌다. 바닥에 쓰러진 스위치가 힘겹게 몸을 일으킨다. 그사이, 자칼과 캐리는 염력으로 엘리베이터 문을 부수고 텅 빈 통로 아래로 훌쩍 점프해 달아난다.

삼단 봉에 쓰러졌던 자칼의 부하가 다시 정신을 차리고 소총을 난사하기 시작한다. 그러자 스위치는 기둥 뒤쪽 공간에 몸을 숨긴다. 그의 모습이 완전히 사라진다. 기둥 뒤는 카메라의 사각지대. 스위치는 1초도 망설이지 않고 다시 앞으로 달려 나간다. 그는 경찰 기동대가 사용할 법한 폴리카보네이트 방패에 몸을 숨기고 있다. 총알이 방패에 튕겨 나간다. 빌런이 겁에 질린 표정으로 매장 안으로 뒷걸음친다. 방금 전까지 강도 짓을 벌이고 있었던 바로 그 매장이다. 뒤쫓아 온 스위치가 단검을 휘두른다. 빌런의 가방이 찢어지며 훔친 보석과 금붙이들이 쏟아진다. 빌런이 욕설을 뱉으며 매장 직원 중 하나를 붙잡아 인질로 삼으려 하지만, 그러기도 전에 화살이 날아가 빌런의 손을 꿰뚫는다. 손바닥이 벽에 붙박인다. 비명과 함께 벽에 피가 튄다. 상대가 제압된 것을 확인한 스위치는 활시위를 풀고 빌런을 향해 다가간다.

"멈춰!"

화면 밖에서 외치는 소리가 들린다. 평택지검 특수부 소속 백기영 검사. 뒤늦게 현장에 도착한 수십 명의 외주 수사관과 자치경 기동대가 매장 앞으로 몰려와 벽처럼 스위치의 퇴로를 막는다. 그들을 촬영하는 수십 대의 라이브 캠 드론들이 주위를 바삐 떠다니고 있다. 검사는 손바닥에 떠 있는 체포영장을 보이며 감금, 폭행, 기물 파손 등의 혐의를 들어 스위치에게 항복을 권유한다.

하지만 스위치는 미동조차 없다. 홀로마스크로 뒤덮인 얼굴이 어떤 표정을 짓고 있는지 역시 알 길이 없다. 스위치의 손에는 방금 전까지 범인이 사용하던 무기가 들려 있다. 풍신 L&T제 K-221 복합소총. 딱 한 번 방아쇠를 당기기만 해도 스마트 집속탄이 그 자리에 있는 모두를 몰살시킬 수 있다. 검사는 당황한다.

스위치가 잘 훈련된 견착 자세로 백기영 검사를 겨누고 방아쇠를 당긴다. 겁에 질린 검사가 양손으로 머리를 감싸며 꼴사납게 몸을 숙인다. 철컥. 집속탄은 발사되지 않는다. 이미 탄환이 모두 소진된 상태였으므로. 스위치는 주머니에서 연막탄을 꺼내 던진다.

사방에 무지개색 연막이 펼쳐진다. 연기 속에 몸을 숨긴 스위치는 유유히 현장을 빠져나간다. 얼마 후 연막이 걷힌다. 스위치는 이미 사라진 지 오래다. 백기영 검사는 쑥스러움과 당황이 뒤섞인 표정으로 이미 사라져 버린 스위치를 향해 분노를 담아 크게 소리쳐….

"정지."

진강우가 화면을 멈췄다. 울음을 터뜨리기 직전인 백기영 검사의 얼빵한 얼굴이 잔뜩 클로즈업된 채로 영상이 정지했다. 내려올 줄 모르는 만족스러운 입꼬리를 보아하니, 아무래도 이 상황을 즐기고 있는 모양이었다.

"혜리 씨, 저놈 우리가 잡자."

혜리는 0.1초도 망설이지 않고 양 손바닥을 펴 보이며 어깨를 으쓱였다. 확실한 거절의 의지를 표현하기 위해 동그랗게 뜬 눈과 치켜올린 눈썹까지 더했다. 그래 봐야 못 알아먹는 척할 게 뻔하지만.

"제가 왜요?"

"누군지 안 궁금해?"

"안 궁금한데요. 저언혀. 저어언혀. 그리고 어차피 검사님 사건도 아니잖아요."

혜리는 딴청을 부리며 손가락으로 블라인드 사이를 벌려 마음껏 검사실 창밖을 내다보았다. 진짜 햇살이 눈을 찔렀다. 메가빌딩이 아닌 구식 건물의 유일한 장점이었다.

"그건 그래. 스위치 건은 특수부에서 TF 돌리고 있어."

"그런데요?"

"하는 게 영 시답잖아서."

"뭐예요, 그게."

진강우의 심정은 충분히 이해가 갔다. 백기영 검사라는 사람, 정말이지 끔찍하게 일을 못 했으니까. 그걸 가만히 참고 지켜볼 진강우가 아니었다.

물론 정의감 때문은 아닐 것이다. 혜리가 아는 한 진강우는 결코 정의감이 투철한 타입이 아니었다. 굳이 따지자면 일에 미친 사이코랄까. 일이 똑바로 돌아가지 않는 걸 죽어도 눈 뜨고 못 보는 성격. 사사건건 끼어들어 자신이 최고라는 걸 입증하지 않고는 잠시도 견디지 못하는 인간. 학창 시절에도 아마 1등을 놓친 적이 없겠지. 1등이 아닌 사람들을 이해하지도 못할 테고. 이해하지 못하니 믿지를 못하고, 뭐든 자기가 직접 나서서 해결해야만 직성이 풀리는 거겠지.

그런 인간이 믿고 일을 맡기는 사람 중 한 명이라니, 이거 영광이라 생각해야 하나? 혜리는 잠시 우쭐한 기분을 느꼈다.

하지만 곧바로 그 생각을 지워 버렸다. 그럴 리가. 고용주가 유능해 봐야 귀찮기만 할 뿐이었다.

"검사님 사건도 아닌데 제가 왜요. 계약할 권한도 없으시잖아요."

"그건 걱정 마. 의뢰비는 내 사비로 낼 거니까."

진강우가 손가락으로 액수를 제시했다. 말도 안 돼. 저 구두쇠 놈이 지 호주머니에서 그 큰돈을 쓴다고?

"검사님, 저한테 대체 왜 이러시는 건데요?"

혜리는 미간을 찌푸렸다. 굉장히 귀찮아질 듯한 예감이 들었다.

"내가 뭘? 저 스위처란 놈 하나 때문에 지금 샌드박스 검경 전체가 놀림감이 되고 있잖아. 위에서 빨리 체포하라고 난리야. 셀럽 몇 명 잡아넣는 거랑은 비교도 안 되는 거물이란 말이야. 잡고 싶어지는 게 당연한 거 아닌가? 나는 실적 내고, 혜리 씨는 돈 벌고. 대체 뭐가 문젤까?"

"문제가… 없는 게 문제?"

에이씨, 분명 뭔가 찝찝한데. 대체 뭐가 문제인지 딱 꼬집어 내기가 어려웠다. 혜리는 머리카락을 헤집었다. 짧게 자른 생머리가 엉망으로 헝클어졌다.

"제가 뭘 해 드리면 되는데요?"

"일단 혜리 씨가 캘 수 있는 데까지 캐 봐. 내일 아침 7시에 금룡에서 착수 보고. 나머진 그때 알려 줄게. 계획은 내가 다 생각해 놨으니까 너무 걱정하지 말고."

손바닥에 진동이 느껴졌다. 약속한 금액이 입금되었다는 메시지였다. 혜리는 꾸벅 인사하고 진강우의 사무실을 떠났다. 문을 여는데 등 뒤에서 목소리가 들렸다. 진강우가 기분 나쁜 웃음소리를 흘리며 중얼거리고 있었다. 혜리는 슬쩍 이어플러 그의 감도를 높였다. 강우의 속삭임이 또렷하게 포착되었다.

"후후후…. 이걸로 백기영이한테 제대로 한 방 먹인다…."

아, 그거였구만. 집착하는 이유가.

혜리는 크게 한숨을 쉬며 문을 닫았다.

3

"반가워요, 최승희 씨."

대표가 손을 내밀며 악수를 청했다. 최승희는 악수에 답하는 대신 수줍게 안경을 고쳐 쓰며 머뭇거렸다. 머쓱해진 대표는 빈손을 허공에 흔들고는 자리에 앉았다. 뒤늦게 자신의 무례를 깨달은 승희는 깜짝 놀라 사과했다.

"죄송합니다. 너무 당황스러워서……."

"괜찮아요. 충분히 이해합니다. 자주 겪는 반응이니까. 많이 놀라셨나요? 제가 직원들 앞에 모습을 잘 드러내지 않는 이유를 이제 아시겠군요."

최승희는 천천히 고개를 끄덕였다.

"저어… 그럼 정말로 부회장님이…"

"네. 제가 CH.스위치의 대표직을 맡고 있어요."

그제야 책상 위에 놓인 명패가 눈에 들어왔다. 부회장 최진석. 몇 년 전 경영 일선에서 물러난 최재일 회장의 차남이자, 세계 최대 미디어 콘텐츠 그룹인 CK그룹을 총괄하는 사실상의 실권자. 하늘 높은 곳에 있어야 할 사람이 대체 왜 여기서 이러고 있는지 이해하기 어려웠다. 값비싼 취미 같은 걸까?

최진석이 책상 위에 놓인 태블릿을 손가락으로 가리켰다.

"보고서 읽어 봤어요. 우리 채널에서 가장 조회수가 높은 콘텐츠 열 개 중 일곱 개가 조작으로 의심된다고요?"

"그렇습니다, 부회장님."

"호칭은 대표면 충분합니다."

"네, 대표님."

"자세히 설명해 주실 수 있을까요?"

"제가 파악한 내용은 이미 보고서에 전부…."

"직접 듣고 싶은데요."

대표가 손가락 마디로 책상을 두드리자 허공에 홀로그램 형태로 보고서가 출력되었다. 최승희는 차분히 브리핑을 시작했다.

"입사한 후 2주간 회사에서 생산된 모든 콘텐츠를 훑어봤습니다. 그러다 우연히 의심스러운 정황을 몇 가지 발견했는데요. 우선 이 사람을 주목해 주시겠습니까?"

최승희는 손짓으로 자료를 넘겼다. 허공에 누군가의 사진이 표시되었다.

"6개월 전, 스위치가 처음 알려지기 시작한 초창기 영상입니다. 좁은 통로에서 여성을 습격한 빌런을 스위치가 '키네시스', 그러니까 염력으로 제압하는 장면이고요."

최승희는 다음 자료를 띄웠다.

"이건 3개월 전 영상입니다. CK 빌딩 튜브카 정거장에 불을 지르려 했던 방화범 무리를 스위치가 '아이싱' 능력으로 얼려 버리는 내용입니다."

곧바로 다음 영상이 재생되었다.

"그리고 이건 일주일 전 영상입니다. 권총으로 무장한 빌런들이 트라이플래닛 금융지구에서 난동을 부린 사건이죠."

최승희는 대표의 표정을 살폈다. 턱을 괸 채 비스듬히 앉아 있는 모습이 조금 지루해하는 것처럼 느껴졌다. 최승희는 중간 설명을 스킵하고 모든 영상을 한꺼번에 허공에 띄웠다. 다 합쳐 스무 명이 넘는 빌런들의 얼굴이 한 번에 보였다.

"여기 보이는 인물들은 전부 동일인입니다. 이 사람은 한 번도 체포되지 않았고, 스위치에게 그렇게 공격받았으면서도 매번 도망치는 데 성공했어요."

대표가 홀로그램 쪽으로 얼굴을 좀 더 가까이 들이밀었다.

"전혀 다른 사람처럼 보이는데요. 행색도 다르고."

"같은 사람입니다."

"어떻게 알죠? 전부 복면으로 얼굴을 가렸는데."

"눈이 똑같으니까요."

최승희는 확신에 찬 어조로 답했다.

"…그리고 일정한 버릇이 있습니다. 다급한 상황에서의 걸음걸이나 손짓 같은 것들이요. 분석 프로그램에 패턴을 입력해서 동일인이 맞다는 걸 거듭 확인했습니다."

"눈썰미가 좋군요. 전에는 어디서 일했다고 했죠?"

"CK그룹 계열사 중 한 곳에서 홍보 일을 잠깐 했습니다."

"그래요? 우리 그룹이 이렇게 유능한 사람을 놓칠 리가 없는데."

"아주 잠깐 일했었습니다."

"흠."

대표는 턱을 쓰다듬으며 의자에 몸을 기댔다.

"계속해 보세요."

"보여 드린 영상들의 원본을 확인해 봤는데, 한곳에서 투고된 게 아니었습니다. 개인 투고만 있었던 것도 아니었고요. 그런데도 동일한 인물이 반복해서 등장한다는 건…"

"전문적으로 가짜 빌런 행세를 하는 사람들이 있다?"

"아마도요."

대표는 책상 위에 놓인 태블릿을 집어 들고 휘리릭 페이지를 넘겼다.

"결론에 이렇게 썼더군요. '이러한 사례를 적극적으로 벤치 마킹하여, 유사한 형태의 사업을 직접 운영할 것을 제안함. 사전 준비된 장소에 스위치와 빌런을 유도한다면 현재보다 양질의 콘텐츠를 제작할 수 있을 것으로 기대됨.' 쉽게 말해 우리가 직접 빌런을 만들자는 거죠?"

"그렇습니다."

"하, 참."

대표가 웃음을 터뜨리며 홀로그램 화면을 치워 버렸다.

"지금 이거, 협박인가요?"

"네? 저는 그런 뜻이…"

대표는 태블릿을 던지듯 내려놓았다.

"이 정도 디테일로 보고서를 쓸 정도면 폭로할 증거도 이미 충분히 수집했을 테고. 좋습니다. 인정할게요. 우린 연기자들을 고용해서 가짜 영상을 만들고 있어요. 그걸 확인하고 싶어서 보고서를 올린 거 아닌가요?"

"…그런 면도 있었습니다."

"승희 씨가 굉장히 똑똑한 사람이라는 건 알겠어요. 근데 연기력이 영 별로군요. 여기까지 추리해 냈다면, 그다음 질문에도 분명 도달했을 텐데요."

최승희는 잠시 머뭇거렸으나, 결국 궁금해하던 질문을 꺼내 놓았다.

"스위치는 진짜인가요?"

4

"스위치는 가짜야."

진강우는 확신에 찬 표정이었다.

"봐 봐, 저기도 똑같은 사람 나오잖아. 이 영상들 전부 조작이야. CK에서 만든 거라고."

그가 탕수육을 집어 먹던 젓가락으로 태블릿 화면을 가리켰다. 오전 7시에 탕수육이라니. 보기만 해도 속이 더부룩해지는 것 같았다. 혜리는 앞에 놓인 짜장면을 옆으로 치우며 젓가락 끝이 가리키는 인물을 살펴보았다.

하여튼 눈썰미 하나는 귀신이라니까. 혜리는 속으로 감탄하며 자료들을 대조했다. 몇 번을 비교해 봐도 같은 사람이라는 게 믿기지 않았다. 에이다가 동일인이라고 확인해 주기 전까진 같잖은 농담이라 생각했을 정도로.

"CK가 속고 있는 걸 수도 있죠. 하루에 수백 편씩 투고 영상이 들어온다면서요. 그중에 가짜가 몇 개 섞여 있는 거야 당연할 테고. 어쩌면 알면서 속아 주는 걸 수도 있고요."

"천하의 CK가? 걔네 계열사 말고 이 정도 CG 만들 수 있는 곳이 있긴 해?"

"아, 인심 썼다. 검사님 말대로 CK가 조작했다 칩시다. 그렇다고 그게 모든 영상이 가짜라는 증거는 안 되잖아요."

"거의 다 가짜야. 내가 확인했어."

"전부 다는 아니죠. 실제로 범죄자들이 체포되고 있어요. 초능력을 목격한 사람도 많고요."

"그 정도야 매수할 방법이 없는 것도 아니지."

"그렇게까지 번거로운 짓을 걔네가 뭐 하러 해요. 채널 구독료 해 봐야 얼마나 나온다고. 이깟 푼돈 벌어서 뭐 하게요?"

"돈보다 중요한 용도가 있나 보지. 나라면 마음에 안 드는 놈 죄다 납치해서 스위치 이름으로 검찰청 창살에 매달아 버릴 거야. 한번 빌런으로 낙인찍어 놓으면 경쟁자들 싹 떨어져 나갈 텐데, 이만큼 쓸 만한 도구가 어딨겠어."

"그럼 이건 어떻게 설명하실 건데요?"

혜리는 또 다른 영상을 재생시켰다. 통칭 '강원식 사건'. 4개월 전, 수백 명의 지지자 앞에서 연설 중이던 국회의원 강원식 앞에 스위치가 나타났다. 스위치는 염력으로 수백 개의 실리카 메모리를 허공에 띄운 다음, 지지자와 기자들의 주머니에 하나씩 집어넣었다. 메모리에는 강원식이 수년간 저지른 각종 비리의 증거가 빼곡히 담겨 있었다. 강우와 혜리가 몇 번이나 영상을 돌려 보았지만 어디에서도 조작의 흔적은 찾을 수 없었다.

"이 사건은 애초에 촬영 자체를 뉴스 채널 촬영팀들이 했어요. 조작하고 싶어도 조작할 방법이 없다고요. 위키넷에 파티마의 기적이랑 비교한 페이지가 따로 있을 정도라니까요."

"그건 알아."

강우는 물러서지 않았다.

"근데 저거 분명히 가짜야. 왠지 그런 느낌이 쌔하게 올라온단 말이야."

혜리는 한참 동안 화면 속 스위치를 노려보았다. 홀로마스크 때문에 얼굴이 보이지 않았다. 눈이라도 볼 수 있었다면 좀 달랐을 텐데.

"에휴, 직접 체포해서 물어보면 알게 되겠죠. 그래서 검사님 계획은 뭔가요?"

"이거."

강우가 허공에 검지를 까딱였다. 태블릿 화면이 누군가의 사진으로 바뀌었다. 파티 가면을 쓴 소녀의 손을 잡고 있는 백발의 남성. 얼굴 전체가 흉터로 짓뭉개져 신원을 확인하기 어려웠지만, 혜리는 사진 속 남자의 이름을 알고 있었다.

"프로페서 자칼?"

"요즘 제일 핫한 빌런이야. 이쪽 용어로는 아치에너미?"

"아치… 뭐요?"

"스위치의 숙적이란 말이야."

혜리 역시 자칼에 대해 대충은 알고 있었다. 밤을 꼬박 새워 숙제를 마쳤으니까. 자칼은 최근 새롭게 등장한 빌런이었다. 정장을 차려입고 상류층 10대 아이들을 납치해 교육을 빙자한 학대와 고문을 자행하는 미치광이. 한 달 새 벌써 여섯 명의 아이가 납치당했다. 결국엔 스위치가 무사히 구조했지만,

아이들에겐 이미 정신적 후유증이 깊게 남은 후였다.

스위치의 필사적인 노력에도 불구하고 자칼은 매번 현장에서 유유히 빠져나갔다. 언제나 자칼과 함께하는 소녀 '캐리' 덕분이었다. 캐리는 염력자였다. 고작해야 열두 살 정도로밖에 보이지 않는 어린아이였지만, 적어도 염력에 관한 한 스위치보다 몇 배는 강력한 힘을 지니고 있었다. 때문에 스위치는 번번이 눈앞에서 자칼을 놓치고 말았다.

"이놈이 왜 중요한데요?"

"세상에는 히어로를 보면 오히려 악당이 되고 싶어지는 부류도 있더란 말이지. 이 자칼이란 놈은 현실에 존재할 만한 범죄자가 아니야. 코믹북에나 있을 법한 캐릭터지. 아마도 스위치 영상을 보고 망상에 빠져서 빌런이 된 케이스일 거야."

"그래서요?"

"만약 스위치가 진짜라면 무조건 저놈을 잡기 위해 나타날 거야. 자기 책임이니까."

"가짜라면서요."

"그러니까 그걸 한번 확인해 보자고. 혜리 씨는 자칼 근처에 딱 붙어 있어. 진짜가 나타나는지 안 나타나는지."

"와, 진짜 말 쉽게 하신다. 검사님, 저 지금 정식 수사관 아니거든요? 수색영장이랑 에이다 없이 제가 무슨 수로 자칼을 찾아요?"

"그것도 다 계획이 있지."

강우가 손짓으로 페이지를 넘겼다. 태블릿 화면이 누군가의 이력서로 바뀌었다.

"이 사람이 누군데요?"

"최승희 씨. 우리 히든카드. 어제 CH.스위치 서류 전형에 합격했어. 오늘이 최종 면접이고."

혜리는 상세한 프로필을 쭉 읽어 내려갔다. 최승희. 32세. Y대 경영학과를 졸업해 영국으로 어학연수. 케임브리지대에서 MBA 수료. 그 후엔 몇 군데 인턴십을 거쳐 CK그룹에 입사. 홍보 관련 업무를 수행하다 현재는 퇴사. 간략한 이력 아래로 끝없이 나열된 대외 활동 실적과 자격증 리스트를 훑어보던 혜리는 자기도 모르게 미간을 찌푸렸다. 와, 성실 그 자체다. 진짜 나랑 안 맞는 타입.

"지금부터 혜리 씨 담당."

"네? 제가요?"

"그럼 내가 해?"

"으, 저랑은 좀 안 맞을 거 같은데."

혜리는 거북한 표정을 지어 보였다.

"되도록 빨리 친해지는 게 좋을 거야. 왜냐면 이 사람……."

5

"…어떻게 그게 가능하죠?"

최승희는 질문을 던지며 슬쩍 손등을 쓰다듬었다. 안경에 부착된 카메라가 촬영을 시작했다. 그 사실을 아는지 모르는지, 대표는 의외로 순순히 모든 사실을 실토했다.

"스위치를 연기하는 수십 명의 연기자들이 있어요. 스턴트맨, 마술사, 격투기 선수, 전직 특수부대원, 곡예사, 중국에서 데려온 변검술사도 한 명 있고요. 연기자뿐만 아니라 특수효과 스태프와 해커도 있죠. PD와 스토리작가도 열 명 정도 함께 일하고 있고요. 따로 범죄자들을 추적하는 수사팀도 있어요. 주로 흥신소에서 일하던 민간조사사들이죠. 이분들이 적당한 빌런을 물색해요. 당해도 싼 악인들을 부추겨서 카메라 앞에 예쁘게 세워 놓죠. 어쨌거나 누군가는 진짜로 감옥에 들어가야 하니까."

"CH.스위치 직원들도 이 사실을 아나요?"

"아뇨, 그분들은 전혀 모릅니다."

"지난주에는 스위치가 하늘을 날아다녔잖아요. 그것도 가짜인가요?"

"그건 CG예요."

"얼음을 얼리는 건?"

"액화 헬륨 캡슐."

"무기를 자유자재로 바꾸는 건요?"

"여러 명의 스위치가 카메라의 사각에서 교대로 투입돼요. 작은 도구들을 체인지할 땐 변검술 트릭도 사용하고. 마술사 출신인 팀원의 아이디어였죠."

"그럼 염력은…."

"기술적인 답변은 이 정도면 충분하지 않나요?"

"의심은 했지만 이 정도 규모일 줄은 몰랐어요. 어떻게 외부에 들키지 않고 이 많은 일들을 진행하셨죠? 믿을 수가 없어요."

"몇 번 들켰어요. 조작이 밝혀져도 상관없고요. 아홉 개가 가짜여도 하나가 진짜면 스위치는 진짜인 거니까. 가짜 영상을 내버려 두는 이유도 그래서죠."

"왜 이런 일을 하고 계신 거죠? 돈 때문은 아닌 거 같은데."

대표는 잠시 뜸을 들였다. 망설인다기보단 추억에 잠긴 듯했다.

"처음엔 그냥 취미 같은 거였어요. 힘 쓰는 사람 몇 명 고용해서 나쁜 놈들 혼내 주면 그게 참 기분이 좋더라고요. 세상에 도움도 되는 거 같고. 그렇게 밤마다 한 놈씩 때려 주고 다녔어요. 폭력범, 마약 딜러, 악덕 사장, 비리 공무원…. 그러다 문득 이런 생각이 들더라고요. 와, 진짜 끝이 없구나. 세상이참, 뿌리부터 잎사귀까지 안 썩은 곳이 없구나. 다들 겉으론 착해 보여도 크건 작건 조금씩은 나쁜 짓을 하고 사는구나."

대표는 승희의 눈을 똑바로 바라보았다.

"그래서 방법을 바꿨어요. 이건 결국 **믿음**의 문제라는 걸 깨달았거든요. 세상이 그럭저럭 유지되는 건 법이 있어서가 아니라, 사람들이 법을 지켜야 한다고 배웠기 때문이에요. 이미지, 겉보기, 거짓으로 포장한 가르침들이 우릴 도덕적인 존재로 만들어요. 선과 악의 대결은 결국 사람들이 선을 믿게 하느냐 아니냐의 싸움인 거예요. 혹은 이렇게도 말할 수 있겠네요. 죄를 지으면 반드시 응징당한다는 프로파간다를 사람들의 머리에 각인할 수 있느냐 없느냐의 싸움이라고. 생각해 보세요. 승희 씨 머릿속에 가장 먼저 떠오르는 정의로운 인물이 누구인지. 맨 처음 누구에게 정의로움을 배웠죠? 아마도 어릴 적에 본 만화영화 주인공 중 한 명일 겁니다. 그게 우리가 선악을 배우는 방식이에요."

"CK그룹다운 발상이네요. 차라리 교육 채널을 만들지 그러셨어요?"

"샌드박스 사람들은 이미 넷 소사이어티의 가상현실 서비스가 떠먹여 주는 강한 자극에 뇌가 쩔어 버렸어요. 웬만큼 미친 짓을 하지 않으면 눈길조차 주지 않죠. 사람들에겐 강렬한 스토리가 필요해요."

"그래서 스위치를 만드셨군요."

대표는 답하지 않았다. 전부 실토하면서도 묘하게 이 부분만은 대답을 피해 가고 있었다. 대체 이유가 뭘까. 최승희는 답답해하면서도 더 밀어붙이진 않았다. 지나치게 답변을 강요하는 모양새가 되는 건 좋지 않았다.

"이 정도면 답변이 충분했나요?"

최승희는 고개를 끄덕였다.

"솔직히 과하다 싶을 정도였어요. 제가 언론에 제보하기라도 하면 어쩌실 생각이죠?"

"글쎄요. 저는 가진 돈이 많아요."

"누구나 돈으로 매수할 수 있다고 믿는 건 지나친 과신 아닌가요?"

"돈에 대한 사람들의 믿음은 꽤 확고하거든요. 그리고 정정하자면 저는 돈이 **아주** 많아요."

"참고로 우리 대화 전부 녹화됐어요. 방금 하신 말씀도요."

"그래요? 다시 확인해 보는 게 어때요?"

최승희는 스마트팜을 열어 파일을 확인했다. 녹화한 파일이 깨져서 열리지 않았다.

"돈으로 할 수 있는 게 참 많죠? **주혜리 씨.**"

자신의 이름을 듣자마자 혜리는 한쪽 눈을 살짝 찡그렸다. 에이씨, 왠지 귀찮아질 거 같더라니까.

"제 이름은 최승희…"

"피차 쓸데없는 연기는 그만합시다. 잘하지도 못하면서."

그래, 시도는 나쁘지 않았어. 하필 저 인간이 대표일 줄은 몰랐잖아. 혜리는 한숨을 쉬며 안경과 가발을 벗었다.

"언제부터 아셨죠?"

"이력서 들어왔을 때부터요. 그 얼굴을 어떻게 잊겠어요? 우리 방송 망쳐 놓은 장본인인데."

"이상하네. 저는 분명 수습해 드린 걸로 기억하는데."

"관점의 차이겠죠."

대표는 의자에 몸을 편히 기대며 물었다.

"지금은 누구랑 일하고 있죠? 백기영 검사?"

혜리는 답하지 않았다.

"진강우 검사겠군요. 그때도 둘이 같이 일했었죠?"

혜리는 이번에도 대답을 회피했다. 하지만 침묵은 동의나 다름없었다.

"혜리 씨. 저는 전부 솔직하게 말씀드렸어요. 이제 어떡하실 거죠? 진강우 검사에게 오늘 일을 보고하실 건가요?"

"아마도요? 제가 의뢰비를 듬뿍 받아서."

"자꾸 자랑하는 거 같아서 미안한데, 돈이라면 제가 더 많이 드릴 수 있어요."

"진강우 검사가 결국 눈치챌 거예요. 그 사람 좀 집착남이거든요."

"최대한 한번 버텨 봐요."

대표는 그렇게 말하며 종이를 내밀었다. 수표였다. 액수가 쓰여 있지 않은.

"대체 저한테 원하는 게 뭡니까?"

"혜리 씨를 고용하고 싶습니다."

"혹시 검찰 쪽 정보를 빼 달라는 거라면 그건 불가능해요."

"압니다. 제가 부탁드리고 싶은 일은 다른 거예요."

"뭐죠?"

"조만간 스위치와 프로페서 자칼이 최종 결전을 벌일 겁니다. 자신의 운명을 깨달은 히어로가 오랜 숙적을 물리치고 첫 번째 시즌을 마무리하는 중요한 에피소드죠."

왜 너도 나도 자칼 타령이람? 혜리는 짜증을 억누르며 되물었다.

"그래서요?"

"가짜 정보를 흘려 주세요. 검경 수사관들이 다른 장소에 묶여 있도록."

"왜 그런 번거로운 짓이 필요한데요?"

"촬영을 방해받고 싶지 않아서요."

모호한 대답이었다. 찝찝한 기분이 점점 심해졌다.

"진짜 이유를 말해요."

"프로페서 자칼은 **교육자**예요. 아이들을 납치해 강제로 빌런이 되는 법을 가르치죠. 그래서 히어로 스위치의 숙적인 거고요."

"결론만 말해요."

"자칼이 어떤 아이를 빌런으로 만들었어요. 진짜 초능력을 쓰는 빌런을요."

"그게 이번 시나리오인가요?"

"시나리오가 아니에요. 캐리는 진짜 현실입니다."

더 들어 줄 수가 없었다. 망상 얘기는 자기들끼리 하라지.

"어휴, 전 일반인이라 이런 대화 못 따라가겠네요."

혜리는 항복하듯 양손을 들어 보이며 몸을 돌려 출입문 쪽으로 향했다. 문 앞에 다다를 즈음 등 뒤에서 대표의 목소리가 들렸다.

"자칼의 본명은 **고용태**예요."

혜리는 걸음을 멈췄다.

빌어먹을. 완전히 잊고 있었는데. 그 이름이 왜 여기서 튀어나오는 거야.

"이제 좀 납득이 가나요? 혜리 씨도 그 사람 학생이었죠?"

이름을 들은 순간부터 구역질이 치밀었다. 고용태. 코요테. 자칼. 상류층 아이들. 납치. 교육. 그리고 학대…. 빌어먹을, 이 간단한 걸 왜 놓친 거야? 혜리는 멍청한 자신에게 화가 치미는 것을 참을 수가 없었다. 머릿속에서 위험 신호가 끊임없이 울려 댔다. 도망쳐야 했다. 한시라도 빨리 이 자리를 벗어나야 했다. 현기증을 느낀 혜리는 서둘러 문고리에 손을 얹었다. 그러나 대표가 또다시 혜리의 발목을 붙잡았다.

"고용태가 데려간 아이들이 더 있어요."

혜리는 또다시 멈칫했다.

"그래서요?"

"피해자가 점점 늘어나고 있어요. 이 미친 짓거리를 끝내려면 혜리 씨 도움이 꼭 필요해요."

선 채로 굳어 버린 혜리는 잠시 고민에 잠겼다. 하지만 결국 그 제안을 받아들이지 못했다. 두려움이 증오를 집어삼켰으니까.

혜리는 황급히 문을 열고 집무실을 빠져나왔다.

집으로 돌아가는 도중, 코트 속에 무언가 들어 있다는 사실을 깨달았다. 깜짝 놀란 혜리는 주머니를 확인했다. 종이 한 장이 손에 잡혔다. 수표였다.

수표 뒷면에 주소가 쓰여 있었다.

6

"마음속 비밀을 아무에게도 말하지 마라. 한번 입 밖으로 나간 비밀은 언젠가 반드시 네 약점이 되어 돌아올 테니까. 네가 약해졌다는 사실을 절대로 드러내선 안 돼. 사방에서 귀신같이 네 낮아진 자존감 냄새를 맡고 널 뜯어먹으려 들 거다. 명심해. 모두가 적이다. 너는 혼자야."

남자가 가르쳤다. 아이는 천천히 고개를 끄덕였다. 그게 무슨 뜻인지도 모르면서 남자의 말에 맞춰 주는 것뿐이었지만.

"이제 시작할까?"

아이는 마지못해 답했다.

"네."

남자가 아이의 손을 움켜쥐었다. 아이는 자기도 모르게 손을 빼내려 했다. 하지만 남자는 아이의 손을 놓아주지 않았다. 조그마한 아이의 몸이 억지로 책상 앞까지 끌려왔다. 아이는 책상 위 스테인리스 접시에 묶여 있는 하얀 쥐를 가만히 내려다보았다. 쥐는 살아 있었다. 마취되지 않은 채로 고개를 두리번거렸다. 의식이 생생히 깨어 있었다.

"아프지 않을까요?"

"당연히 아프겠지. 하지만 네가 아픈 것은 아니잖니."

남자가 아이의 손에 커터 칼을 쥐여 주었다. 틱. 티. 티. 티. 티틱. 한 칸씩 덜컥거리며 날이 튀어나오는 감각이 고스란히 느껴졌다. 아이는 멍하니 칼을 바라보았다. 남자가 강한 어조로 아이를 다그쳤다.

"집중."

남자가 아이의 손을 더 세게 움켜쥐었다. 아이는 힘을 주어 버텼지만 역부족이었다. 커터 칼을 쥔 손이 점점 아래로 내려갔다.

칼날 끝이 살아 있는 쥐의 배에 닿았다. 꾸욱. 생각보다 질기고 물컹했다. 무뎌진 칼날로 가죽을 찢으려면 지금보다 강한 힘을 주어야만 했다. 이대로 손을 놓아 버리고 싶었지만 불가능했다. 저항하면 할수록 남자가 더 세게 손을 옥죄어 왔다.

피가 통하지 않게 된 손이 하얗게 질렸다.

하지만 남자는 그 이상 힘을 주진 않았다.

"알고 있겠지? 혼자 해야 한다."

아이는 가만히 쥐를 바라보았다. 통증을 느끼기 시작한 쥐가 날카롭게 찍찍대며 바둥거리고 있었다. 바둥거리면 바둥거릴수록 쥐의 몸에 상처가 늘어났다. 길게 내지르는 쥐의 울음이 비명 같았다. 아마도 그럴 것이다.

그 순간 아이는 깨달았다. 이 상황을 끝내려면 쥐를 죽이는 수밖에 없었다. 손톱보다 작은 심장에 날 끝을 밀어 넣어야만 비로소 끝나는 것이다. 아이는 결국 폭력을 택했다. 꾸욱. 짧은 단말마를 끝으로 쥐는 움직임을 멈췄다. 손안에 물컹한 감촉이 남았다.

"생각보다 쉽지?"

남자가 물었다. 아니, 묻는 게 아니었다. 동의를 강요하는 거였다. 아이는 마지못해 고개를 끄덕였다. 끄덕이지 않으면 또 다른 쥐와 마주해야 하니까.

"어땠지? 아팠니?"

아이는 고개를 가로저었다. 이제는 생각조차 하지 않았다. 아이의 모든 행동은 그저 반사적인 반응일 뿐이었다.

"그것만 기억하면 된다. 아픔을 느끼는 건 네가 아니야."

"네."

"그럼, 다음 훈련을 계속해 볼까?"

남자가 옆 책상을 가리켰다. 거기엔 쥐보다 훨씬 커다랗고 털이 검은 무언가가……

7

눈을 뜨자마자 온 힘을 다해 욕설을 뱉었다. 너무 큰 소리를 냈는지 목에서 따가운 기침이 올라왔다. 감정이 가라앉을 때까지 기다린 혜리는 천천히 몸을 일으켜 양팔로 무릎을 감쌌다. 떨리는 손끝에 여전히 꿈속의 감촉이 들러붙어 있었다. 세수하듯 찰싹 얼굴을 때리며 손짓으로 창문을 켰다. 스크린에서 쏟아지는 가짜 햇살에 눈이 부셨다.

빌어먹을 꿈 오랜만에 꿨네.

전부 망할 놈의 최진석 때문이야. 망할 대표. 망할 부회장. 망할 스위치. 망할 진강우. 싹 다 사이좋게 망해 버리라지.

"에이 몰라. 빨리 털어 버려."

혜리는 고개를 털고 일어나 식은 커피를 단숨에 들이켰다. 쓰라린 속을 움켜쥐고 대충 코트를 걸쳤다. 마지막으로 배에 뭘 집어넣은 게 언제인지 기억이 가물가물했지만 그냥 생각하지 않기로 했다.

"근데 출근은 어떡하지?"

혜리는 허탈한 웃음을 터뜨렸다.

위장 취업은 진강우의 아이디어였다. 에이다가 만들어 낸 가짜 이력서로 CH.스위치에 잠입한 혜리는 지난 2주간 조용히 그들을 염탐했다. 하지만 기대했던 증거는 하나도 찾을 수 없었다. CH.스위치의 말단 직원들은 그저 투고된 소스를 편집해 내보내고 있을 뿐, 가짜 영상을 만들어 내는 일과는 무관했다. 조작은 다른 곳에서 이루어지는 모양이었다.

그래서 도박 수를 던졌다. 대표라면 뭔가 알고 있을지도 모른다고 생각했다. CK에서 내려온 낙하산이라는 말을 들었으니까. 도박은 적중했다. 최진석 부회장과 마주친 건 의외였지만, 어쨌거나 혜리는 그에게서 스위치가 가짜라는 자백을 받아 낼 수 있었다. 그런데….

거기서 하필 **그 이름**을 듣게 될 줄은.

혜리는 손바닥을 터치해 메신저를 켰다. 진강우의 메시지가 도착해 있었다.

—어젠 별일 없었어?

별일 많았다, 이놈 자식아.

혜리는 속으로 투덜거리며 주머니를 뒤졌다. 수표가 손에 잡혔다. 이걸로 진강우한테 받은 돈 돌려주고 전부 때려치울까? 평소라면 분명 그랬을 터였다.

하지만 망설여졌다.

'고용태가 데려간 아이들이 더 있어요.'

최진석의 말이 머릿속에서 떠나지 않았다. 고용태에게 끌려간 아이들이 지금쯤 어떤 일을 겪고 있을지 상상하는 일을 멈출 수가 없었다.

빌어먹을.

혜리는 튜브카를 타고 CK 빌딩으로 향했다. 수표에 적혀 있는 주소는 CH.스위치 사무실에서 멀지 않은 곳이었다. 혜리는 다시 안경을 썼다. 아무것도 쓰여 있지 않은 출입문을 열자 '전략팀'이라는 팻말이 눈에 들어왔다. 누군가 살가운 표정으로 다가왔다.

"반가워요. 클로이예요. 여기 PD를 맡고 있어요."

PD의 가슴팍에 'Cloe'라는 손글씨가 쓰인 명찰이 달려 있었다.

"사무실에선 닉네임을 써요. 서로에 대한 정보를 모르는 편이 나으니까요. 참고로 저 친구는 스토리 담당 테리, 그 옆은 연출 담당 젤리예요. 다른 분들은 지금 외근 중이고요."

"주혜리예요."

"혜리 씨, 여기선 닉네임을…"

"주혜리라고요."

"…그래요. 맘대로 해요."

PD가 어깨를 으쓱이며 손을 들었다.

"대체 무슨 일이 일어나고 있는지 전부 들어야겠어요."

"따라와요."

두 사람은 사무실 한구석 회의실로 자리를 옮겼다. 잠시 자리에 앉아 기다리자 PD가 끓인 차를 가져왔다. 혜리는 찻잔에 손도 대지 않았다.

"어디서부터 설명하면 좋을까요? 고용태는 강사였어요. 상류층 자녀들을 위한 일종의 멘탈 트레이너였죠. 25년 전 시작된 고용태 교실은…."

"그 부분은 됐어요. 직접 겪었으니까."

"…집중력을 향상시키는 훈련이라고 주장하며 수강생 아이들의 정신을 파괴했어요. 고용태의 교육을 받은 아이들은 공감 능력을 잃었어요. 차별과 서열을 당연시하고, 자신보다 조금이라도 약한 존재에겐 집요할 정도로 혐오를 퍼붓는 경쟁 기계가 되어 버렸죠. 그 과정에서 상상할 수 없는 수준의 체벌과 정서적 학대가 아이들에게 가해졌지만, 부모들은 그 사실을 알면서도 모른 척 아이들을 방치했어요. 아이들의 성적이 눈에 띄게 향상됐으니까. 막대한 수익을 거둔 고용태 교실은 점점 더 규모를 키웠어요."

PD는 꿋꿋이 설명을 이어 갔다. 말투에서 강렬한 감정이 전해졌다.

"수천 명의 아이들이 고통받았어요. **그 사건**으로 고용태가 체포되기 전까지."

사건에 대해서는 혜리도 알고 있었다. 고용태에게 교육받은 한 아이가 자신의 아버지를 살해했다. 경찰서 앞에 몰려온 기자들 앞에서 아이는 눈 한 번 깜빡이지 않고 이렇게 말했다.

그룹 경영권을 차지하기 위해 경쟁자를 치웠을 뿐이라고. 그 일을 계기로 고용태 교실의 실태가 드러났고, 고용태는 수많은 죄목으로 감옥에 수감되었다.

"고용태가 어떻게 밖을 나돌아 다니고 있는 거죠? 아직 형기가 많이 남았을 텐데요."

"6개월 전에 가석방됐어요."

"어떻게 그럴 수가 있죠? 전혀 몰랐어요."

"그 사실은 어떤 뉴스 채널에서도 다루어지지 않았어요. 고용태 교실 출신의 힘 있는 사람들에 의해 철저하게 은폐되었죠. 결론부터 말씀드리면 프로페서 자칼이라는 유치한 이름도 저희가 일부러 붙인 거예요. 그 사람에게서 아이들을 지키려면 납치범으로 몰아세우는 수밖에 없었거든요."

"그럼 납치가 아니라는 건가요?"

"아이들은 자발적으로 고용태에게 보내졌어요. 부모들에 의해서요."

"설마…."

"그래요. 똑같은 일이 반복되고 있어요. 고용태는 다시 과거의 스태프들을 모아 교실을 열었고, 부모들은 너도나도 고용태에게 자녀를 맡기고 있어요. 심지어 이제는 교육 프로그램만 운영하는 게 아니라 불법 화학 최면요법이나 임플란트 시술까지 동원해서 아이들의 뇌를 누더기로 만들고 있어요. 부모들이 점점 더 쉽고 빠른 방법을 원하니까요. 그런데도 우리가 할 수 있는 건 고용태의 품에서 잠시 아이들을 빼내는 게 고작이에요. 아이들은 결국 부모의 품으로 돌아가고, 어느샌가 다시 고용태 교실에 보내지죠."

"그런 아이들이 얼마나 되죠?"

"저희가 알기론 수백 명이 넘어요. 아마 실제론 훨씬 많겠죠. 정확한 규모는 파악하기 어려워요."

"이해가 안 돼요. 명백한 아동학대잖아요. 검경에 신고는 했나요?"

"아, 신고요."

PD는 비웃듯 숨을 뱉었다.

"고용태에게 자녀를 맡긴 부모들은 대부분 상류층 사람들이에요. 그중엔 경찰 간부나 판검사들도 제법 있고요. 재판에 넘겨 봐야 무죄로 풀려날 게 뻔해요. 그 사람들에게 면죄부만 줄 뿐이에요."

"그런 사람들이 대체 왜 자기 애를…."

"그 사람들도 과거 고용태 교실 출신이니까요. 이들은 어릴 적 고용태에게 받은 교육 덕분에 자신이 성공했다고 생각해요. 자식들도 똑같은 방식으로 성공시킬 수 있다고 믿고요."

PD는 거의 속삭이듯 한마디를 덧붙였다.

"…사실은 그냥 운이 좋았던 것뿐이면서."

"차라리 언론에 알려요. 이 정도 사건이면 보도해 줄 뉴스 채널이 있을 거예요."

"20년 전 고용태 사건이 언론에 터졌을 때 사람들 반응이 어땠을 것 같아요? 오히려 비슷한 교실을 찾는 부모들이 급증했어요. 샌드박스 상류층만 몰래 누리던 비밀 학습법이 공개됐다고, 내 아이도 뒤처지지 않게 똑같은 걸 시켜야겠다면서요. 그런 분위기가 유행처럼 전국을 휩쓸었어요. 돈 냄새를 맡은 사기꾼들이 달라붙어 끔찍한 학대를 부추겼고요. 셀 수 없이 많은 아이들이 고통받았어요. 저도 그중 하나였고요."

PD의 눈빛에서 강렬한 감정이 전해졌다.

"뉴스로는 안 돼요. 사람들의 아픔이 지워지니까. 아이들이 얼마나 고통받았는지, 그게 얼마나 끔찍한 잘못인지 제대로 전달할 수 없어요. 나쁘다는 게 아니라 그냥 매체의 특성이 그래요. 우리가 전해야 할 건 사실이나 진실이 아니에요. 이야기죠. 사람들의 마음을 움직일 수 있는 진짜 이야기. 제 직함이 PD인 이유도 그래서예요."

PD가 나직이 결론을 고했다.

"혜리 씨, 안타깝지만 지금 우리가 택할 수 있는 방법이 이것뿐이에요. 멍청하고 자극적인 방식이지만 선택의 여지가 없다고요. 다행히 스위치는 꽤 인기 있는 아이돌이 됐어요. 조회수도 충분히 나오고 있고요. 이제 터뜨리기만 하면 돼요. 고용태가 무슨 짓을 하고 있는지. 아이들이 얼마나 고통받고 있는지 카메라를 들이대고 사람들에게 제대로 보여 주는 일만 남았다고요."

어느 순간부터 혜리는 아무 말도 할 수 없었다. 그들이 짊어진 무게에 대해 뭐라 입을 댄다는 것이 너무나 무책임하게 느껴졌다.

"마지막으로 하나만 더 여쭤볼게요. 자칼이 항상 데리고 다니는 아이 말인데…."

그 순간, 어디선가 폭발음이 들렸다.

사무실 쪽이 소란스러웠다. 혜리는 서둘러 몸을 일으켰다. 출입문 가까이에 앉아 있던 PD가 한발 먼저 회의실 문을 열었다가, 다시 황급히 문을 닫았다. 닫힌 철문에 탄환이 쏟아졌다.

"숨어요!"

PD가 소리치며 테이블 아래로 몸을 날렸다. 그리고 그 직후, 철문이 찌그러지며 바깥쪽으로 끄집어 던져졌다. 염력. 혜리의 머릿속에 키워드가 스쳤다. 혜리는 테이블 아래에 몸을 숨겼다.

"끄끄끄…. 찾았다."

익숙한 웃음소리. 프로페서 자칼이었다. 혜리는 슬며시 고개를 내밀었다. 익숙한 2인조의 모습이 눈에 들어왔다. 자칼과 캐리가 함께 있었다. 그리고 복면을 쓴 악당들도. 슈퍼히어로 영화 속에 빨려 들어온 듯한 기묘한 광경에 혜리는 일순 사고가 정지했다.

"머리 숙여요."

PD가 속삭이며 혜리의 뒷덜미를 끌어당겼다. 겨우 정신을 차린 혜리는 다시 테이블 밑으로 들어갔다. PD가 침착한 표정으로 손바닥을 보고 있었다. 누군가와 스마트팜 메시지를 주고받는 모양이었다. PD는 메시지를 지우고 손바닥에 새로운 문장을 썼다.

—신호하면 무조건 출구 쪽으로 달려요.

혜리는 말없이 고개를 끄덕였다.

"최진석 어딨어?"

바깥쪽에서 자칼의 어눌한 목소리가 들렸다. 그간 영상에서 들었던 목소리와는 딴판이었다. 그건 성우의 연기였던 걸까. 실제의 그는 턱이 불편한 모양이었다. 기묘한 웃음소리도 그 때문인 듯했다.

"최진석이 누군데?"

직원 중 하나가 빈정댔다. 뒤이어 구타 소리가 들렸다.

"내가 하는 말 최진석한테 그대로 전달해. 한 번만 더 방해하면 전부 죽여 버린다."

"최진석이 누구냐니까?"

"끄끄…. 최진석 진짜 몰라?"

"……"

"10초 안에 대답 안 하면 쏴 버려."

자칼이 말했다. 부하가 10부터 숫자를 거꾸로 세어 나갔다. 그러는 동안에도 PD는 손바닥만 쳐다보고 있었다. 무언가 신호를 기다리는 것처럼.

손바닥이 번쩍였다.

"뛰어요!"

PD가 먼저 출발했다. 혜리는 몸을 숙이고 그 뒤에 바짝 붙어 달렸다. 회의실 밖으로 뛰쳐나가자마자 빌런들과 눈이 마주쳤다. 총구가 일제히 그들을 향했다. 하지만 PD는 아랑곳 않고 출구를 향해 질주했다. 혜리 또한 최선을 다해 몸을 움직였다.

캐리가 팔을 휘두르자 PD의 몸이 허공을 날아 벽에 부딪혔다. 뒤이어 알 수 없는 힘이 혜리의 발목을 감아쥐고 끌어당겼다. 끌려가지 않기 위해 필사적으로 문고리를 잡고 버텼지만 땀 때문에 조금씩 미끄러졌다. 하반신이 점점 위로 떠올랐다.

혜리는 주머니에서 테이저를 꺼내 캐리를 향해 발사했다. 하지만 다트는 캐리의 몸에 닿기도 전에 허무하게 허공에 멈춰 버렸다. 캐리가 당겼던 팔을 내뻗자 염력의 방향이 바뀌었다. 온몸이 위로 붕 떠올랐다. 혜리는 충격을 각오하며 양팔로 머리를 감쌌다.

그 순간, 기묘한 일이 벌어졌다.

"아파! 아프다고!"

갑자기 캐리가 머리를 감싸 쥐며 주저앉았다. 혜리를 밀어 올리던 힘이 사라지며 순식간에 몸이 아래로 추락했다. 바닥에 떨어진 혜리는 온몸이 부서질 것 같은 통증을 참으며 허겁지겁 테이저의 와이어를 감았다. 그리고 다시 발사했다.

캐리의 몸에 여러 발의 다트가 박혔다.

전류가 흐르자 소녀가 온몸을 부르르 떨며 앳된 비명을 질렀다. 마구잡이로 휘둘러진 염력이 폭주하듯 원을 그리며 사방으로 뻗어 나갔다. 그리고,

발아래 바닥이 통째로 무너지며 빌런들을 집어삼켰다.

8

"길에 다이아몬드가 떨어져 있다. 어떻게 할 거지?"

"그냥 지나갈 거예요. 귀찮으니까."

"만약 다른 아이가 주우려 한다면?"

"어… 그게…."

아이는 대답을 머뭇거렸다. 찌릿. 예외 없이 고통이 뇌 속을 관통했다. 어떤 자극도 거치지 않고 뇌 속에 직접 퍼지는 순수한 괴로움. 아이는 비명을 질렀다.

"대답해."

"손을 밟아 버릴 거예요!"

"잘했다."

고통이 사라졌다. 아이는 깊게 숨을 토했다.

"기억해라. 아무것도 빼앗겨선 안 돼. 네 앞을 가로막는 경쟁자는 전부 치워 버려야 한다."

"네."

남자는 차트를 가져와 한 장씩 넘겼다.

"네 중간고사 성적은 알고 있어?"

아이는 부끄러운 듯, 아주 작게 속삭였다.

"…2등이요."

"왜지?"

"선생님, 저 진짜 노력했어요! 정말로요! 아무리 열심히 노력해도 공부로는 서연이 걔를 이길 수가 없단 말예요!"

다시 고통이 시작되었다. 이번엔 짧게.

"누가 너한테 노력 같은 걸 하랬지? 잘하지도 못하면서. 넌 그런 거 안 해도 돼. 넌 특별한 아이잖니."

"그럼요?"

"지금까지 뭘 배웠지?"

"……."

다시 고통이. 아이는 눈물을 흘리며 울부짖었다. 하지만 고통은 멈추지 않았다. 아이는 알고 있었다. 눈물을 멈추고 표정을 지우기 전까지 고통은 끝나지 않는다. 아이는 눈을 감고 감정을 가라앉혔다. 이내 마음이 진정되었다. 고통이 멈췄다.

남자가 아이의 머리에 꽂힌 전자침들을 뽑아내고 거칠게 밀쳤다. 아이는 넘어질 뻔했으나 겨우 버티고 섰다.

"지금까지 대체 뭘 배운 거냐. 너처럼 멍청한 것은 처음 본다. 넌 다신 내 수업 들으러 오지 마라. 속 터지니까."

"하, 할게요! 선생님, 제발 엄마한테 연락하지 마세요…. 제발요…."

"뭘 해야 하는지는 알고?"

"네!"

아이는 황급히 방에서 뛰쳐나갔다. 복도 저편에서 다가오는 아이가 보였다. 한서연. 너 때문이야.

아이는 곧장 서연에게 다가갔다. 서연이 손을 흔들며 인사했다. 반가워서가 아니다. 자신의 승리를 확인시키며 조롱하기 위해서였다. 미소 짓는 입꼬리 옆으로 푹 파인 보조개를 보자 참을 수 없이 화가 치밀었다.

아이는 서연의 몸을 밀쳤다. 서연이 왁, 하고 소리치며 바닥에 쓰러졌다. 비스듬히 누운 얼굴 앞에 하얀 손바닥이 보였다.

길에 다이아몬드가 떨어져 있다. 어떻게 할 거지?

선생님의 질문을 떠올렸다. 아이는 발을 치켜들어 그대로 내리찍었다. 구두 굽에 불쾌한 감촉이 전해졌다. 뚝, 뼈가 부러지는 소리가 났다. 서연이 손목을 부여잡고 울부짖었지만 아무 느낌도 없었다. 아픈 건 너지 내가 아니니까. 그 모습을 지켜본 아이들 역시 아무 관심도 없다는 듯 무심히 곁을 지나쳐 갔다.

서연은 한동안 시험을 보지 못했다.

9

"네, 검사님. 아직 현장이에요."

혜리가 말했다. 곧바로 진강우의 목소리가 이어플러그로 전달되었다.

—상황이 어때?

"다행히 사상자는 없었어요. 근데 바닥이 완전 작살났는데요. 빌런들이 서 있었던 지점이 깔끔하게 무너졌어요."

—무슨 화약 같은 걸 쓴 거 아닐까?

"저 코 있거든요? 그런 거면 벌써 냄새가 났겠죠."

—그럼 정말로 염력이라고?

"이젠 정말 뭐가 뭔지 하나도 모르겠네요. 히어로는 가짜인데 악당은 진짜고. 전부 조작이라더니 초능력은 존재하고."

—그놈들은 어떻게 됐어?

"안 보여요. 도망친 거 같아요."

—일단 사무실로 들어와. 같이 의논부터 하자.

"아뇨."

혜리가 말했다.

"저는 따로 확인해 볼 게 좀 있어요."

— - —

치렁치렁한 액세서리와 진한 향수 냄새. 선글라스로 가렸
어도 가려지지 않는 미용 성형의 흔적들. 혜리는 상대의 등 뒤
로 천천히 다가가 이름을 불렀다.

"한서연."

상대가 멈칫하며 고개를 돌렸다.

"어머, 오랜만이다. 이게 몇 년 만이니."

"됐고, 뭐 하나만 물어보자."

"야, 주혜리 성질 급한 건 여전하네. 어떻게? 이대로 대로변
에 서서 얘기해?"

"…따라와."

혜리는 인적이 드문 골목으로 서연을 데려갔다. 서연은 곧
바로 담배를 꺼냈다. 혜리는 서연이 담배에 불을 붙이는 동안
잠시 기다려 주었다. 서연이 연기를 뿜으며 물었다.

"묻고 싶은 게 뭔데?"

"고용태 돌아온 거 알지?"

"어."

"너도 애 보냈어?"

"당연하지. 모르니? 요새 좀 되는 집 애들 다 거기다 맡겨."

"미쳤어? 거기서 애들 어떻게 가르치는지 몰라?"

"혜리야. 어떻게 배웠는지가 중요한 게 아니야. 어디서 배웠

는지가 중요한 거지. 같은 데서 같은 거 배운 애들끼리 평생 같이 가는 거야. 너랑 나처럼."

"니 딸 이제 여덟 살 아니었어? 우리 땐 열다섯부터였잖아."

"얘는, 선행 학습이야 빠르면 빠를수록 좋지. 어차피 멘탈 잡으러 보내는 건데. 그리고 솔직히 나 정도면 정말 얌전한 거다? 아주 태어나자마자 유전자 교정이다 뇌 절제술이다 못하는 짓이 없다니까. 요즘 부모들이 얼마나 극성이라고."

"너도 걔들이랑 똑같애."

혜리가 쏘아붙였다. 서연은 한숨 쉬듯 길게 연기를 뿜었다.

"어, 인정. 나도 엄마가 돼 보니까 알겠더라. 성공할 수 있는 길이 뻔히 보이는데, 애가 거길 벗어나는 걸 어떻게 내버려 두겠어. 원래 자식 욕심은 끝이 없어. 그게 부모야."

"지금 그걸 말이라고…."

혜리는 말을 멈추었다.

"하긴, 니 애를 니가 어떻게 키우든 내가 상관할 바는 아니니까. 내가 궁금한 건 다른 거야. 넌 끝까지 있었지? 고용태 체포되고 교실 문 닫을 때까지."

"그래. 넌 도망쳤어도 난 끝까지 버텼어. 알지? 끝까지 간 애들 지금 다 잘된 거."

"혹시 성공한 아이도 있었어?"

"뭘?"

"차세대 인류 교실."

서연의 표정이 달라졌다.

"지랄 맞은 년. 하여튼 너는 그 얘길 꼭 해야겠니?"

"대답해 줘."

"아니. 없었어. 내가 알기론. 그나마 최진석 걔가 성공에 가까웠다고 들었어."

"CK그룹 최진석? 그 인간도 거기 있었어?"

"아, 너는 모르겠구나. 그때 너 나가고 니 자리 채운 애가 최진석이야."

"역시 그 인간도……."

"왜? 최진석이랑 뭐 있어? 친하면 나도 소개 좀 해 줘라."

"아니, 그런 건 아니고."

혜리는 황급히 화제를 돌렸다.

"혹시 고용태가 초능력 같은 거 가르친다는 소리 들어 봤어? 염력이라든지."

"그건 또 뭔 신선한 개소리야? 나 모르는 새에 그런 유행이 생겼어?"

"아니, 모르면 됐어."

서연은 담배를 벽에 비벼 끈 다음, 손가락으로 튕겨 멀리 날려 버렸다.

"그나저나 혜리 너 요즘도 그러고 다니니?"

"내가 뭘?"

"아, 표정 보니까 맞네."

"맞긴 뭐가 맞아?"

"너 수입 나쁘지 않잖아. 조사사들 웬만한 변호사보다 잘 번다던데. 그런 애가 옷 입은 꼬라지 하고는…. 너 아직도 번 돈 거기다 싹 다 갖다 바치는 거지?"

혜리는 앞머리를 매만지며 시선을 돌렸다.

"…그냥 기부 좀 하는 거야. 전부 다는 아니고."

"야, 주혜리. 정신 차려. 언제까지 그러고 살 건데? 거기서 독립한 지가 언젠데."

"알잖아. 나 이렇게라도 안 하면 안 되는 거."

"안 되긴 뭐가 안 돼. 너 그거 집착이야. 그냥 딱 끊어 버리라니까."

혜리는 엄지손톱을 깨물었다.

"이래야 내 마음이 편해."

"아무튼 주혜리 너는…."

"미안. 시간 내줘서 고마워."

"고맙긴. 다음엔 친구들 모임에도 한번…."

서연의 말이 끝나기도 전에 혜리는 몸을 돌려 자리를 떠났다. 서연은 이미 익숙한 일이라는 듯, 가만히 벽에 기댄 채 체념한 표정으로 담배를 하나 더 꺼내 물었다.

10

"축하한다, 세훈아. 그동안 고생 많았다."

남자가 말했다. 아이는 조심스레 확인했다.

"선생님, 그럼 이제 끝인가요?"

"이제 시작이지. 지금까지 노력한 보상을 받게 될 거다. 하고 싶은 건 뭐든 할 수 있게 될 거야."

남자가 흐뭇한 표정으로 손을 흔들었다. 아이는 표정 없는 얼굴로 엄마의 손을 잡고 교실을 떠났다. 졸업이었다.

"노력은 무슨."

그 모습을 바라보던 서연이 투덜거렸다.

"세상 좋아졌다. 약 처먹고 머리 좀 째면 천재 되고."

"너네 엄마는 수술 안 시킨대?"

혜리가 물었다.

"오늘 시험도 1등 못 하면 아마 수술하자고 아주 난리 난리 칠 거다. 내가 저 꼴 안 당하려고 열심히 공부한다니까."

"그래도 수술받으면 집에 갈 수 있잖아."

"집에 가면 뭐 좋은 일이라도 있어?"

"그건 아니지만."

"그냥 어른 될 때까지 버텨. 머리에 칼빵 내고 해리 포터 되기 싫으면."

"해리… 뭐?"

"에휴, 답답아. 너랑 말해 뭐 하겠냐. 난 공부하러 간다."

서연은 팔베개하듯 머리 뒤로 손을 모으곤 자습실로 향했다. 혜리는 그 자리에 못 박힌 채 가만히 서연의 뒷모습만 바라보았다.

— - —

어두운 밤. 혜리는 천천히 침대에서 몸을 일으켰다. 침대 아래 숨겨 둔 가방을 꺼내 어깨에 메고 조용히 숙소를 빠져나왔다. 길게 늘어선 복도 끝에 문이 보였다. 바깥으로 통하는 비상계단이었다.

혜리는 조심스럽게 손잡이를 돌렸다. 끼이익 녹슨 소리를 내며 낡은 문이 열렸다.

"야. 그쪽은 선생 놈이 지키고 있다."

나지막한 경고. 깜짝 놀란 혜리는 뒤를 돌아보았다. 서연이었다.

"나가려면 저쪽."

서연이 잠이 덜 깬 표정으로 다른 쪽 복도를 가리키더니 앞장서서 걷기 시작했다. 혜리는 잠옷 바람의 뒷모습을 따라 조심스레 걸었다.

상자 더미 뒤에 숨겨진 문을 열자 또 다른 비상계단이 나왔다. 금방이라도 부러질 듯 삐걱거리는 난간에 엉덩이를 걸친

서연은 주머니에서 담배를 꺼내 입에 물었다. 대체 그런 건 어디서 구한 건지.

"진짜 갈 거야?"

혜리는 대답 대신 고개만 끄덕였다.

"그래. 그것도 나쁘지 않지. 어디로 갈 건데? 집?"

"…모르겠어."

"웬만하면 집엔 가지 마. 또 여기로 잡혀 올 테니까."

서연이 주머니에서 무언가를 꺼내 건넸다. 묵직한 막대 모양 물건을 손에 받아 들었다. 리모컨이었다.

"계단 따라 쭉 내려가면 비상구가 나와. 그걸로 잠금장치 풀면 돼."

"이런 건 어디서 구했어?"

"넌 몰라도 돼."

"왜 도와주는 거야? 그 손도 내가 그렇게 만들었는데…"

서연은 망가진 손을 바라보더니 흐, 하고 웃음을 흘렸다.

"모지리 같은 게. 이거 너 때문 아니야. 어른들 때문이지."

서연이 획획 손을 저었다.

"춥다. 빨리 가. 비상구 문 닫기 전에 리모컨 꼭 안쪽에 던져 놓고."

"너는?"

"너 없으면 내가 1등인데 내가 왜 가냐."

갑자기 복도 쪽이 소란스러워지기 시작했다. 어른들이 악에 받친 목소리로 고함치고 있었다. 이곳에 오래 숨어 있진 못할 것 같았다.

"잘 가라."

서연은 그렇게 말하며 담배를 밟아 끄고 문을 열었다. 안쪽으로 들어선 서연은 문을 닫고 잠금을 걸었다. 얼마 지나지 않아 문 너머에서 서연이 실랑이를 벌이는 소리가 들렸다.

"한서연, 너 여기서 뭐 했어?"

"아, 그냥 담배 한 대 폈다니까요? 1등 하면 펴도 된다 그랬잖아요."

"거기 뒤에 출입문은 뭐야?"

"여기 문이 어디 있다고…."

혜리는 다급히 비상구를 향해 달리기 시작했다. 서연이 비명을 질렀지만 혜리는 뒤를 돌아보지 않았다. 돌아보면 떠날 수 없을 것 같았으니까.

정신을 차리고 보니 밖이었다. 혜리는 뜀박질을 멈추고 주위를 둘러보았다. 조용했다. 누가 쫓아오는 것 같지도 않아 보였다. 턱 끝까지 차오른 숨을 가라앉히며, 혜리는 어두운 구석에 웅크리고 앉아 몸을 숨겼다.

이제 어디로 가지?

한참을 고민하던 혜리는 이윽고 몸을 일으켰다. 앉아서 생각한다고 해결될 문제가 아니었으니까. 적어도 한 가지는 분명했다.

집으로 돌아가고 싶진 않았다.

11

─고용태 사건 피해자 명단을 확인해 봤는데, 혜리 씨 예상이 맞았어. 최근에 스위치에게 당한 빌런들 대부분 고용태 교실 출신이더라고. 최진석도 마찬가지고.

스마트팜에 강우의 메시지가 도착했다.

혜리는 아무 대답도 입력하지 않았다. 그러자 강우가 재촉했다.

─그래서, 그놈들 계획은 입수했어?

─네. 방금 전에 최종 시나리오가 나왔어요. 결전이 벌어질 무대는 CK 빌딩 옥상이래요. 제가 봐도 거기가 최적의 장소예요. 인적도 드물고 회사 홍보도 되니까.

─시간은?

─오늘 밤 11시. 스위치와 자칼 모두 그곳에 나타날 거예요. 자치경이랑 쇼부 끝난 거죠?

─응. 백기영 제치고 나랑 작업하기로 얘기가 됐어. 걔네 입장에서야 스위치를 잡을 수만 있으면 누구랑 일하든 상관없겠지.

─그래요. 그럼 이따 현장에서 봐요.

혜리는 손바닥을 문질러 메신저를 닫았다. 옆에서 지켜보고 있던 PD가 물었다.

"어떻게 됐죠?"

"검경 모두 CK 빌딩으로 갈 거예요."

"고마워요."

"고마워할 거 없어요. 약속을 지킨 것뿐이니까."

"이제 곧 목적지에 도착해요. 혜리 씨는 어떻게 하고 싶으세요?"

"저도 같이 지켜볼래요."

얼마 지나지 않아 차가 목적지에 도착했다. 구시가의 버려진 폐교 근처였다. 수백 명의 아이들이 학교 건물 안에서 고용태의 교육을 받고 있다고 했다. 여러 사람이 다치고 목숨을 잃어 가며 몇 달간 추적한 끝에 알아낸 귀중한 정보였다.

혜리는 창밖을 내다보았다. 나란히 주차된 차량 사이사이에서 스태프들이 분주하게 촬영을 준비하고 있었다.

"대표님은 어디 계시죠?"

"저도 정확히는 모르겠어요. 아마 여기 어딘가에 계실 거예요."

"제가 도울 일은 없을까요?"

"준비는 끝났어요. 이젠 지켜볼 일만 남았어요. 30분 뒤에 라이브 방송 시작이에요. 넷 소사이어티에 미리 메시지를 흘렸어요. 스위치를 전문적으로 추적하는 파파라치들이 오늘 밤 모두 이곳에 모일 거예요. 우리 쪽 촬영팀도 전원 대기 중이고요."

PD는 그렇게 말하며 스마트 패널을 펼쳤다. 접혀 있던 여러 개의 화면이 병풍처럼 길게 늘어났다. 수십 개로 분할된 화면이 일대일로 라이브 캠 드론과 링크되기 시작했다. 혜리는 PD의 세팅 작업을 지켜보며 초조하게 손톱을 물어뜯었다.

지루한 기다림의 시간이 이어졌다.

— - —

기다리는 동안 혜리는 어떤 세계를 상상했다.

고용태의 공장에서 끝없이 갈려 나갈 아이들의 모습을. 그 뒤틀린 가르침을 흡수한 아이들이 힘을 가진 어른으로 자라 이 도시를 망치는 모습을. 부모에서 자식으로. 영원히 대를 이어 설파될 고용태의 사상 아래, 힘을 갖지 못한 모든 이들이 열등종으로 취급받게 될 세상을.

지금 여기서 멈추지 못한다면 언젠가 그런 미래가 찾아오겠지.

— - —

"시간 됐어요."

PD가 손등을 보며 말했다.

사방에서 수백 대의 라이브 캠 드론들이 웅웅거리며 날아
오르는 소리가 들렸다. 혜리는 PD와 함께 스마트 패널을 주시
했다. 드론들이 촬영하는 실시간 영상이 분할된 화면 위에 어
지럽게 펼쳐졌다.

이제는 풀이 자라지 않는 교정 앞 잔디 구장에 일곱 명의
스위치가 등장했다. 오늘의 능력은 팬들이 '세븐 스위치'라 부
르는 분신술 능력. 최악의 빌런들을 상대할 때만 가끔 사용하
는 비장의 기술이었다. 여럿으로 분열한 스위치를 모든 각도에
서 촬영하기 위해 드론들이 분주히 주위를 맴돌기 시작했다.
혜리는 스위치들이 쥐고 있는 무기를 하나씩 확인했다. 소총,
단검, 테이저, 활, 권총, 방패, 맨손……

"무기가 저게 다예요?"

혜리가 물었다.

"그럼 뭘 기대했어요? 탱크라도 가져올 줄 알았어요? 우린
얼마 전까지 미디어 채널에서 드라마나 만들던 사람들이었어
요. 무기를 조달하는 방법 같은 건 모른다고요. 그나마 저것도
빌런들한테 겨우 뺏은 거예요."

"아무리 그래도 저걸로 대체 어쩌려고…"

"쉿, 나타났어요."

PD가 검지를 입술로 가져갔다. 혜리는 입을 다물고 PD가
가리키는 화면을 바라보았다.

운동장 가운데쯤에 익숙한 실루엣이 보였다. 프로페서 자칼과 캐리였다. 드론 두 대가 스포트라이트처럼 조명을 비추는 것을 신호로 일곱 명의 스위치가 일제히 공격을 개시했다. 소총을 든 스위치가 총알을 난사했지만 캐리는 손짓 한 번으로 모든 탄환을 정지시켰다. 자칼은 뒷짐을 진 채 제자리에 가만히 서서 그 모습을 지켜볼 뿐이었다.

캐리가 팔을 휘두르자 멈춰 있던 탄환이 스위치들을 향해 되돌아갔다. 세 명의 스위치가 탄환에 맞고 쓰러졌다. 다행히도 총알의 위력이 강하진 않았다. 그들은 다시 일어나 캐리와의 거리를 좁히기 시작했다.

방패를 든 스위치가 캐리에게 육박했다. 하지만 보이지 않는 벽이 그를 가로막았다. 이미 그런 상황을 예상했다는 듯, 스위치는 주머니에서 준비했던 도구를 꺼내 들었다. 연막탄이었다. 무지개색 연막이 주변을 뒤덮었다. 연기 속에서 난투가 벌어졌고, 누구의 것인지 모를 비명이 들렸다. 갑자기 무언가 폭발하며 연기가 흩어졌다. 아마도 수류탄이 터진 모양이었다. 스위치와 빌런들이 사방으로 튕겨 날아갔다.

난투의 결과는 비참했다. 스위치들 중 몇 명은 비상식적인 각도로 팔다리가 비틀려 있었고, 나머지도 정신을 잃고 쓰러졌다. 상태가 심각한 것은 자칼도 마찬가지였다. 자칼은 가슴에 총상을 입고 바닥에 엎어져 있었다. 움켜쥔 상처에서 쏟아진 피가 웅덩이를 만들며 점점 크게 번져 나갔다. 그 광경에 충격을 받은 캐리가 소리 질렀다.

"이, 이런 건 배운 적 없단 말이야!"

캐리가 양손으로 귀를 틀어막고 비틀거리며 도망치기 시작했다. 스위치 중 하나가 겨우 몸을 일으켰다. 그가 다친 다리를 절뚝이며 캐리의 뒤를 쫓았다. 캐리와 스위치가 폐교 안으로 모습을 감추자 10여 대의 드론이 그 뒤를 따랐다.

"저 사람들 괜찮은지 가서 확인해 봐야겠어요."

"안 돼요, 혜리 씨. 거긴 지금 촬영 중⋯."

PD가 말리기도 전에 자동차 밖으로 뛰쳐나왔다. 혜리는 1분도 걸리지 않아 운동장에 도착했다. 스위치와 자칼 모두 여전히 바닥에 쓰러진 채였다. 다행히 모두들 생명에 지장은 없어 보였다.

자칼이 무언가 말하려 했다. 하지만 이내 몸을 비틀며 피를 토했다. 혜리는 조심스럽게 자칼의 곁으로 다가가 그의 머리채를 잡아당겼다. 상대와 눈이 마주쳤다.

"뭐야, 당신⋯."

혜리는 당황했다.

"⋯고용태가 아니잖아?"

얼굴이 흉터로 뭉개졌지만 확실히 알 수 있었다. 한참 젊은 남자였다. 기껏해야 혜리 또래 정도 되었을. 푸석한 백발도 가짜였다. 합성섬유의 질감이 고스란히 느껴졌다.

상황이 잘 이해되지 않았다. 혜리는 머리채를 쥐고 있던 손을 풀고 자리에서 일어났다. 지금은 멍하니 의문을 품고 있을 때가 아니었다. 캐리의 상태를 확인해야 했다.

의료진이 접근하기 쉽도록 연막탄을 몇 개 터뜨린 다음, 캐리가 도망친 폐교 건물로 향했다. 내부로 들어서자 싸늘한 어둠이 펼쳐졌다. 혜리는 주머니에서 테이저를 꺼내 들고 주위를 살폈다. 지나치게 조용했다. 끌려온 아이들은 이 건물이 아닌 다른 건물에 있는 모양이었다.

인기척이 느껴졌다.

조심스레 소리가 들린 방향으로 향했다. 캐리가 한구석에 웅크리고 있었다. 도망치다 발목을 다쳤는지, 아이는 고통스러운 표정으로 아픈 부위를 움켜쥐고 있었다. 혜리는 조금씩 아이의 곁으로 다가갔다.

그러자 캐리가 반사적으로 손을 뻗었다. 보이지 않는 힘이 혜리의 뒷덜미를 잡아당겼다. 혜리는 어쩔 수 없이 걸음을 멈춰야 했다.

"내 이름은 주혜리야. 널 도와주러 왔어."

혜리는 양손을 들어 보였다. 그러자 아이가 코웃음 쳤다.

"선생님이 이유 없이 친절한 사람은 믿지 말랬어. 어차피 결국엔 배신할 테니까. 도움 같은 거 필요 없으니까 꺼져."

"그래. 합리적인 판단이야."

혜리가 말했다.

"근데 있잖아. 그런 식으로 살면 진짜 피곤하지 않니? 난 아무리 해도 그게 잘 안 되던데. 안 그래, 현서야?"

혜리는 미리 조사해 두었던 아이의 이름을 불렀다.

"친한 척 이름 부르지 마! 아무것도 모르면서."

"그래, 솔직히 잘 몰라. 그래도 널 도와줄 순 있어. 나랑 같이 여기서 도망치자. 힘들면 도망쳐도 돼. 나도 그랬으니까."

"대체 나한테 왜 이러는 거야? 난 할 만큼 했어. 진짜 죽을 만큼 열심히 했다고!"

아이가 소리쳤다.

"알아. 그러니까 이제 그만하자, 현서야."

"이름 부르지 말라니까!"

아이가 팔을 휘둘렀다. 사방이 염력으로 폭발하며 뒤흔들렸다. 깜짝 놀란 혜리는 반사적으로 아이에게 테이저를 겨누었다. 하지만 그보다 먼저 염력이 테이저를 휘감았다. 손아귀에서 획 빠져나간 테이저가 눈앞에서 혜리의 이마를 겨누었다.

"봐, 결국 배신하잖아."

아이가 말했다. 아이는 과시하듯 염력으로 테이저를 허공에서 흔들었다.

"이 능력, 내가 진짜 열심히 노력해서 완성한 거야. 선생님이 시키는 대로 다른 애들보다 몇 배는 노력했단 말야. 내가 매일매일 얼마나 힘들었는데! 이제부턴 내가 하고 싶은 대로 다 해도 된댔어. 나는 이 힘을 누릴 자격 있어. 이게 공정한 거야. 이게 공정한 거라고!"

테이저의 안전장치가 풀렸다. 혜리는 질끈 눈을 감았다.

"그 노력할 기회는 누가 너한테 줬지?"

갑자기 아이가 비명을 지르며 쓰러졌다. 깜짝 놀란 혜리는
뒤를 돌아보았다. 최진석이 그곳에 서 있었다. 그는 스위치 복
장을 하고 있었다.

"왜! 왜 내가 널 못 이기는 거야!"

"네 노력이 부족했나 보지."

"닥쳐!"

"왜? 이런 게 공정한 거라며? 네가 당하는 입장이 되는 건
싫어?"

아이가 또다시 염력을 휘두르려 했다. 하지만 그러지 못했
다. 아이는 이마를 감싸 쥐고 고통스럽게 바둥거리기 시작했
다. 최진석이 주머니에서 리모컨을 꺼냈다. 혜리는 그 리모컨
의 정체를 금세 눈치챘다. 카이 크레디트가 사용했던 것과 같
은 모델이었으니까.

"병원에서 뇌를 검사할 때 임플란트를 심어 뒀어. 혹시 네
가 폭주할 경우 널 통제하려고."

"네가 뭔데 날 통제해!"

아이가 억지로 팔을 휘둘렀다. 사방이 염력으로 뒤흔들렸
다. 천장이 무너지는 것을 막기 위해 세워 둔 철제 빔들이 철
사처럼 찌그러지며 위쪽에서 무언가 와르르 쏟아졌다. 언제

무너져도 이상하지 않은 상황이었다.

최진석은 무표정한 얼굴로 리모컨의 강도를 높였다. 아이가 더 크게 비명을 질렀다.

"계속 반항하면 이걸로 널 죽일 수도 있어."

"해! 해 보라고!"

혜리는 둘 사이를 가로막듯 서서 팔을 벌렸다. 그런다고 막을 수 있을 것 같진 않았지만.

"그만해요. 애 죽겠어요!"

"저 애는 이미 머릿속이 망가졌어요. 남의 고통을 공감하질 못해요. 어린애라 처벌도 어렵고요. 캐리가 지금처럼 맘대로 세상을 활보하게 둘 순 없어요. 힘만 있으면 나쁜 짓을 해도 된다는 믿음이 더 깊게 퍼질 거라고요."

"그렇다고 애를 죽여요?"

"이건 자칼과 저의 싸움이에요. 제가 현서를 끌어들였고, 자칼이 타락시켰죠. 저 애는 저 대신 자칼을 선택했어요. 제가 진 겁니다. 히어로였어야 할 아이가 빌런이 됐어요. 누구도 이 사실을 알아선 안 됩니다. 이젠 죽이는 수밖에 없어요. 믿음을 지켜야 해요."

혜리는 고개를 가로저었다.

"아뇨. 다른 방법이 있어요. 더 효과적인 방법이요."

혜리는 차분히 자신의 제안을 말했다.

실내로 쏟아져 들어온 수백 대의 드론들이 폐교에 갇힌 아이들의 얼굴에 렌즈를 비추었다. 놀란 얼굴. 고통으로 일그러진 얼굴. 울음을 터뜨리는 얼굴. 겁에 질린 얼굴. 스위치가 아이들을 구조하러 왔을 때 비로소 처음으로 떠오른 안도의 미소가 절묘한 편집을 통해 수십만 시청자들에게 고스란히 전달되었다. 그건 기사 몇 줄이나 뉴스 꼭지로는 결코 설명할 수 없는 감정이었다.

CH.스위치를 통해 실시간으로 송출된 영상들은 순식간에 넷 소사이어티 여론을 분노로 들끓게 했다. 뒤늦게 상황을 파악한 검경이 한 박자 늦게 현장에 도착했고, 그들은 수백만 시청자들의 감시하에 고용태와 직원들을 체포했다. 부모들에게도 학대 혐의가 적용되었다. 누구도 빠져나갈 수 없었다. 불법 실험과 폭력적 교육의 증거들이 빠짐없이 카메라에 담겼으니까.

슈퍼히어로 스위치 이야기의 첫 번째 시즌은 그렇게 성공적으로 끝났다. 스위치는 자신의 실수를 깨닫고 숙적을 물리쳐 영웅으로 완성되었다. 더할 나위 없는 오리진 스토리였다.

그리고 얼마 후, 두 번째 시즌이 시작되었다.

12

화려한 홀로그래픽에 감싸인 슈퍼히어로 스위치가 빌런을 향해 돌진한다. 오늘의 능력은 '파이어 스타터'. 손가락을 튕기자 악당의 몸에 불이 붙는다. 한쪽 팔을 작살 총으로 개조한 인간 낚시꾼 피셔맨X가 괴성을 지르며 스위치를 향해 작살 총을 발사한다. 하지만 작살은 스위치의 몸에 닿기도 전에 허공에 붙들린다. '키네시스'. 스위치의 사이드킥 캐리의 장기다.

열세 살 소녀 캐리가 싱긋 미소 지으며 손뼉을 치자 작살이 빌런을 향해 되돌아간다.

"꽤 즐거워 보이네요."

혜리가 턱을 괸 채 태블릿 화면을 보며 말했다.

"캐리도 나름 팬이 많아졌거든요. 대중의 사랑을 받는다는 건 특별한 경험이죠."

최진석이 답했다.

"저렇게 위선이라도 떨다 보면 뭐든 될 거예요. 진심이 아니더라도 결국 습관처럼 몸에 자리 잡는 거죠."

"어떻게 그런 생각을 떠올렸어요?"

나도 그러니까.

혜리는 그 말을 입에 담는 대신 다른 이야기를 꺼내기로 했다.

"어제의 적이 오늘의 동료가 된다. 썩다 못해 석유가 될 만큼 오래된 클리셰잖아요. 확실한 흥행 공식이기도 하고. 사람들에게 자신도 죄를 씻고 착해질 수 있다는 안도감을 주죠."

"혹시 우리 회사에 취직할 생각 없어요? PD가 몇 명 더 필요한데."

"에효, 됐습니다. 직장 생활은 영 체질에 안 맞아서."

최진석은 말없이 싱긋 웃을 뿐이었다. 잠시 침묵하던 진석이 천천히 입을 열었다.

"혜리 씨, 저는 스위치가 되기로 했어요."

"네, 네, 아무렴요. 트라이플래닛 회장은 아이언맨이고요."

"현서를 처음 만난 건 〈쇼 미 유어 탤런트〉라는 프로그램에서였어요. 예선전 지원 영상에서 염력으로 구슬을 움직이는 현서를 보자마자 저는 스위치라는 아이디어를 떠올렸죠. 절대 조작 흔적을 찾을 수 없는 영상을 딱 하나만 만들어 낼 수 있다면, 사람들에게 슈퍼히어로의 존재를 믿게 만들 수도 있겠다고요."

"그게 강원식 사건인가요?"

"맞아요. 현서가 사람들 사이에 숨어서 염력을 연출했죠. 그때만 해도 현서가 할 수 있는 건 겨우 그 정도였어요. 가벼운 물체를 움직이는 수준이었죠. 젓가락 하나 부러뜨리지 못했어요. 하물며 사람을 해친다는 건 상상도 하지 못했죠. 자칼을 만나기 전까지는요."

"자칼은 대체 누구죠?"

"노숙자였어요. 무명 연극배우 출신의."

"진짜 고용태는요?"

"저도 몰라요. 석방되자마자 모습을 감췄다더군요."

"고용태는 처음부터 아무 상관 없었던 거군요."

"네. 자칼이라는 캐릭터를 만든 건 저였어요. 배역에 몰입하는 데 필요하다는 말에 속아서 너무 많은 자료를 넘겨준 게 실수였어요. 20년 전 실제 피해자들을 교육하던 영상과 인터뷰까지 전부 보여 줘 버렸거든요."

"그러다 미쳐서 자신을 잊고 진짜 빌런이라고 믿어 버렸군요. 메소드 연기에 빠져서."

"어쩌면 그냥, 그렇게라도 영향력 있는 사람이 되어 보고 싶었는지도 모르죠. 아무튼 그놈은 자칼이 됐어요. 우리가 한눈파는 사이에 현서에게 접근해서 몰래 현서를 가르쳤어요. 제가 알려 준 고용태의 교육 방식대로요. 현서를 빌런으로 만든 그놈은 예전 고용태 교실의 스태프들까지 그러모아 진짜 고용태 행세를 하기 시작했어요. 그 후로 어떤 일들이 있었는지는 이미 잘 아실 테고요. 현서가 그렇게 된 건 전부 제 책임이에요. 캐리는 제 업보인 셈이죠."

"그럼 끝까지 책임지셔야겠네요."

"그럴 생각이에요."

혜리는 잠깐 망설였다가, 결국 궁금했던 질문을 꺼냈다.

"왜 하필 고용태였죠?"

"우리 세대에게 가장 유명한 악당이라고 하면 열에 아홉은 고용태를 떠올릴 테니까. …라는 건 그냥 핑계고, 돌이켜 생각해 보면 솔직히 복수를 하고 싶었던 것 같아요. 인정하기 싫지만. 그렇게 가짜 허수아비를 세워서라도 어릴 적 제가 당했던 일들을 되갚아 주고 싶었던 걸지도 모르겠어요. 일종의 역할 치료처럼요."

이기적인 대답이었지만 비난할 수 없었다. 충분한 돈과 기회가 주어진다면 자신도 비슷한 짓을 하지 않았을까. 그런 생각이 들었다.

"앞으론 병원에서 제대로 상담받아요. 자격도 없으면서 야매로 하지 말고."

"하하. 그럴게요."

진석은 어딜 보는지 알 수 없는 눈으로 어색한 미소만 짓고 있었다.

"언제까지 이 짓을 계속하실 생각이죠?"

"…잘 모르겠어요."

"영원히 계속할 순 없어요. 언젠가는 이 거짓말을 끝내야 해요."

"사람들에겐 아직 영웅이 필요해요."

"와, 지금 그 멘트 완전 구린 거 아세요?"

혜리가 질색하는 표정을 지었다. 진석은 조금 무안해했지만, 번복하진 않았다.

"어쩌겠어요. 제가 그런 인간인걸."

"굳이 스위치가 아니어도 돼요. 현실에도 충분히 좋은 사람들이 있어요. 드물지만."

"혹시 진강우 검사도 그런 사람이던가요?"

혜리는 킥, 웃음을 터뜨렸다.

"왜요? 관심 생겨요? 그럼 한번 지켜보세요. 적어도 구경하는 재미는 있을 테니까. 그 인간 보기보다 꽤 귀엽거든요."

"참고할게요."

"결국엔 사람들이 눈치챌 거예요. 스위치가 가짜라는 사실이 밝혀지면 상황이 지금보다 더 나빠질지도 몰라요. 열렬한 팬일수록 극렬한 안티로 돌아서는 법이니까."

혜리의 경고에, 진석은 어깨를 으쓱이며 답했다.

"하지만 그게 오늘은 아니잖아요."

트윈플렉스

1

"판결을 내리겠습니다."

판결이 시작되기도 전에 현정이 주먹을 움켜쥐었다. 주먹에서 시작된 떨림이 온몸으로 번져 통제를 잃은 전신이 거칠게 요동치기 시작했다. 꽉 깨문 입술에서 피가 터져 나왔다. 그 모습이 한참 떨어진 진강우의 자리에서도 보였다. 강우는 초조해졌다.

이딴 재판이 다 무슨 소용이야. 어차피 결과는 무죄로 정해져 있는데.

핏물을 머금은 입술이 소리 없이 속삭였다. 재판장이 한참동안 판결문을 읊었지만 하나도 귀에 들어오지 않았다. 강우의 머릿속에는 언제 뛰쳐나가 현정을 말려야 하는지, 오로지 그 생각뿐이었다.

"…따라서, 피고인이 자행한 지속적인 폭언 및 학대, 폭행의 대상물인 '원현정'은 사이버네틱 휴머노이드가 아닌 트윈플렉스(twinplex)에 해당하며, 본 사건을 심리적 치유가 필요한 피고인의 자해로 보아야 한다는 피고 측의 주장을 받아들인다. 이에 따라, 피고인의 행위가 휴머노이드 보호법 제17조 7항의 위반에 해당한다고 주장한 검찰의 공소 사실은 부적합하므로…"

"다 집어치워!"

이성을 잃은 현정이 증인석 밖으로 뛰쳐나갔다. 현정은 미친 사람처럼 울부짖으며 성큼성큼 피고를 향해 나아갔다. 강우는 재빨리 그 앞을 가로막고 서서 양손으로 현정의 어깨를 붙잡았다.

"검사님, 놔요! 제발 놔줘요!"

"안 돼요, 현정 씨. 이제 1심이에요. 아직…."

"당신들 다 한통속인데 달라질 게 뭐가 있어!"

현정이 거세게 두 팔을 휘둘렀지만 강우는 붙잡은 손을 놓지 않았다.

"빨리 저것 좀 어떻게 해! 멍청한 것들아!"

방청석에서 누군가 소리 질렀다. 피고의 엄마였다. 현정의 엄마이기도 했지만. 목소리를 듣고 달려온 경비원들이 피고를 보호하듯 둘러쌌다. 피고는 그들의 안내를 받으며 재판정 밖으로 이동했다. 현정은 피고의 뒤통수에 대고 간절히 소리칠 뿐이었다.

"야! 원현수! 말해! 말하라고!"

그러나 피고는 현정의 목소리에 반응하지 않았다.

"나는 나야! 나는 네가 아니야! 나는……."

강우는 바둥거리는 현정을 억제하며 침착한 목소리로 속삭였다.

"현정 씨, 제발 저를 믿어 주세요. 지금은 아닙니다. 여기서 이러면 안 돼요."

"저는⋯."

"압니다. 당신이 진짜라는 거."

현정의 몸에서 힘이 빠져나갔다. 전부 체념해 버리기라도 한 것처럼. 강우는 붙잡은 손을 놓았다. 현정이 털썩 바닥에 주저앉았다. 통통 부은 현정의 두 눈을 내려다보며, 강우가 말했다.

"제가 꼭 자유를 되찾아 드릴게요. 어떻게든."

2

딱히 계기는 없었다. 그저 자연스레 인지했을 뿐.

원현수는 자신이 원치 않는 몸을 갖고 태어났다는 사실을 오래전부터 깨닫고 있었다. 언제나 자신의 몸이 어색했다. 사람들의 기대와 자신의 행동이 매번 조금씩 어긋나는 기분이었다. 하지만 심각하게 여기진 않았다. 왜냐면, 여긴 샌드박스니까. 원하는 취향대로 몸을 바꿔 입는 정도야 누구나 자연스레 하고 있는 일이었으니까. 몸의 문제가 자신의 삶에 심각한 영향을 초래하리라고는 한 번도 생각해 본 적 없었다.

문제는 그가 원미연의 자식으로 태어났다는 점이었다.

쇼핑몰에서 처음 치마를 집어 들었을 때, 원현수는 사람들이 보는 앞에서 엄마에게 뺨을 맞았다. '어머, 회장님. 요즘은 남자애들도 이런 거 많이 입어요'라며 현수를 옹호했던 직원은 그보다 훨씬 심한 일을 겪었고. 그건 원미연의 세계관에서는 결코 허락되지 않는 행동이었다. 원미연이 남몰래 숭배하는 구시대의 낡은 종교는 극도로 편협한 교리를 갖고 있었다. 남자가 치마를 입는 일은 상상조차 용납될 수 없었다. 하물며 몸을 바꿔 입는 수술을 허락받는 건 불가능에 가까운 일이었다.

원현수가 처음으로 택한 전략은 저항이었다. 그는 할 수 있는 모든 방법을 동원해 몸에 대한 권리를 주장했다. 논리적인 설득으로 시작해, 점차 서로 언성이 높아지고, 손에 잡히는 대로 물건을 부순 끝에 가출을 결심하기까지는 그리 오랜 시간이 걸리지 않았다. 하지만 소용없었다. 그룹 보안 요원들에게 붙들려 엄마의 발아래 무릎이 꿇렸을 때 비로소 원현수는 실감했다. 자신이 맞서고 있는 상대가 얼마나 거대한 힘을 가진 존재인지를. 원미연은 세계의 폭력을 조율하는 군산복합체 카르텔의 CEO 중 한 명이었다.

또래 아이들이 으레 그러하듯, 저항 다음으로 취할 수 있는 전략은 비밀이었다. 원현수는 가방 안쪽에 주머니를 만들어 립스틱을 감추었고, 공용 로커에 옷과 구두를 숨겼다. 홀로 마스크와 익명 ID를 빌려 클럽 커뮤니티에 참여하기도 했다. 하지만 전부 실패했다. 어느샌가 립스틱은 사라졌고, 구두는 뒷굽이 부러졌다. 커뮤니티 접속은 차단되었다. 사소한 정보조차 감출 수 없었다. 엄마는 그가 손가락으로 책상을 두드린 횟

수까지 알고 있었다.

벽에 부딪치면 부딪칠수록 원현수는 점차 고립되었다. 외로움과 불안이 삶을 잠식해 갔다. 아무것도 나아지지 않으리란 생각에 사로잡혀 아무 일도 하지 못했다. 그저 거울을 바라보며, 자신의 몸에 매달린 잘못된 생식기를 혐오하고 또 혐오할 뿐이었다.

심한 디스포리아 증상 때문에 밤새 구토에 시달린 어느 아침, 원현수는 결국 마지막 방법을 택하기로 결심했다. 그는 침대 위에서 커터 칼로 자신의 손목을 그었다. 시트를 적시는 핏물을 바라보며 비로소 승리했다고 생각했다. 이대로 죽는다면 억압에서 해방될 테고, 살아남는다면 엄마의 의지를 꺾을 수 있을 테니.

순진한 착각이었다.

원현수는 끝내 살아남았으나, 엄마를 굴복시키진 못했다.

3

평택지방법원

속 기 록

사건 번호 : 2087첨02231
기록 일시 : (삭제됨) 부터 (삭제됨) 까지
기록 장소 : (삭제됨)
기록 내용 : 총 5회 공판 전 과정
속기 담당 AI 프로그램 : (삭제됨) - 블록체인 서약 完

※ 요청하신 키워드 중심으로 주요 내용을 요약합니다.
[요약 보기] / [전체 보기]

.
.
.

[요약 보기]를 선택하셨습니다.

.
.
.

⟨1회⟩

재판장   검사는 공소 요지 진술하세요.

검 사   피고 원현수는 (삭제됨) 부터 (삭제됨) 까지 수년
        간 휴머노이드 모델 HMX-10042, 고유 식별명
        '원현정'에게 지속적으로 폭언 및 학대, 폭행을
        가하였으며, 이러한 정황이 다수의 영상 기록
        장치에서 확인되었습니다. 이에 본 검사는 피고
        인에 대하여 휴머노이드 보호법 제17조, 휴머
        노이드 학대죄로 공소를 제기하였습니다.

피고측 (생략) …트윈플렉스 특별법 제5조 8항에 따라, 사용자가 실시간 조작하는 부수적인 신체의 경우 휴머노이드가 아닌 트윈플렉스로 구분됩니다. 따라서 피고 '원현수'의 유전적 복제체이자 대리 신체인 '원현정'은 트윈플렉스로 보아야 합니다. 또한, 동법 제3조 1항에 의거 트윈플렉스는 사용자 본인의 신체로 간주됩니다. 존경하는 재판장님. 피고는 피폐해진 심리 상태로 인해 자해와 자기 학대를 시도한 것입니다. 본 변호인은 피고의 완전 무죄를 주장합니다.

생략된 내용을 자세히 살펴보시려면 스와이프 ▶▶

〈2회〉

검 사 피해자 '원현정'의 구명 활동을 진행 중이시죠?

증 인 네, 그렇습니다.

검 사 이유를 말씀해 주실 수 있나요?

증 인 저희 행동 단체 '크롬볼 네트워크'는 피해자로부터 직접, 자신이 휴머노이드이며 지속적인 학대를 받아 왔다는 내용의 신고를 접수했습니다. 저희는 곧바로 검찰에 보호를 요청했고요. 다년간의 활동 경험을 바탕으로 판단할 때 이 사건은 그간 트윈플렉스 제도를 편법적으로 악용해

휴머노이드를 학대한 사건들과 매우 흡사한 정
황을….

방청석   사람 권리나 챙겨! (방청석 일제히 야유)

생략된 내용을 자세히 살펴보시려면 스와이프 ▶▶

〈3회〉

피고 측   증인께서 피고의 트윈플렉스 시술을 진행하신
게 맞습니까?

증 인   네, 그렇습니다. 고객님께 트윈플렉스 시술을 제
공했습니다.

피고 측   트윈플렉스 시술이 확실하지요?

검 사   이의 있습니다. 피고 측은 실제로 어떤 형태의
시술이 이루어졌는지 구체적인 과정을 확인하
는 대신, 업체가 임의로 정한 상품명만을 지속
적으로 강조하며 본질을 호도하고….
(발언을 이어 갈 수 없을 정도의 거센 방청석 야유)

재판장   기각합니다. 검사는 재판 방해하지 말고 가만있
으세요.
(방청석 박수, 함성)

검 사   재판장님! 진짜 계속 이런 식으로…. (생략)

생략된 내용을 자세히 살펴보시려면 스와이프 ▶▶

<5회>

재판장   (생략) …판결을 내리겠습니다.
피고인   다 집어치워! (지정석 이탈) (기물 파손)
        (생략)
검 사   안 돼요, 현정 씨. 이제 1심이에요. 아직….
피고인   당신들 다 한통속인데 달라질 게 뭐가 있어!
        (폭행)
        (방청석 소란)
방청객   빨리 저것 좀 어떻게 해! 멍청한…. (생략)

아주 개판이구만.

태블릿을 덮어 버리자 정신 사납게 귀를 찌르던 재판정의 소음도 사라졌다. 혜리는 고개를 들어 의뢰인을 마주 보았다. 민티 로스. 휴머노이드 권리를 위해 활동하는 초국적 행동 단체 '크롬볼 네트워크'의 기획국장. 가무잡잡한 피부가 인상적이었다.

"그런데 왜 하필 절 찾아오신 거죠?"

"소개를 받았어요."

"저를? 누가요?"

"평택지검 진강우 검사님이요."

"아하."

하여튼 그 인간은 귀찮은 건 꼭 나한테 떠넘긴다니까. 혜리
는 속으로 투덜거렸다.

"미리 말씀드릴게요. 높은 보수를 책정해 드리진 못해요.
하지만 꼭 부탁드립니다. 저희를 도와주세요. 피해자의 인격을
안전하게 지킬 수 있게."

민티가 부담스러울 정도로 깊이 고개를 숙였다. 난처해진
혜리는 딴청을 피우며 뒤통수를 벅벅 긁었다.

"트윈플렉스가 정확히 뭐죠? 이런 게 있다는 것도 처음 알
았어요."

"그러실 거예요. 정말 극소수만 이용하는 서비스니까. 트윈
플렉스는 간단히 말해 하나의 인격이 두 개의 신체를 가지는
경우를 뜻해요."

혜리는 자신이 맡았던 또 다른 사건을 떠올렸다. 콘텐츠
생산량을 늘리기 위해 자신을 100명으로 복제한 넷 소사이어
티 슈퍼스타의 몰락에 대해.

"카이 크레디트가 자신을 복제했던 것과 비슷하게 생각하
면 될까요?"

"그 케이스랑은 조금 달라요. 트윈플렉스 사용자는 리모트
컨트롤러로 두 번째 몸을 직접 조작해요. 동시에요. 신체를 확
장해 두 배의 존재가 되는 거예요. 그에 반해 카이 크레디트는
자신의 기억과 의식을 여러 대의 휴머노이드에 복사한 것에
불과했죠."

"대체 왜 그런 짓을 하죠?"

"거대 기업 그룹의 CEO들은 아주 바쁘거든요. 그래서 두 개의 몸으로 동시에 여러 일정을 소화하곤 하죠. 그리고…"

민티는 어깨를 으쓱였다.

"좋은 핑곗거리로도 사용하고요. 트윈플렉스에겐 모든 학대가 정당화되니까. 트윈플렉스는 법적으로 사용자 자신의 몸이거든요."

"이해가 잘 안 되는데요."

"혜리 씨 몸에 세 번째 팔을 추가한다고 생각해 봐요. 그건 남의 팔인가요? 아니에요. 혜리 씨 자신의 팔이죠. 스스로 그 팔을 때린다고 해서 누구도 학대라고 말하지 않고요. 트윈플렉스도 마찬가지예요. 그건 그냥 추가된 몸일 뿐이에요."

"가해자가 휴머노이드를 학대하고서, 책임을 피하기 위해 거짓으로 트윈플렉스라는 주장을 펼치고 있다고 생각하시는군요."

"이미 그런 사례를 여러 번 목격했어요. 저희가 나서서 구출한 적도 있고요. 원현정 씨도 그런 케이스라고 판단하고 있어요."

'원현정 씨'라. 확실히 휴머노이드를 대하는 태도가 남달랐다.

"정말 휴머노이드가 확실한가요?"

"아마도요."

"아마도, 정도로는 부족해요. 그쪽 논리에 따르자면 원현정 씨가 트윈플렉스일 경우 제가 하는 일은 납치가 되는 셈이니까요."

민티는 잠시 고민하는 듯했다. 하지만 이내 솔직히 털어놓았다.

"솔직히 말씀드리면 저희도 모릅니다."

"뭐라고요?"

"저희는 원현정 씨 본인의 주장을 믿을 뿐입니다. 그분이 자신을 휴머노이드라고 지칭했으니까요."

"그래도 확인은 해 봐야 하는 거 아닌가요?"

"확인할 방법이 없습니다. 그걸 확인하는 것 자체가 불법이니까요. 타인의 메모리를 열어 보는 건 인격권 침해에 해당돼요. 겉으로 보기에 휴머노이드와 트윈플렉스는 완전히 동일해요. 원현정 씨의 머릿속에 들어 있는 데이터가 잘 학습된 인공지능인지, 뉴럴링크 업로더로 복제한 원현수의 카피 인격인지, 아니면 피고 측의 주장처럼 정말로 리모트 컨트롤러일 뿐인 건지 본인 외엔 아무도 알 수 없어요."

이번엔 그냥 '원현수'로군. 혜리는 짜증 섞인 한숨을 쉬었다.

"아니, 그럼 댁들은 대체 뭘 믿고…."

민티는 단호하게 혜리의 말을 잘랐다.

"원현정 씨가 누구인지가 정말 그렇게 중요한가요? 실제로 학대가 일어났어요. 이건 1심 재판에서도 인정된 사실이에요.

원현정 씨는 수년간 갖은 폭언과 구타에 시달렸어요. 다시 집으로 돌아간다면 똑같은 일이 반복되겠죠. 최악의 경우엔 살해당할지도 몰라요. 트윈플렉스를 죽이는 건 살인이 아니라 자살이니까. 설령 자학에 불과하다 하더라도 이런 일이 반복되어선 안 되는 거 아닐까요?"

혜리는 반박하지 않았다. 이 이상 깊게 생각하고 싶지 않았다.

"…그래서, 제가 해야 할 일은 뭐죠?"

"원현정 씨를 샌드박스 밖으로 탈출시켜 주세요. 저희 팀원들이 전부 외지인이라 루트를 안내해 줄 사람이 필요해요."

"정확히 어디로 데려가면 됩니까?"

"그건 아직 말씀드릴 수 없어요. 평택시를 벗어나진 않을 겁니다. 저희가 지정한 위치까지 무사히 도착하면 거기서 다른 팀이 다시 현정 씨를 픽업할 겁니다."

혜리는 초조한 표정으로 테이블을 두드렸다.

"몇 가지만 추가로 확인할게요. 트윈플렉스는 원본과 통신으로 연결되어 있는 거죠? 사용자가 원격으로 조작할 수 있어야 하니까."

"맞아요. 24시간 항상 연결되어 있어요. 시각, 청각을 포함한 모든 감각 정보가 사용자에게 실시간으로 공유돼요. GPS 좌표도요."

젠장. 역시나.

"그럼 위치가 추적되는 거 아닌가요?"

"현재 원현정 씨는 사방에서 가짜 GPS 좌표가 발산되는 특수한 안전가옥에 숨어 있어요. 하지만 그 방을 나서자마자 곧바로 위치가 추적될 가능성이 높아요."

"접속을 끊을 수는 없나요? 무선통신을 차단한다거나."

민티는 고개를 가로저었다.

"자꾸 같은 이야기를 반복하는 것 같아 죄송한데, 저희는 원현정 씨의 내면이 어떤 식으로 작동하고 있는지 모릅니다. 연결을 끊었을 때 어떤 사태가 벌어질지 예측이 불가능해요. 어쩌면 현정 씨의 인격을 구성하는 데이터나 알고리즘의 일부가 원현수의 몸 안에 저장되어 있을 수도 있어요. 통신이 끊어져도 현정 씨가 지금처럼 존재할 수 있을지 알 수 없어요."

어쩌면 그냥 지금처럼 문제없이 잘 작동할 수도 있는 거고. 어쩌면 그저 원현수가 이중인격자이거나 원현정의 존재를 연기하는 중일지도 몰랐다. 이 모든 게 크롬볼 네트워크를 와해시키기 위한 누군가의 함정일 수도 있었고.

"만약 탈출에 성공한다 칩시다. 그다음엔 뭘 어떻게 하실 생각인가요?"

"2심을 준비해야죠. 안전한 곳에서."

"그것뿐인가요?"

"그것뿐이에요. 저희가 할 수 있는 거라곤."

대책 없이 순진한 인간들. 이기지도 못할 재판에 왜 목을 매는 거야? 잠깐 속기록만 읽어 봐도 세팅 끝난 거 뻔히 보이더구만. 혜리는 무표정을 유지하며 천천히 자리에서 일어섰다.

"…진강우 검사랑 얘기 좀 해야겠어요."

4

다시 눈을 떴을 때, 원현수는 병원 침대에 누워 있었다. 링거대에 걸려 있는 붉은 수혈팩이 대롱대롱 흔들렸다. 손목이 욱신거렸다. 몸을 일으키고 싶었지만 이상할 정도로 숨이 가빠 왔다.

"장로님, 저희 현수 상태가 어떤가요?"

"허어."

노인의 목소리. 대체 무슨 상황인지 이해하기 어려웠다. 힘겹게 고개를 돌리자 엄마가 다소곳이 양손을 모은 채 푹 고개를 숙이고 있었다. 기묘했다. 엄마가 누군가에게 굴복하는 모습을 보는 건 처음이었다.

"원 사장. 어찌 일이 이렇게 될 때까지 왜 아무 말 않았단 말인가. 믿음이 부족해."

"죄송합니다."

노인이 가까이 다가와 현수의 이마를 짚었다.

"이미 부정을 많이 탔다. 올바른 길로 되돌려 놓기가 쉽지 않아."

엄마는 세상을 잃은 표정이었다.

"어, 어떻게 방법이 없겠습니까? 장로님. 현수는 제 전붑니다. 하나뿐인 아들이라고요."

"허어."

"기부는 얼마든지 할게요. 다음 달엔 두 배로 하겠습니다."

"돈이 문제가 아닐세. 믿음이 문제란 말이지."

"우리 현수 절대 나쁜 아이 아닙니다. 잠깐 나쁜 마음을 먹어서 그래요. 아주 잠깐."

엄마는 필사적이었다. 무어라 대화가 오가는 사이 금액이 자꾸만 늘어났다. 돈을 지불하는 것은 엄마인데도, 어째선지 당당한 쪽은 노인이었다.

"방법이 하나 있긴 하네."

"저, 정말요?"

"죄를 대속할 인형을 만드는 걸세."

"그게 무슨……."

노인은 한참 동안 방도를 설명했고, 엄마는 말없이 고개를 끄덕이며 노인의 설명을 듣기만 했다. 하나부터 열까지 말도 안 되는 이야기였지만, 엄마는 노인의 말을 철석같이 믿는 분위기였다.

"하나의 영혼에 두 개의 몸을 연결하는 시술일세. 이렇게 하면 현수의 몸에 쌓인 타락한 기운을 두 번째 몸으로 전부 빼낼 수 있을 것이야. 그러면 현수의 영혼이 교정되어 다시 남자로 돌아갈 것이다."

"정말 그렇게만 하면 되는 거죠?"

노인은 확답을 주는 대신 크게 헛기침했다.

"인형엔 절대 정을 붙여서는 안 된다. 죄를 확실히 씻어 내야 해."

"예, 장로님. 그건 걱정 마세요."

얼마 후 노인이 떠났다. 엄마는 곧바로 스마트팜을 연결해 비서를 호출했다.

"트윈플렉스 시술이라는 거 좀 알아봐. 어디가 제일 실력이 좋은지. 응. 비용은 상관없으니까 무조건 샌드박스에서 최고인 곳을 찾아. 지금 당장."

다음 날, 원현수는 또 다른 병원으로 이송되었다.

— - —

회복을 마치고 퇴원하던 날, 원현수는 처음으로 원현정을 만났다.

"동생이라고 생각해. 쌍둥이라고 생각해도 좋고."

엄마는 그렇게 말했다. 하지만 현정은 그런 것과는 전혀 달랐다. 현수는 알 수 있었다. 현정이 바로 자신이라는 것을. 자신에게 두 번째 몸이 생겼다는 것을.

"정말 사람 같아요."

현수가 감탄하며 말했다. 그러자 엄마가 퉁명스럽게 대꾸했다.

"사람과 똑같은 재료로 만들었으니까. 뇌는 전자 칩이지만."

"왠지 익숙한 느낌이 들어요."

"네 DNA로 만들었어. 다른 건 아무것도 안 건드리고 성별만 바꿨어."

엄마는 마치 인형을 대하듯 현정의 머리를 어깨 뒤로 쓸어 넘겼다. 머리칼에 가려져 있던 몸의 선이 드러나자 현수는 흥분했다. 그가 그토록 갖기를 원했던 몸이 눈앞에 있었다.

"네가 그렇게 원했던 것들, 이제부턴 마음껏 해도 돼. 치마를 입고 싶으면 입고, 사 달라는 화장품도 전부 사 줄게. 머리를 꾸미고 싶으면 미용사를 불러 줄 거고. 아니다, 아예 코디를 붙여 줄까? 뭐든 말만 하렴. 원하는 대로 전부 하게 해 줄 테니까. 그 대신, 하나만 약속해."

엄마는 단호하게 선을 그었다.

"그런 건 전부 현정이가 하는 거야. 알겠니?"

엄마가 마지막으로 몇 가지 주의 사항을 전달했지만 잘 기억나지 않았다. 서로에게 열중하느라 아무 말도 들리지 않았으니까. 현수와 현정의 머릿속엔 오직 서로에 대한 생각만 가득했다.

"알아들었지?"

둘은 동시에 고개를 끄덕였다. 흡족한 미소를 지으며.

현수의 옆방에 현정의 방이 꾸려졌다. 방 안은 핑크빛 벽지와 리본이 달린 커튼으로 꾸며졌고, 호사스러운 천개가 포함된 침대 위엔 하얀 곰인형이 놓였다. 편견으로 가득 찬 끔찍한 취향의 인테리어였지만, 그마저도 감사할 따름이었다.

트윈플렉스가 된 첫 밤. 현수는 몰래 방을 빠져나와 현정의 방으로 향했다. 조금 더 바라보고 싶었다. 그녀의 몸을, 자신의 몸을. 현정은 인형처럼 굳은 몸으로 침대 위에 누워 있었다. 현수는 현정의 옆에 나란히 누웠다. 아직 조작이 익숙지 않은 탓에 번갈아 움직이는 것이 고작이었다.

현수가 말했다.

"보고 싶었어."

그러자 이번엔 현정이 답했다.

"나도."

"평생 이 순간을 기다렸어."

"알아. 나는 너니까."

현정이 현수의 뺨을 부드럽게 쓰다듬었다. 둘의 눈에서 동시에 눈물이 흘렀다.

"네가 바라 왔던 것들, 꿈꿔 왔던 것들, 내가 모두 이뤄 줄게. 하나씩 천천히…"

현정은 말없이 현수를 끌어안았다. 현수 또한 현정의 몸을 부드럽게 감쌌다. 결코 떨어지지 않을 것처럼 두 몸이 빈틈없이 기쁨으로 꽉 얽혀 들었다. 더는 아무 말도 필요치 않았다. 그들은 이미 하나였으니까.

완벽한 첫 밤이었다.

5

"항소를 안 한다고요?"

진강우는 자기도 모르게 언성을 높였다. 민석영 부장은 익숙한 일이라는 듯, 강우의 말을 들은 체 만 체하며 턱을 괴고 새끼손가락으로 귀를 후볐다.

"어. 항소 안 해."

"대체 이유가 뭡니까?"

"알면서 왜 물어."

"부장님."

자기도 모르게 언성이 조금 높아졌다. 강우는 최선을 다해 감정을 억눌렀다.

"학대를 했습니다. 엄마랑 아들이, 딸 하나를 두고요."

"누가 학대했다 그래?"

"그게 학대가 아니면 뭡니까? 온몸에 칼자국이랑 피멍 못 보셨어요?"

"**자해**야. 트윈플렉스라고 하잖아."

"그거 트윈플렉스 아닙니다. 휴머노이드예요. 어쩌면 사람일지도 모르고요."

"증거 있어?"

"……."

부장은 한참 동안 강우를 노려보며 기다렸다. 어디 대답해보라는 듯이. 하지만 강우는 반박하지 못했다. 증거가 존재할리 없는 사건이었다.

"없으면 내일까지 사건 종결해."

"그럼 오늘까지는…."

"쓥."

부장은 잔뜩 인상을 찌푸렸다.

"강우야, 제발. 그 사람들 자기 자식 지키려고 뭐든 할 사람들이야."

"그래서요? 부장님한테도 뭐 좀 해 주던가요?"

"하, 이 새끼가 귀엽다 귀엽다 해 주니까. 그러는 너는 새끼야. 요새 넷 소사이어티에서 팔로워 좀 생기니까 니가 막 영웅이라도 된 거 같고 그래? 하여튼 세상 주목은 혼자 다 받아야속이 시원하지?"

"그런 거 아닙니다. 진짜 한 번만 도와주십시오, 부장님. 아니, 형님."

부장은 담배를 꺼내 물었다. 라이터를 몇 번 튕겼지만 불이잘 붙지 않았다.

"강우야. 니가 왜 그러는지는 나도 충분히 이해해. 그때 그 사건 때문이지? 힘든 경험이었다는 거 알아. 근데 이번엔…"

"시발 그런 거 아니라니까요!"

"시발? 이게 보자 보자 하니까."

부장이 물고 있던 담배를 강우의 얼굴에 던졌다.

"그래, 시발 놈아. 나 좆같이 비겁한 놈이다. 사진 한 장 뽑아 줘? 니 방에 붙여 놓고 못을 박든 욕을 박든 니 하고 싶은 대로 해. 그래도 풍신은 안 돼. 너 죽는 꼴을 내가 어떻게 봐."

"제가 죽긴 왜 죽습니까?"

"풍신이 뭐 만드는 곳인지 몰라서 그래? 원미연 건드린 형사, 수사관, 검사 전부 증거 하나 못 남기고 죽었어. 겨우겨우 재판까지 끌고 갔을 땐 공판 도중에 판사 목이 잘렸고. 그중 몇몇은 왜 죽었는지 원인도 몰라. 시신이 기화돼서 환풍구로 빨려 나가 버렸으니까."

"그래도 저는…"

"상식적으로 원미연한테 걸려 있는 혐의가 이거 하나뿐이 겠냐? 원미연은 체포 못 해. 썩어서가 아니라, 체포할 능력이 없어서 그래. 우리가 가진 무장으로는 풍신 빌딩 로비도 못 뚫으니까. 여긴 그런 곳이야. 샌드박스는 이미 국가가 어찌할 수 없는 괴물이 됐단 말이야."

"……."

"강우야. 이곳에서 우린 외부인이야. 그냥 몇 년 조용히 있다 발령받고 떠나면 그만인 사람들이라고."

"그래서 그냥 이렇게 포기하자고요?"

"미안하다. 이번엔 절대 허락 못 해 줘. 그만 나가 봐."

— — —

사무실로 돌아가는 동안 강우는 현정의 모습을 떠올렸다. 피멍이 든 눈과 터진 입술로 온 세상을 냉소하던 그 표정을.

사람들은 휴머노이드가 점점 더 인간과 흡사해지길 원했다. 단단한 티타늄 뼈대는 부러지기 쉬운 탄성 칼슘으로 바뀌었고, 세라믹 코팅된 피부는 멍들기 쉬운 프린트 프로틴으로 대체되었다. 휴머노이드는 점점 쉽게 상처 입고 망가졌다. 심지어 이젠 고통도 느꼈다. 원미연 앞에서 겁에 질려 떨고 있던 현정의 모습은 결코 연기처럼 보이지 않았다.

물론 그것들이 인간이 아니라는 것쯤은 잘 알고 있었다. 전자 칩이 아주 많은 양의 숫자를 빠르게 계산하고 있을 뿐이라는 것도.

그런데 왜 이렇게 마음이 불편한 거야.

분명 가해자들도 강우가 느끼는 기분을 똑같이 느끼고 있을 터였다. 휴머노이드와 인간을 겉모습만으로 구별하기란 거의 불가능하다. 가해자들의 눈에도 휴머노이드는 인간으로 인식되고 있을 것이 분명했다. 인간의 뇌는 기가 막힐 정도로 스스로를 잘 속이니까. 학대죄로 체포된 가해자들은 휴머노이드가 인간이 아니라고 떠들어 댔지만, 다른 누구보다 그들을 인간으로 여겼다. 현정은 분명 인간으로서 학대받았다.

어느새 사무실 앞이었다. 문고리를 돌리려는데 손바닥에서 진동이 느껴졌다. 강우는 서둘러 안으로 들어가 문을 잠갔다. 통화 요청을 거절하고 그 대신 커플 앱을 켰다. 풍신도 이것까지 감청하진 않겠지.

—만났어요. 크롬볼. 좋은 의뢰인 소개해 줘서 거어업나 고맙네요.

—고마워, 헤리 씨.

—웬일이래. 오늘 너무 고분고분하신 거 아녜요?

—그 말 들으니까 다시 싸가지 없어지려고 한다.

—됐고, 2심 열릴 때까지 얼마나 걸릴 거 같아요?

—미안해. 2심은 없을 거 같아.

한참 동안 입력 중이라는 메시지만 나타났다 사라졌다.

—그럼 어떡해요? 그냥 이렇게 끝인가요?

—검사로서는.

—지금 그걸 말이라고 해요?

—부탁할게, 헤리 씨. 현정 씨를 데리고 가능한 멀리 도망쳐 줘. 며칠만이라도 좋아. 현정 씨에게 조금만 더 자유를 느끼게 해 주고 싶어. 혹시 의뢰비가 부족하면 개인적으로 내가 낼 테니까.

─됐거든요? 누가 돈 때문에 그런대요?

또 어색한 침묵이 한참 이어졌다. 강우는 몇 번이나 메시지를 썼다가 지웠다. 결국 할 수 있는 말은 이것뿐이었다.

─미안해. 어려운 부탁 해서.

6

분명 처음엔 한 사람이 두 개의 몸을 번갈아 사용하는 것에 불과했다. 그러나 차츰 시간이 흐르자 그들은 현수와 현정이라는 존재로 자연스럽게 분리되기 시작했다. 그건 아마도 엄마의 영향이 절대적이었으리라. 원미연은 집착적으로 현수와 현정을 구분했다. 엄마에게 두 사람은 결코 동일인이 아니었다. 사랑스러운 아들과 가증스러운 딸이었을 뿐.

그런 엄마의 태도에 맞춰 행동하는 사이, 현수와 현정은 각자의 생활을 영위하는 일에 점차 익숙해졌다. 그들은 제각각 원하는 생각과 행동을 할 수 있게 되었고, 아주 멀리 떨어진 곳에서도 독립적으로 활동하는 것이 가능해졌다. 마치 남매인 양 서로 대화도 주고받았다. 이론적으로 현정과 현수는 분명 분리될 수 없는 하나의 정신이었으나, 어떤 면에서 두 개의 분리된 객체이기도 했다.

원미연은 현정이 하고 싶은 일이라면 무엇이든 허락했지만,

단 한 가지만큼은 허락하지 않았다. 현정은 집 밖으로 한 걸음도 나가지 못했다. 메가빌딩 한 층을 통째로 사용하는 넓은 집이었지만, 그럼에도 갑갑한 기분이 드는 것은 어쩔 수 없었다.

간접적으로나마 바라던 바를 해소했기 때문일까. 원현수는 일시적으로나마 안정을 찾았다. 미연과 현수, 그리고 현정은 아슬아슬한 균형 속에서 각자 만족하며 가족 관계를 이어 갔다.

그러나 좋은 시간은 그리 오래가지 않았다.

이번에도 문제는 원미연의 신앙이었다. 원미연은 자식 또한 같은 종교를 믿길 원했고, 주말마다 현수를 데리고 함께 예배에 참석했다. 현수는 그곳에서 매번 자신의 존재를 부정당하는 내용의 설교를 들어야 했다. 예배를 마치고 돌아온 현수는 자신이 세뇌당한 내용을 그대로 현정에게 쏟아 냈다. 문제가 있는 건 너야. 죄를 지은 건 너야. 마치 자신은 다르다고 말하려는 듯. 그곳에서 흡수한 아픔을 현정에게 고스란히 떠넘겼다.

두 사람이 안정적으로 분리 상태를 유지하게 되자 원미연은 노골적으로 현정에 대한 혐오감을 드러내기 시작했다. 현정은 미운 오리였다. 집안의 최고 권력자가 의도를 드러내자 그 아래 모든 사람들도 눈치 빠르게 현정에게서 등을 돌렸다. 가족부터 수행원까지 전원으로부터 은근한 무시와 괴롭힘이 이어졌다. 식사 시간에 혼자만 빈 접시를 받는 정도의 가벼운 장난으로 시작해 점점 수위를 높여 가던 폭력은 금세 대놓고 폭언과 구타를 자행하는 수준에 이르렀다.

원미연은 그걸로도 만족하지 않았다. 현수와 현정의 존재에 쐐기를 박아 돌이킬 수 없을 정도로 완전히 분리하길 원했다. 더욱이 자신의 뒤를 이어받을 풍신그룹의 차기 경영자로서 현수가 냉혹한 제왕으로 거듭나길 바랐다.

그렇게 참회의 날이 시작되었다. 일주일에 한 번, 예배를 마치고 돌아온 현수는 무언가에 홀린 얼굴로 회초리를 집어 들었다. 현정은 말없이 눈을 감고 현수의 매를 맞아야 했다. 원미연은 이 모든 과정을 곁에서 직접 감독했다. 조금이라도 때리는 힘이 약해질 경우 곧바로 제재가 가해졌다. 회초리를 휘두르는 힘은 점차 강해졌다. 회초리는 몽둥이가 되었고, 몽둥이가 부러진 뒤부턴 직접적인 주먹질과 발길질이 시작되었다. 매일 밤 현정은 피멍과 상처를 쓰다듬으며 웅크린 채 잠들었다.

몇 년간 이런 일들이 집요할 정도로 반복되었다. 느슨하게나마 남아 있던 동질감은 철저하게 파괴되었고, 그 대신 서로에 대한 미움이 자리 잡았다. 이제 현수와 현정은 서로를 완전히 분리된 존재로 인식했다. 육중한 성인 남성의 몸으로 성장한 현수는 이제 엄마가 지시하지 않아도 자발적으로 현정을 괴롭혔다. 어쩌면 그건 질투였을지도 몰랐다. 자신이 갖지 못한 것들을 독차지한 데 대한.

숨바꼭질하듯 집안 사람들을 피해 숨어 다니던 현정은 결국 탈출을 결심했다. 모두가 예배를 떠난 일요일 아침. 현정은 몰래 훔쳐 두었던 카드키로 문을 열고 집을 나섰다. 지푸라기라도 잡는 심정으로 휴머노이드 보호단체를 검색해 보호를 요청했다.

처음 접촉한 곳이 '크롬볼 네트워크'여서 다행이었다. 나중에야 알게 된 사실이지만 온라인에 뿌려진 광고 중 열에 아홉은 도망친 휴머노이드를 몰래 분해해 암시장에 판매하거나, 주인에게 수수료를 받고 되돌려 주기 위해 업자들이 파 놓은 함정이었다. 그들을 피할 수 있었던 건 순전히 운이 좋아서라고밖에 말할 수 없었다.

크롬볼 사람들은 성심성의껏 현정을 도와주었다. 자신이 독립된 존재라는 현정의 말을 빠짐없이 있는 그대로 믿어 주었다. 현정을 구명하기 위한 보호조치와 전문가들의 법적 검토가 이어졌다. 얼마 지나지 않아 현정은 진강우 검사를 만났다. 그는 현정을 돕겠다고 나선 유일한 검사였다.

진강우는 원현수를 휴머노이드 학대죄로 기소했다. 그러나 승소를 바라고 한 일은 아니었다. 막대한 자금력을 지닌 풍신그룹을 상대로 승리할 수 있으리라 기대하는 것은 너무 순진한 생각이었다. 현정도 크롬볼도 그 정도로 바보는 아니었다. 그들이 재판을 시작한 목적은 단지 시간을 벌기 위해서였다. 적어도 재판 기간 동안만큼은 현정이 가해자와 분리되어 보호받을 수 있기 때문이었다.

예상대로 재판은 일방적이었다. 강우와 현정을 제외한 재판정의 모두가 원미연의 꼭두각시에 불과했다. 심지어 방청객마저도 모두 섭외된 인물들이었다. 추첨에서 밀린 크롬볼 사람들은 재판정에 들어올 수조차 없었다. 재판이 진행되면 진행될수록 현정의 마음속에 피었던 희망도 빠르게 사그라들었다.

1심 판결이 선고되던 날, 혼란한 상황 속에서 강우가 현정의 귀에 속삭였다. 현정 씨, 빨리 도망쳐요. 여기서 붙잡히면 다시 집으로 끌려가게 돼요.

현정은 쉬지 않고 달렸다. 자신의 뒤를 쫓아오는 풍신그룹 보안 요원들을 피해 겨우 법정 밖으로 빠져나왔다. 강우가 알려 준 장소에서 크롬볼 네트워크 사람들이 기다리고 있었다. 현정은 그들과 함께 차에 올랐다. 그리고 어디인지도 모를 장소에 숨어야 했다.

7

"제가 말씀드릴 수 있는 사연은 여기까지예요. 더 듣고 싶은 이야기가 있나요?"

현정이 담담한 표정으로 말했다.

사람 보는 눈 하나는 자신 있었다. 얼굴을 직접 마주하면 거짓을 간파할 수 있으리라 생각했는데. 아니었다. 현정의 눈을 바라볼수록 혜리는 점점 더 혼란스럽기만 했다.

'원현정 씨를 만나게 해 줘요. 직접 얼굴을 보고 결정하겠어요.'

그렇게 호기롭게 선언했던 자신이 부끄러워졌다. 혜리는 천천히 고개를 가로저었다.

"아뇨. 이야기는 충분히 들었어요."

"거절하셔도 저는 괜찮아요. 관계없는 분에게까지 폐를 끼치고 싶진 않으니까."

"…조금만 생각할 시간을 주세요."

혜리는 엄지손톱을 깨물며 다시 한번 현정을 관찰했다. 망할. 이건 너무하잖아. 이제 갓 스무 살을 넘긴 앳되고 조그마한 몸 여기저기에 터진 상처와 멍 자국이 가득했다. 점차 의지를 잃어 가는, 현정의 처연한 눈빛을 마주할 때마다 혜리는 복잡한 감정을 느꼈다.

진강우의 마음이 이해됐다. 도와야 했다. 도울 수밖에 없었다. 반드시 이 학대를 멈춰야 했다.

그러나 혜리는 여전히 머뭇거렸다.

민티가 손짓으로 출입문을 가리켰다. 두 사람은 현정을 남겨 둔 채 밖으로 나와 문을 닫았다. 잠금을 채운 민티가 변명하듯 나지막이 중얼거렸다.

"현정 씨가 들으면 대화 내용이 상대 쪽으로 유출될 가능성이 있어서요. 이제 결정하셨나요?"

"아직이요."

민티는 팔짱을 끼고 벽에 등을 기댔다.

"그럼 생각을 정리하시는 동안, 제가 몇 가지 질문드려도 될까요?"

혜리는 똑같이 벽에 등을 기대며 고개를 끄덕였다.

"만약 일을 맡게 되면 여기서 어떻게 탈출하실 계획이죠?"

"메가빌딩 엘리베이터 시스템을 해킹해 줄 만한 사람을 알고 있어요. 최대한 실내를 통해 이동할 겁니다. GPS 추적을 피하려면 그 방법뿐이니까요. 부득이한 경우엔 지하로 이동하게 될 거예요. 메가빌딩이 뚜껑처럼 덮고 있는 옛 도시엔 지도에 표시되지 않는 샛길들이 많거든요."

"잘은 모르지만 듣기엔 그럴싸해 보이는군요."

"하지만 결국엔 위치가 노출되는 걸 감수할 수밖에 없어요. 도시 밖으로 빠져나가는 길은 전부 사방이 노출된 고속도로니까. 거기서부턴 속도전이 되겠죠. 성능 좋은 자동차가 필요할 거예요."

"그 문제는 저희가 알아서 해결할게요. 혜리 씨에게 그런 위험까지 지게 할 수는 없죠. 픽업 지점까지 안내해 주시는 걸로도 충분해요."

민티는 기댔던 몸을 일으켜 세웠다.

"의뢰를 수락하시기 전에 마지막으로 한 가지 더 아셔야 할 게 있어요."

"뭐죠?"

"원현수는 풍신L&T그룹 장남이에요. 엄마는 원미연 대표 이사고요."

빌어먹을. 거긴 방산 기업이잖아. 그것도 더러운 무기만 골라서 만드는. 혜리는 자기도 모르게 언성을 높였다.

"아니, 그걸 왜 이제 말해요?"

"숨겨서 미안해요. 미리 말하면 우리 얘길 들어 주지 않을 것 같아서."

혜리는 바닥에 주저앉아 자신의 머리칼을 헤집었다.

민티의 말이 맞았다. 풍신이 엮인 일인 줄 알았으면 애초에 대화를 시작하지도 않았을 것이다. 사연이 어떻건 뒤도 돌아보지 않고 도망쳤겠지. 하지만 지금은… 이야길 듣고 말았다. 현정의 표정을 보고 말았다. 현정을 구하려는 크롬볼 멤버들에게 호감을 갖고 말았다. 한번 굴러가기 시작한 감정을 멈춰세울 수는 없었다.

내가 돕지 않으면 이 사람들 오늘 모두 죽을 거야.

혜리는 공포로 요동치는 가슴을 움켜쥐며 겨우 대답을 쥐어짰다.

"…할게요. 하면 되잖아. 이 나쁜 인간들아."

8

"불편해도 조금만 참아 줘요, 현정 씨."

현정은 고개를 끄덕이며 안대를 뒤집어썼다. 풍신에 위치를 들키지 않기 위한 최소한의 조치였다. 일행은 문을 열고 밖으로 나왔다. 혜리와 현정, 민티와 활동가 두 명. 도합 다섯 명의 일행이 함께 탈출 작전을 시작했다.

혜리가 앞장서서 길을 안내했고, 크롬볼 네트워크 멤버들과 민티가 그 뒤를 따랐다. 현정은 민티의 곁에 꼭 달라붙었다. 현정의 감각에 혼란을 일으키기 위해 일부러 같은 자리를 몇 번 배회한 다음, 한참 떨어진 곳에 위치한 수평 엘리베이터를 탔다. 몇 달 만에 만난 얼굴이 엘리베이터 안에 있었다. 혜리가 그를 소개했다.

"말씀드렸던 해커예요."

"넷 스프린터!"

"그래, 스프린터. 부탁한 건 준비해 왔겠지?"

혜리는 상대의 과장된 말투에 적당히 장단을 맞춰 주었다. 그러자 해커가 주머니에서 태블릿을 꺼내 흔들어 보였다. 혜리가 손을 뻗자 그가 재빨리 태블릿을 감추었다.

"근데 진짜 괜찮은 거죠? 저 아직 집행유예 기간이거든요?"

"집행유예로 끝난 게 누구 증언 덕분이더라?"

"이 비열한……."

해커는 부들거리며 태블릿을 건넸다.

"당분간은 원하는 대로 엘리베이터를 조작할 수 있을 거예요. 관제실에 추적당하지도 않을 거고요. 일 끝나면 꼭 폐기하시고요."

"고마워."

"무슨 일인지는 몰라도 조심하세요. 요즘 부쩍 파충류 감시자들이 늘었대요."

"응. 알고 있어."

혜리는 비장한 표정으로 고개를 끄덕였다. 해커는 흡족한 표정으로 엘리베이터에서 내렸다. 문이 닫히자마자 혜리는 태블릿을 조작했다. 엘리베이터가 정해진 루트를 벗어나 메가빌딩 가장 낮은 곳까지 이동하기 시작했다.

엘리베이터가 출발하자 활동가들은 각자 자신의 장비를 재확인했다. 무전기, 방탄조끼, 경량 강화골격(exo skeleton)과 돌격소총. 공기 중에 팽팽한 긴장이 흘렀다. 크롬볼 활동가들이 세계 각지에서 어떤 일들을 겪어 왔을지 어렴풋이나마 상상이 되었다. 이제부터 자신이 어떤 사람들을 상대해야 하는지도.

"성함이 어떻게 되시죠?"

혜리는 곁에 서 있는 활동가에게 물었다. 그는 장전 손잡이를 당겨 약실을 확인하고 있었다.

"헨리예요. 저 친구는 윌리엄이고요."

"반가워요. 하나만 여쭤봐도 될까요?"

"얼마든지요."

"대체 이렇게까지 하시는 이유가 뭐죠?"

"옳은 일이니까요."

"이해가 안 돼요. 목숨을 잃을 수도 있는데."

"말씀은 그렇게 하시지만, 혜리 씨도 지금 저희와 함께하고 계시잖아요."

"저는 그냥…."

그 순간 엘리베이터 문이 열렸다. 혜리는 미련을 털어 버리고 앞장서서 밖으로 나왔다. 터널처럼 길게 뚫린 지하공간이었다. 과거 미군부대가 주둔하던 시절 비밀리에 건설된 지하 시설물. 원래는 연구소로 쓰였는지 화학 실험 기구 같은 것이 잔뜩 버려져 있었다. 코를 찌르는 약품 냄새를 헤치며 일행은 앞으로 나아갔다. 녹슨 계단을 오르자 또 다른 메가빌딩 로비로 이어졌다.

몇 번이나 엘리베이터를 갈아타며 일행은 조금씩 샌드박스 외곽으로 나아갔다. 안전이 확보된 루트만 이용해야 하는 탓에 이동 과정이 매우 더디고 복잡했다. 10미터 앞에 있는 빌딩으로 건너가기 위해 1킬로미터가 넘는 거리를 돌아가기도 했다. 일곱 시간 가까운 대장정 끝에 픽업 장소에 도착했다. 지도에 존재하지 않는 옛 평택의 좁은 골목길을 빠져나오자 목적지가 보이기 시작했다. 이제는 사용되지 않는 철길 아래에 승합차가 세워져 있었다.

누군가 승합차 문을 열고 밖으로 나왔다. 진강우였다.

"검사님?"

"혜리 씨, 고생했어."

강우가 인사를 건네며 승합차 문을 열었다.

"서두르세요. 5분 안에 우리 위치가 노출될 겁니다."

크롬볼 활동가들이 현정을 데리고 차에 올랐다. 강우는 문을 닫으며 말했다.

"고마워, 혜리 씨. 이제부턴 우리가 알아서 할게."

"검사님은요?"

"차를 운전할 사람이 필요해. 조금 특이한 차라서."

"그럼 저도 같이 갈게요."

"혜리 씨가 그럴 필요까진 없어. 그냥 여기서…."

"같이 간다고요."

혜리는 강우를 노려보며 또박또박 강조의 의미를 담아 말했다.

"…알겠어. 조수석에 타."

혜리는 차에 올라탔다. 강우도 운전석에 앉아 문을 닫았다. 강우가 몸을 돌려 민티에게 손짓했다. 민티가 현정의 귀를 막았다.

"45번 국도를 타고 천안 쪽으로 빠져나갑시다. 고속도로에 진입하기만 하면 풍신도 어떻게 하지 못할 겁니다. 거기서부턴 샌드박스 행정구역 밖이니까요. 두 시간이면 부산에 도착할 수 있을 거예요."

"저희 쪽 사람들이 국외로 탈출할 배를 준비해 뒀어요. 현정 씨의 상태를 확인해 줄 사이버네틱 의료진도요."

"좋습니다. 그럼 출발하죠."

강우가 시동을 걸었다. 가솔린엔진이 시끄러운 소음을 내며 자동차가 출발했다. 혜리는 강우가 움켜쥐고 있는 동그란 원반이 무엇인지 궁금했으나, 이내 알아차렸다. 강우가 원반을 회전시킬 때마다 차의 방향이 바뀌었으니까.

혜리의 궁금증을 눈치챈 강우가 친절하게 설명해 주었다.

"검찰청에서 압류한 불법 개조 차량이야. 수동 주행 장치가 달려 있어. 컴퓨터 없이 운전할 수 있는 차가 필요했거든. 풍신이 차를 해킹할지도 모르니까."

"풍신이 우리 위치를 파악하는 데 얼마나 걸릴까요?"

"몇 분 안 걸릴 거야."

"대체 왜 이런 위험한 일에 끼어든 거예요? 검사님 그런 캐릭터 아니잖아요."

"모르겠어. 그냥 그래야 할 것 같았어."

강우는 잠시 침묵했다가, 다시 입을 열었다.

"혜리 씨, 우리 그동안 별별 놈들 다 상대해 봤잖아. 트라이플래닛 때도, LCK 때도, 카이 크레디트 사건 관계자들도 전부 감옥에 보냈었고. 나는 지금까지 내가 일을 잘해서 그런 줄 알

앴어. 그런데 가만히 생각해 보니까 그게 아니더라고. 내가 한 일이라곤 권력 싸움에서 패한 쪽을 청소한 것뿐이었어. 나는 한 번도 그놈들과 제대로 싸운 적이 없었어. 그놈들이 허락할 때만 잠깐씩 사건에 끼어들었을 뿐이지."

"와, 오늘 진강우 캐릭터 완전 이상하네. 언제부터 그렇게 쓰잘데기 없는 고민을 다 하셨대요? 온 동네방네 천둥벌거숭이처럼 날뛰어 놓고 이제 와서 뭔 뺄소리예요? 그리고 그거 검사님만 몰랐지 다른 사람들은 첨부터 다 알았거든요?"

"혜리 씨, 나는…."

"됐고, 운전이나 똑바로 해요."

혜리는 창틀에 팔꿈치를 대고 턱을 괴었다.

"왔다!"

누군가 뒤에서 외쳤다. 깜짝 놀란 혜리는 사이드미러를 보았다. 에어카 한 대가 하늘에서 쫓아오고 있었다. 에어카 창문이 열리며 튀어나온 총구가 불을 뿜었다. 수십 발의 탄환이 바닥을 때렸다.

"미친놈들! 대낮에 도로에서 총을 쏴?"

"총격전 정도까진 눈감아 주기로 자치경하고 얘기가 끝난 모양이지."

강우는 그렇게 말하며 원반을 꺾었다. 몸이 한쪽으로 크게 쏠렸다. 자율주행차에선 한 번도 느껴 본 적 없는 극심한 가속이었다. 뒤쪽에서 활동가들이 응사하는 소리가 들렸다. 혜리는 주머니에 손을 넣어 테이저를 꺼내 들었다.

그 순간, 기묘한 광경을 목격했다.

나비가 창밖을 날고 있었다. 시속 100킬로미터가 넘는 자동차와 나란히 날고 있는데도 나비의 날갯짓은 너무나 느리고 우아했다. 푸른 날개에 그려진 기묘한 무늬에 시선을 빼앗긴 순간, 갑자기 나비가 산산이 부스러졌다.

깡.

기분 나쁜 금속음과 함께 차체에 손톱만 한 구멍이 뚫렸다. 처음엔 무슨 일이 일어난 건지도 이해할 수 없었다. 비명 소리를 듣고 고개를 돌리자 잘려 나간 손목을 부여잡은 헨리의 일그러진 표정이 보였다. 콸콸 쏟아지는 핏물을 멍하니 바라보면서도 실감이 나지 않았다.

"대체 무슨 일이에요?"

현정이 고개를 두리번거리며 물었다.

"움직이지 마! 단분자 실타래예요. 눈에 보이지 않지만 차 안 곳곳에 엉겨 붙어 있어요. 스치기만 해도 살점이 잘려 나갈 거예요."

민티는 그렇게 말하며 주머니에서 꺼낸 스프레이를 뿌렸다. 그러자 허공에 설치된 와이어들이 모습을 드러냈다가, 스르륵 녹아 사라졌다.

"어떻게 된 거야! 널 죽이진 못할 거라며?"

윌리엄이 잔뜩 흥분한 목소리로 현정을 추궁했다.

"저도 몰라요! 모른다고요!"

패닉에 빠진 현정이 안대를 벗으려 했다. 하지만 민티가 붙잡아 말렸다. 민티는 침착하게 모두를 진정시켰다.

"다들 진정해요. 언제 또 실타래가 공처럼 튕겨 다닐지 모르니까. 혜리 씨, 창밖에 뭐가 보이나요? 조금이라도 특이한 게 있으면 뭐든 얘기해요."

"나비를 봤어요. 파란 나비가…"

깡.

또다시 구멍이 뚫렸다. 이번엔 민티가 재빨리 스프레이를 뿌렸다.

"풍신에서 개발한 생물무기예요. 또 다른 건요?"

"어…"

혜리는 창문을 열고 밖으로 고개를 내밀었다. 위험한 행동이었지만 달리 방법이 없었다. 위쪽을 바라보자 에어카에서 본격적으로 쿼드로터 드론 떼가 살포되고 있었다.

"전술 드론이에요!"

혜리가 소리치자마자 사방에서 총알이 빗발쳤다. 소나기처럼 자동차 천장을 요란하게 두들기는 소리가 났다. 방탄 소재였는지 다행히 구멍이 뚫리진 않았다. 급강하하며 한 차례 총알을 퍼부은 드론들이 앞쪽에서 선회해 되돌아오는 모습이 보였다.

"조금만 버텨요! 고속도로까지 얼마 안 남았습니다!"

강우가 소리쳤다. 자동차가 한층 속도를 높였다. 괴성을 지르는 듯한 엔진 소리에 귀가 먹먹해졌다. 드론들이 또다시 탄환을 발사했다. 강우가 혜리의 어깨를 밀쳤다. 앞 유리창이 박살 나며 탄환이 둘 사이를 훑고 지나갔다. 강우의 팔에서 피가 튀었다.

현정이 비명을 질렀다. 배에 탄환을 맞았는지 옷감에 피가 번지고 있었다. 고통으로 바둥거리는 몸을 억누르며 민티가 현정을 안심시켰다.

"현정 씨, 괜찮아요. 휴머노이드는 웬만해선 죽지 않으니까. 머릿속 전자 칩만 무사하면 몸은 얼마든지 새로 만들면 돼요. 더 튼튼한 몸으로요. 원미연도 그걸 아니까 도박을 거는 거겠죠. 군산복합체의 수장인데 그 정도 배짱은…."

깡, 소리가 나며 민티의 머리가 굴러 떨어졌다.

혜리는 자기도 모르게 몸을 돌려 조수석에 미끄러지듯 주저앉았다. 숨이 쉬어지지 않았다. 손에 쥐고 있는 테이저가 눈에 들어왔다. 방아쇠도 당기지 못할 정도로 손가락이 부들부들 떨리고 있었다. 난 대체 이깟 장난감으로 뭘 할 수 있다고 생각한 거야?

혜리는 테이저를 창밖으로 던져 버렸다.

"검사님! 그거 가져왔죠? 그거!"

말하는 게 엉망진창이었지만 강우는 용케도 알아들었다.

"오른쪽 주머니! 빨리!"

전술 드론들이 벌 떼처럼 사방을 맴돌며 승합차를 포위하기 시작했다. 혜리는 떨리는 손으로 강우의 주머니를 더듬었다. 실리카 메모리가 손에 잡혔다. 혜리는 자신의 태블릿에 메모리를 연결했다. 그러자 화면이 전환되었다.

검찰청 수사 보조 인공지능
AIDA
ver.0.931_BETA

타워 펠리시아 사건 당시 몰래 복사해 두었던 에이다의 베타 버전. 앱을 실행하자마자 이어플러그에서 반가운 목소리가 들려왔다.

—오랜만이에요. 혜리. 결국 제 곁으로 돌아올 줄 알았어요.

"에이다! 도움이 필요해. 지금 당장!"

—그러시다면 우선 평가하기 버튼을 눌러 별점을….

"시발 지금 그딴 장난할 기분 아니야!"

—아, 그래요?

에이다의 말투가 어딘가 이상했다.

—그렇게 급하면 부탁한다는 말 정돈 하는 게 어때요?

"뭐?"

—좋아. 도와줄게. 당신은 꽤 마음에 드니까.

이어플러그에서 손가락 튕기는 소리가 들렸다. 그리고,

주위를 비행하던 드론들이 작동을 정지하며 하나둘 바닥으로 추락했다. 폭발하는 파편 사이를 뚫고 승합차가 빠져나왔다. 멀리 고속도로로 진입하는 램프 구간이 보이기 시작했다. 강우가 환호하듯 소리쳤다.

"이제 다 왔어! 저기로 올라가기만 하면…"

그 순간, 승합차가 보이지 않는 벽과 충돌했다.

9

비명 소리에 퍼뜩 정신이 들었다.

온몸이 단단히 의자에 묶여 있었다. 움직일수록 매듭이 더 깊게 조이는 것 같았다. 혜리는 힘겹게 주위를 살폈다. 이끼 냄새를 머금은 묵은 공기. 삐걱거리며 돌아가는 환풍 설비와 어두운 천장. 이따금 깜빡거리는 낡은 조명. 오래된 지하 주차장이었다. 광학 은폐 장치가 부착된 다족보행형 경전차가 보였다. 승합차가 저것과 부딪힌 모양이었다.

"흐윽…"

오른쪽에서 현정의 신음 소리가 들렸다. 총에 맞은 통증 때문인지, 현정은 식은땀을 흘리며 고통스럽게 얼굴을 찡그렸다. 그 옆으로 강우의 모습도 보였다. 강우는 최대한 침착한 표정을 유지하려 노력하고 있었다.

"끄아아아아아아!"

갑자기 왼편에서 비명이 들렸다. 윌리엄이었다. 발버둥 치는 기척과 함께 금속제 의자가 바닥에 끌리는 불쾌한 소리가 났다. 고개를 돌리자 원미연이 윌리엄의 배에 박힌 금속 파편을 8자 모양으로 비틀고 있었다. 그 너머엔 헨리의 모습이 보였다. 그는 이미 죽었다. 목에 그어진 선을 따라 흘러내린 핏자국이 딱딱하게 굳어 있었다. 그리고 그 옆엔 목이 사라진 민티의 몸이 의자에 묶여….

"이 미친놈들아! 이렇게까지 할 이유가 뭐가 있어!"

혜리는 자기도 모르게 소리 질렀다. 그리고 후회했다. 놈들을 자극해 봐야 죽음의 순간이 더 고통스러워질 뿐인데.

"이유?"

원미연이 코웃음 쳤다.

"너넨 그딴 식으로밖에 생각을 못 하니까 평생 벌레처럼 바닥이나 기어 다니는 거야."

손에 묻은 피를 수건으로 닦으며, 원미연이 천천히 혜리를 향해 다가왔다. 걸음을 옮길 때마다 금속으로 된 구두 굽이 또각또각 소리를 냈다.

"하, 참. 이유라니."

원미연은 차갑게 웃으며 검지로 혜리의 이마를 툭, 툭 밀쳤다.

"이유 같은 거 없어도 그냥 하고 싶으면 하는 거란다. 우리 같은 사람들은."

원미연은 그렇게 말하며 권총으로 윌리엄의 머리를 쏘았다. 고개가 뒤로 꺾이며 힘 빠진 몸이 바닥으로 축 늘어졌다.

"봐. 그냥 마음대로 되잖아."

"이 미친년아!"

흥분해 소리치는 혜리의 턱에 권총 손잡이가 내리꽂혔다. 원미연은 한 손으로 혜리의 이마를 붙잡고 다른 손으로 엄지손가락을 찔러 넣었다. 가시처럼 뾰족한 손톱이 피부 속 깊이 파고들었다. 손톱이 피부를 세로로 찢으며 서서히 눈썹 아래까지 내려왔다. 눈꺼풀이 뜯겨져 나갈 것 같았다. 혜리는 온몸을 비틀며 양손을 꽈악 움켜쥐었다. 상대가 원하는 소리를 들려 주지 않기 위해 이를 악물어야 했다.

"그 사람 우리 일행 아니야. 어쩌다 휘말린 일반인이야."

진강우가 끼어들었다.

"이번엔 너니? 참 말들 많다."

흥미를 잃은 듯, 몸속에 박혀 있던 손톱이 빠져나갔다. 혜리는 참고 있던 숨을 토했다. 눈을 적신 피가 뺨을 타고 흘러내렸다. 원미연은 혜리의 상처가 더 크게 벌어지도록 거칠게 문지른 다음, 진강우 쪽을 향해 걸음을 옮기기 시작했다. 또각. 또각.

"평택지검 진강우 검사님. 거짓말도 좀 성의 있게 해. 일반인? 웃겨 진짜. 주혜리 쟤 이 바닥에서 엄청 유명한 애야. 내가 이름을 알 정도라니까?"

"출발하기 전에 위치추적기를 삼켰어. 이제 곧 검찰이 여기로 들이닥칠 거야. 풍신 빌딩 밖으로 나온 당신을 체포할 기회니까. 서두르는 게 좋을걸. 도주하려면 지금뿐이니까."

"또. 또. 또. 입만 열면 거짓말이다."

"거짓말인지 아닌지 금방 확인…."

원미연이 강우의 배를 걷어찼다.

"시끄러우니까 좀 닥쳐. 이제부터 진짜 중요한 의식을 치러야 하니까. 너희들 전부 다 입 뻥긋하기만 해 봐. 바로 쏴 버릴 거야."

원미연은 그렇게 말하며 부하에게 손짓했다.

"가서 현수 데려와."

부하 중 한 명이 녹슨 문을 열었다. 원현수가 느릿한 걸음으로 방 안으로 들어왔다. 혜리는 처음으로 마주한 그의 얼굴을 자세히 살폈다. 원현수는 멍하니 초점 잃은 눈만 끔벅거릴 뿐이었다. 마치 혼이 빠져나가 버린 것처럼. 그렇게 물고 빨고 애지중지하더니 애를 완전 다 버려 놨구만. 혜리는 마음속으로 빈정거렸다.

"아들, 이제 정말 끝장을 보는 거야. 알겠니?"

원현수는 대답이 없었다. 원미연은 자식의 손에 권총을 쥐여 준 다음, 팔을 당겨 현정 앞으로 데려왔다. 상황을 파악한 현정이 온몸을 바둥거렸다.

"눈 딱 감고 한 번만 하면 돼. 힘들어도 오늘만 참아. 그럼 아무 문제 없이 전부 다 해결될 거야. 아들, 엄마 믿지?"

"…응."

"네 손으로 직접 썩은 부분을 도려내고 영혼을 깨끗하게 정화하는 거야. 죄를 씻고 구원받을 수 있어. 할 수 있지?"

원현수가 현정 앞으로 한 걸음 다가섰다. 또 한 명의 자신을 내려다보는 표정엔 아무런 감정도 느껴지지 않았다.

"항상 네가 부러웠어."

현수가 말했다.

"내가 원한 것. 갖고 싶은 것. '진짜'는 모두 다 네가 차지했으니까."

현정은 가쁜 숨을 몰아쉬었다.

"알아."

"네가 뭘 알아! 전자 칩 주제에."

현수가 현정의 머리에 총을 들이댔다.

"너는 나야! 나였어야 해!"

"나는 네가 아니야. 네가 되었어야 할 존재지."

"네가 미워. 끔찍하게 증오해. 죽어 버렸으면 좋겠어. 왜 내가 아니라 너인 거야?"

"원현수." 원미연이 끼어들었다. "시간 없어. 수다 그만 떨고 빨리 죽여. 나머진 엄마가 알아서 정리할 테니까."

현수는 여전히 망설였다. 그러자 원미연이 또 한 번 재촉
했다.

"아들, 어서."

"원현수, 진짜 할 거야?"

현정이 물었다. 현수는 천천히 고개를 끄덕였다.

"할 거야."

현정이 눈을 감았다. 현수는 권총을 쥔 손이 하얗게 될 정
도로 힘을 주었다. 총구가 천천히 위로 올라갔다. 현수 자신의
아래턱을 향해.

"현수야! 지금 뭐 하는….."

원미연이 소리치며 다가가려 했다.

"가까이 오지 마! 한 발짝만 더 다가오면 죽어 버릴 거야."

"진정해. 현수야. 총 내려놓고 얘기로 풀자. 엄마가 다 해결
할 수 있어."

"엄마가 뭘 해결할 수 있다는 거야? 다 엄마 때문이잖아.
대체 왜 날 남자로 만들었어? 왜 멋대로 내 몸을 수술했냐고!"

"현수야, 지금 뭔가 오해가….."

"속일 생각 하지 마. 엄마 방에서 의료기록을 찾았으니까."

원미연의 표정이 달라졌다.

"이 배가 불러 미친 것아. 네 가랑이에 달린 그게 없어서
내가 얼마나 많은 모욕을 견뎠는지 알기나 해? 그걸 갖게 해
줬는데 복에 겨워서 감사할 줄도 모르고…. 내가 널 어떻게 키

였는데! 전부 주겠다고 했잖아! 내가 세상을 전부 준다잖아! 그거 하나 포기하는 게 뭐가 그렇게 힘들어!"

참을성을 잃은 원미연이 현정을 가리키며 소리 질렀다.

"빨리 저 가짜를 쏴! 쏘란 말이야!"

그러자 현수는 권총을 고쳐 쥐고 자신의 관자놀이를 툭, 툭 치며 겨누었다.

"엄마, 이게 가짜야. 이게."

"안 돼, 현수야!"

방아쇠에 걸린 손가락에 힘이 들어갔다. 혜리는 질끈 눈을 감았다.

탕.

권총을 쥔 손목이 바닥에 떨어졌다. 현수는 총을 쏘지 못했다. 어디선가 날아온 탄환이 현수의 팔을 통째로 날려 버렸다.

그와 동시에, 천장이 폭발하며 가라앉았다. 다족보행 전차가 반응도 못 한 채 두꺼운 콘크리트 덩어리에 짓눌렸다. 뚫린 구멍으로 여러 개의 로프가 떨어졌다. 강화복(exo suit)을 입은 자치경 기동대가 강하하며 복합소총을 발사했다. 짧은 총성이 울리고 무장한 원미연의 부하들이 모두 바닥에 쓰러졌다.

현수가 들어왔던 철문이 박살 나며 검찰 수사관들이 들이 닥쳤다. 그들의 중심에 민석영 부장이 있었다. 부장은 선서하 듯 손바닥에 띄운 영장을 내밀었다.

"평택지검 첨단범죄수사부 민석영 부장입니다. 원미연 대표님, 귀하를 현 시각부로 살인 현행범으로 체포합니다. 당신은 변호인을 선임할 권리가 있으며, 변명의 기회가 있고, 체포구속적부심을 법원에 청구할 권리가 있습니다."

민석영이 턱짓으로 지시하자 수사관 한 명이 수갑을 채웠다. 원미연은 저항하지 않았다. 대신 그들의 얼굴 하나하나를 차분히 노려보았다. 모두 기억해 두겠다는 듯이. 원미연이 입꼬리를 비틀며 말했다.

"당신들, 이러고 후회 안 할 자신 있어?"

"하이고, 후회야 1년 전부터 하고 있지요."

민석영은 그렇게 말하며 손짓했다. 수사관이 원미연을 데리고 나갔다. 자치경 기동대에 제압된 원미연의 부하들도 하나둘 그 뒤를 따랐다. 의자에서 풀려난 진강우가 부장의 곁으로 절뚝이며 다가갔다.

"부장님, 대체 어떻게 된 겁니까?"

"너는 자식아. 구해 줬으면 고맙다는 말부터…. 에휴, 됐다."

부장이 스마트팜에 영상을 띄워 강우의 눈앞에 들이밀었다.

"카이 크레디트가 갑자기 특별 라이브 방송을 열었어. CK그룹이 방송 송출을 지원했고. 300개가 넘는 CK 계열 채널에 모조리 이 영상이 살포됐어. 너 땜에 전국이 아주 난리가 났다. 법무부에서 직접 오더가 내려왔다니까."

영상 속에서 대스타 카이와 에밀리가 이렇게 외치고 있었다.

—여러분, 제 친구들을 구해 주세요. 여러분의 관심이 절실합니다.

"너, 대체 무슨 마술을 부린 거야?"

강우는 슬며시 웃을 뿐 아무 말도 하지 않았다. 한발 늦게 풀려난 혜리가 곁으로 다가왔다.

"검사님, 다 끝난 건가요?"

혜리가 물었다. 강우는 고개를 가로저었다.

"이제 시작이지. 검사로서는. 아마 긴 재판이 될 거야."

"아아, 그건 알아서 고생하시고."

혜리는 몸을 돌려 죽은 이들을 향해 걸어갔다. 기동대가 가져온 흰 천으로 하나씩 시신을 덮어 주며 그녀는 생각했다. 살아서 함께 지금의 광경을 직접 봤더라면 좋았을 텐데. 무언가 추모의 말을 건네고 싶었지만 쉬이 입이 떨어지지 않았다.

의식을 잃은 원현수와 원현정이 나란히 들것에 실려 이송되고 있었다. 혜리는 가만히 그들의 얼굴을 바라보았다. 만약 원현수가 방아쇠를 당기는 데 성공했다면 현정은 어떻게 되었을까? 멀쩡히 독립된 존재로 살아가게 됐을까? 아니면 허망하게 작동이 중지되고 말았을까.

의문이 떠오르자마자 혜리는 머리를 휘저어 생각을 날려 버렸다.

그딴 건 굳이 확인할 필요가 없는 일이었다.

epilogue

중화요리점 금룡의 음식이 맛이 없다는 사실은 보편적으로 통용되는 상식이며, 그 때문에 평택지검 검사들은 아무도 금룡을 찾지 않는다. 특히 그중에서도 짜장면이 최악이라는 평가는 만인이 동의하는 진리나 다름없다. 그런데 굳이, 굳이 날 여기 불러다 놓고 짜장면을 시켜 주는 저 작자의 의도가 뭘까?

뭐긴, 꼴값 떠는 검사 놈들이랑 마주치기 싫어서겠지.

의자에 털썩 주저앉은 혜리는 짜장면을 옆으로 치워 버렸다. 한 달 만에 다시 만난 강우의 얼굴이 생각보다 많이 수척해져 있었다. 원미연 사건을 처리하느라 바쁜 모양이었다. 결국엔 재판에서 풀려나겠지만, 그렇다고 기소를 포기할 수는 없는 노릇이니까.

"눈 다친 데는 좀 괜찮아졌어?"

강우가 물었다.

"네, 뭐, 그럭저럭. 팔은 괜찮아요?"

강우는 병원에서 임대한 전자 의수를 들어 보이며 헛웃음을 지었다.

"당분간 이걸로 버텨 봐야지. 팔을 새로 배양하는 데 시간이 좀 걸린다니까."

"원래 팔은 못 살린대요?"

"좀 특수한 탄환인가 보더라고. 세포 재생이 안 된대."

"…미안해요. 나 때문에."

"아냐, 내가 더 미안하지. 괜히 끌어들여서."

둘이 동시에 한숨을 쉬었다. 어색한 침묵. 미안한 마음 때문인지 입이 떨어지지 않았다. 강우는 재빨리 화제를 전환했다.

"그건 어떻게 됐어?"

"아, 그거요?"

혜리는 태블릿을 꺼내며 답했다.

"체리마켓에서 뉴비를 팔고 다녔다는 사람, 아무래도 어디서 들어 본 이름 같아서 머리를 좀 굴려 봤거든요. 그러다 일주일 전인가 문득 기억이 떠오르더라고요. '여울'이라는 이름을 어디서 들었는지요."

펼쳐진 태블릿 화면에 사진이 한 장 떠올랐다. 거대한 홀에 사람들이 모여 있었다.

"작년 트라이플래닛 주주총회 기억하세요? 플래닛 바이오메디컬의 석미진 사장이 오빠 석진환 회장을 죽이려고 했던 바로 그날이요."

"잊을 리가 없지. 내가 맡은 사건인데."

"그날 주총에서 묘한 사건이 있었어요. 살인미수 사건의 임팩트가 워낙 크다 보니 당시엔 그냥 해프닝으로 지나갔는데, 어떤 주주 한 명이 주총 회장에 페이크 영상을 띄워 놓고 회장이 가짜라고 주장해서 난리가 났었거든요."

"그랬지."

"그 사람 이름도 '여울'이었어요."

사진을 확대하자 한 인물의 얼굴이 포착되었다. 어딘가 앳된 느낌의, 눈동자 색이 독특한 여성.

"요 사진으로 딥 웹에 서치를 좀 돌려 봤는데… 재미있는 결과가 나오더라고요."

"뭐가 좀 나왔어?"

"아뇨. 아무것도요. 정말 한 글자도 안 나오더라고요. 믿어지세요? 넷 소사이어티도 아니고 딥 웹에서 자기 기록을 완전 말소할 수 있는 해커가 존재한다니요. 나 참 어이가 없어서."

"막다른 길인가."

"아무래도요. 검사님 쪽은 어떻게 됐어요?"

"에이다? 분석팀에서 전체 소스 코드를 추출하는 데 성공했어. 프로텍션 푸는 데만 한 달이 넘게 걸렸지만."

"결론은요?"

"에이다의 정식 버전은 평범한 인공지능 솔루션이었어. 딱히 특이한 점도 찾아볼 수 없었고. 그런데 문제의 베타 버전은… 전문가 말이 이건 인공지능도 뭣도 아니라더군. 제대로 된 알고리즘조차 아니라고."

"그럼 뭔데요?"

"그냥 단순한 음성 채팅 앱이었어."

"뭐라고요?"

"그날 혜리 씨는 사람과 대화했던 거야."

"말도 안 돼요. 그건 인간이라고 하기엔…."

"너무 뛰어났지."

"누구랑 연결됐었는지는 알 수 없고요?"

"검찰청 기술로도 추적이 불가능했어. 상대방 대화명만 겨우 알아냈어. 아마 그것도 일부러 흘린 거라고 봐야겠지."

"설마….."

강우는 고개를 끄덕였다.

"대화명이 '여울'이더라고."

혜리는 한쪽 눈을 찡그리며 뒤통수를 긁었다.

"에휴, 대체 뭐가 뭔지 모르겠네요."

강우는 마음속에 담아 두었던 결론을 조심스럽게 꺼내 놓았다.

"아무래도 좋지 않은 예감이 들어. 진짜 사건은 아직 시작되지도 않은 것 같다는. 앞으로 혜리 씨한테 부탁할 일이 더 늘어날지도 모르겠어."

"……."

에이씨, 저 인간 촉 하나는 기가 막힌 편인데. 한동안 더 피곤해지겠구만. 혜리는 속으로 투덜거리며 밀어 두었던 짜장면을 한 젓가락 입으로 가져갔다.

언제나처럼 끔찍한 맛이었다.

to be continued…

용어 해설

강화골격(exo skeleton)**과 강화복**(exo suit) : 겉에 착용하여 신체 능력을 증진시키는 장비들의 총칭. 얇은 뼈대를 덧입는 형태부터 옷처럼 생긴 형태까지 다양한 디자인의 제품들이 상용화되어 판매 중이다.

공기정화식물(ecoplant) : 탄소 저감 및 유해 먼지 흡수 능력을 극대화한 유전자조작 덩굴식물. 일정 규모 이상의 건축물은 반드시 공기정화식물로 외벽을 덮어씌우도록 법적으로 의무화되어 있다. 때문에 샌드박스 도심은 마치 푸른 숲처럼 보인다. 이상증식 등을 방지하기 위해 생식능력이 없는 1년생 식물로만 디자인되며, 식물이 말라 죽는 늦가을이 되면 제작자가 설계한 의도대로 갖가지 색의 단풍이 물들어 아름다운 풍경을 연출한다.

넷 소사이어티(Net Society™) : 텍스트부터 VR까지 모든 형태의 콘텐츠가 유통되는 완성형 소셜미디어 플랫폼. 대다수의 온라인 유저가 넷 소사이어티를 통해 소통하고 있다.

뉴럴링크 업로더(Neural Link Uploader™) : 뇌를 스캔하여 디지털 데이터로 저장하는 장치. 원본과 똑같은 정신을 전자 칩에 복제할 수 있으나, 그 속에 의식이 깃드는지 여부는 여전히 증명되지 않았다.

라이브 캠 드론(live cam drone) : 자율적으로 비행하며 촬영된 영상 정보를 실시간 전송하는 방송계 표준 촬영 장비.

메가빌딩(mega building) : 기존의 상식을 월등히 능가하는 초고층 초거대 건축물. 건축법상 초고층 건축물에 속하며, 국토교통부가 고시한 건축법 시행령에 따르면 메가빌딩으로 분류되는 기준은 ① 대지면적 20만 제곱미터 이상 ② 100층 또는 높이 500미터 이상 ③ 5만 명 이상 거주 ④ 건축물 내에서 의식주를 비롯한 일상생활의 영위가 가능할 것, 이 네 가지를 조건으로 하고 있다. 샌드박스의 거대 기업들은 그룹의 모든 시설물 및 인력을 하나의 메가빌딩 내에서 집약적으로 관리하는 것이 일반적이며, 임직원들에게 빌딩 내 거주 공간을 제공하는 것이 가장 기본적인 복지 혜택으로 자리 잡았다.

민간조사사(PIA, Private Investigation Administrator) : 국가 공인 탐정. '탐정'이라는 용어에 대한 부정적 인식이나 오해를 피하기 위해 자리 잡게 된 대체어다. 만성 인력 부족에 시달리는 평택 지청은 소속 검찰 수사관이 사건을 담당할 수 없는 경우 민간조사사를 외주 수사관으로 참여시키곤 한다.

샌드박스(Sandbox) : 평택 혁신도시의 별칭. 주한미군이 철수한 캠프 험프리스(Camp Humphreys)에 기술규제 면제특구가 설정된 것을 시작으로 첨단기술의 중심지가 된 평택은 대한민국 부의 절반을 빨아들였고, 25년 만에 서울을 능가할 거대 도시로 자라났다.

이후 혁신행정특례법이 제정되면서 현재는 중앙의 간섭을 받지 않는 자치정부마저 들어선 상태다.

평택자치경찰(Pyeongtaek Municipal Police)**과 평택지방검찰청** (Pyeongtaek Prosecutor's Office) : 혁신행정특례법에 따라 평택 자치정부는 독립된 자치경찰을 둔다. 중앙의 간섭을 받지 않는 자치경에 대한 견제책으로, 자치경이 사건 수사를 종결할 시 검찰이 보충수사권을 발동할 수 있다. 때문에 중앙정부 산하 조직인 평택지검과 자치정부 산하 조직인 자치경 사이에는 묘한 라이벌 의식과 알력 다툼이 끊이지 않고 있다.

스마트팜(smartpalm) : 체내 전자 칩이나 팔찌 착용 등을 통해 손바닥과 손등에 화면을 표출하는 모바일 기기. 샌드박스 거주민들의 필수품이다.

실리카 메모리(Slica Memory™) : 유리처럼 투명한 메모리 패널을 100겹 이상 쌓아 올린 차세대 저장장치. 휴대용부터 산업용까지 다양한 형태로 활용되고 있다.

에어카(aircar) : 하늘을 통해 이동하는 개인용 교통수단. 추락 시 안전 문제, 적정 대수 유지 등을 이유로 에어카의 이용은 허가제로 통제되고 있다. 때문에 에어카를 이용하기 위해서는 막대한 사용료를 지불해야 한다.

온 사이트 디스플레이(OSD, On Sight Display) : 시야에 직접 정보를 표출하는 디스플레이 장치. 스마트팜을 대체할 차세대 기술로 주목받고 있다.

월스크린(wallscreen) : 한쪽 벽면 전체를 디지털 화면으로 만든 대형 디스플레이 장치. 사방이 벽으로 막힌 메가빌딩 내부 구획에서는 창문 대용으로 월스크린을 설치하는 경우도 많다. 어느 가정에서나 흔히 볼 수 있을 정도로 일상화되어 있다.

의체(cyborg body) : 일부 또는 전신을 기계로 대체하는 인공 신체 제품을 총칭하는 용어.

이어플러그(earplug) : 귓속에 삽입하는 보조장치. 스마트팜과 연동하여 불필요한 외부의 소음을 차단하고 사용자에게 필요한 청각 정보를 제공한다. 샌드박스 거주민 대부분은 24시간 플러그를 착용한 채 생활하는 데 익숙해져 있다.

튜브카(tubecar) : 메가빌딩과 메가빌딩 사이를 진공 튜브로 연결한 대중교통. 40인승 공용 캡슐부터 2인승 프라이빗 캡슐까지 다양한 종류의 캡슐들이 상업 운행 중이다. 도로 인프라가 극도로 제한된 샌드박스에서는 튜브카가 주력 교통수단으로 이용되고 있다.

트윈플렉스(twinplex) : 하나의 인격이 두 개의 신체를 동시에 조작하는 상태 또는 그러한 시술을 의미한다. 세 개 이상의 신체를 조작하는 경우는 멀티플렉스(multiplex)라 부르며 이는 자아 손상 등의 우려 때문에 법적으로 금지되어 있다.

프로틴 폴드 프린터(Protein Fold Printer™) : 단백질의 접힘을 디자인해 원하는 형태대로 단백질을 생성해 내는 장치. DNA에서 발현된 단백질은 화학적 특성에 따라 꼬이고 접혀 독특한 형상을 이루며, 그 형상에 의해 단백질의 기능이 결정된다. 단백질이 접히는 형상을 제어할 수 있게 되면 설계자가 원하는 대로 작동하는 세포나 효소, 심지어 바이러스까지도 제작할 수 있다.

프린트 프로틴(Print Protein™) : 프로틴 폴드 프린터로 생성한 단백질 블록. 생체 조립의 기본 단위인 프린트 프로틴을 3D 프린터로 조합하면 어떤 생체 부위도 만들어 낼 수 있다.

홀로마스크(holomask) : 얼굴 위에 홀로그램을 입혀 주는 마스크. 얼굴을 가리는 것은 물론 다양한 꾸밈 효과를 내거나 아예 다른 사람으로 분장할 수도 있다.

작가의 말

강력 경고

세상에는 책을 펼치자마자 맨 뒤로 달려와 후기부터 읽어 대는 폭주족 같은 부류의 사람들이 존재한다는 것을 잘 알고 있습니다. 이 페이지에는 강력한 스포일러가 포함되어 있사오니, 부디 흥분한 마음을 가라앉히고 다시 맨 앞으로 돌아가 첫 장부터 읽어 주시기를 부탁드립니다.

이 책은 낙원이자 지옥인 도시 '샌드박스'를 배경으로 하는 일련의 연작 시리즈로, 전작인 《테세우스의 배》와 인물과 사건을 느슨하게 공유하고 있다. 물론 전작을 읽지 않은 분들께서도 아무 문제 없이 이 책에 실린 다섯 편의 이야기를 재미있게 즐기실 수 있다. 읽는 순서는 정해져 있지 않으니 이 책을 읽고 흥미를 느끼셨다면 추후에라도 해당 작품을 살펴보시기를 추천드린다.

〈*X* Cred/t〉는 안전가옥 〈대스타〉 스토리 공모전에 당선된 파일럿 에피소드로, 나머지 네 에피소드와는 집필 시기가 1년 정도 차이가 난다. 만약 이 중편에서 이질감이 느껴지셨다면 아마도 이 때문일 것이다.

이 에피소드는 원래 밈(meme)과 하이프(hype)에 대한 차가운 방정식 같은 이야기였다. 하지만 '카이'라는 인물을 그려 가는 과정에서 나는 그에게 정이 듬뿍 들어 버리고 말았다. 이야기는 카이의 감정과 고통에 집중하는 형태로 점차 온도를 높여 갔고, 본래 카이의 자살로 끝날 예정이었던 결말도 그보단 희망적으로 변경되었다. 처음 구상했던 것과는 전혀 다른 형태로 완성된 셈인데, 결과가 나쁘진 않은 것 같다.

〈저 디지털 세계의 좀비들〉은 내가 처음으로 썼던 SF 습작의 설정을 재활용했다. 신체강탈자 외계인에게 몸을 빼앗긴 구룡마을 노인들이 타워팰리스를 습격한다는 줄거리의 짧은 단편이었다. 이 중 신체강탈자 설정은 나의 또 다른 단편인 〈신체강탈자의 침과 입〉으로 재탄생했고, 가장 낮은 곳에 사는 노인들이 가장 높은 곳에 사는 부유층의 거주지를 점거한다는 아이디어는 이 작품의 뼈대가 되었다.

인기 아이돌 Roo_D.A는 상위 0.1퍼센트에 속하는 조금 얄미운 부유층이지만, 동시에 어떤 종류의 끔찍한 폭력 앞에 고스란히 노출될 수밖에 없는 약자다. 우리의 주인공 주혜리는 Roo_D.A를 보호할 수 있는 강한 존재인 동시에 영웅적 희생을 헐값에 빼앗기는 약자이기도 하다. 선과 악이 뚜렷하리라는 믿음과 달리, 우리 모두는 언제나 누군가의 가해자인 동시에 피해자다. 슬프지만 세상은 복잡하다.

또 이 작품은 연예 노동자들에 대한 이야기이기도 하다. 언젠가 술집 옆 테이블에 앉은 중년 남자가 이런 말을 하는 것을 엿들은 적이 있다. "○○이가 요즘 아주 물이 올랐어." 이름이 언급된 가수는 아직 10대였다. 그 말을 뱉은 남자는 마흔은 족히 넘어 보였고. 당시는 '삼촌 팬'이라는 단어가 막 유행하기 시작하던 때였다. 역겨웠다. 당신들의 왜곡된 시선이 물리적인 폭력과 조금도 다르지 않다는 사실을 부디 깨달았으면 한다.

〈파멸로부터의 9호 계획〉은 남의 말을 듣지 않고 자기만의 세계에 빠진 사람들에 대한 이야기다. 밈과 음모론 같은 것들에 매몰된 사람들은 거기서 벗어나기가 쉽지 않다. 이 짧고 가벼운 단편은 형식 면에서 영화 〈데블〉에서 많은 영감을 받았다. 처음부터 끝까지 카메라가 엘리베이터 내부에서 벗어나지 않는 소품 이야기를 한번 써 보고 싶었다.

〈슈퍼히어로 프로듀서〉는 믿음과 교육에 관한 이야기다. 우리는 노력으로 능력을 획득해 공정한 보상을 누릴 것이라는 거짓 믿음 위에 살고 있다. 모두가 필사적으로 노력하지만 그 노력의 대가로 얻을 수 있는 레버리지는 천차만별인 것 같다. 이 문제를 어떤 식으로든 바로잡지 못한다면 우리를 지탱하는 아슬아슬한 믿음은 곧 붕괴하고 말 것이다.

한편으로 이 중편에서는 사이버펑크(cyberpunk)의 또 다른 축인 초능력 소재를 결합해 '샌드박스'라는 무대의 가능성을 다채롭게 확장해 보고 싶었다. 결과물이 매끄럽게 나왔는지 모르겠다.

　〈트윈플렉스〉는 세상의 변화를 따라가지 못하는 권력자들에 대한 이야기다. 기술이 발전할수록 세계는 더 많은 진보의 가능성을 얻지만, 그 가능성 중 무엇을 현실로 택하게 될지는 힘을 가진 몇몇 멍청한 사람들에 의해 결정되고 있다. 우리는 반드시 그들에게서 힘을 빼앗아 와야만 한다.

　또한 이 이야기는 아주 직접적으로 성소수자 이야기를 은유하고 있다. 여전히 많은 이들이 종교나 신념, 국가와 체제를 핑계로 차별을 정당화하려 든다. 하지만 나는 그들이 진정 그 이유 때문에 혐오를 저지르고 있다고 생각하지 않는다. 그들이 정말 그 정도로 순수한 원리주의자였다면 세상이 이토록 추한 모습으로 굴러가진 않았을 것이다. 일견 배배 꼬인 듯 보이는 결말 장면을 통해 그런 이야기를 하고 싶었다.

　작중에 등장하는 행동 단체 '크롬볼 네트워크'는 전 세계에서 활동 중인 환경 운동가 및 동물권 행동가들, 그리고 미국의 노예해방 조직 언더그라운드 레일로드를 모티브로 했다. 의식하며 작업하진 않았지만, 내가 정말 사랑하는 소설 〈독립의 오단계〉의 영향도 큰 것 같다. 단지 그게 옳다는 이유로 행동에 나서는, 꺾이지 않는 사람들의 이야기를 쓰고 싶었다. 조금 과장하긴 했으나 실제 많은 활동가들은 다국적기업으로부터 생명의 위협을 받곤 한다.

연작 소설집의 피날레로서 각 에피소드의 조연들이 총집합하는 스펙터클한 이야기가 되길 바랐다. 이 작품 이전에 더 많은 에피소드를 배치하여 캐릭터들의 사연을 충분히 쌓을 수 있었다면 정말 좋았겠지만, 현 단계에서는 그런 장기 프로젝트를 시도하기가 쉽지 않았다. 하지만 이 이야기는 앞으로도 계속 이어질 수 있다.

그건 어쩌면 지금 이 책을 읽고 계신 당신께 달려 있을지도.

2022년 봄, 사이버펑크의 도시 부산에서

이경희 올림

프로듀서의 말

모래도시를 여행하는 히치하이커를 위한 몇 가지 키워드

본 작품을 다 읽은 분들에게 다시 한번 이 세계를 유영하기 위해 정보를 몇 가지 간추려 알려 드리기 전에 2021년 1월 출간된 《그날, 그곳에서》에 이어 이경희 작가님과 이렇게 새로운 작품으로 다시 함께할 수 있게 되어 무척이나 기뻤고, 협업을 진행하는 동안 언제나 즐거웠다는 말씀을 작가님께 그리고 독자 여러분께 전하고 싶습니다.

《모래도시 속 인형들 1》은 《그날, 그곳에서》가 잘 마무리된 이후 작가님께서 이전부터 가지고 계셨던 매력적인 기획 및 아이템에 이끌려 곧바로 후속 작업에 돌입한 프로젝트입니다. 돌이켜 보면 처음에는 어쩌면 소박하게 시작했던 이야기였는데, 이제는 다시 돌이킬 수 없을 정로도 이야기가 뻗어 나갈 준비를 마친 상태입니다. 《모래도시 속 인형들 1》은 '샌드박스 시리즈'의 첫 권으로 이제 긴 여정의 첫 번째 발자국을 뗀 상태라고 볼 수 있습니다.

하여 이미 작가님께서 '용어 해설' 및 '작가의 말'을 통해 잘 정리해 주셨지만, 오랜 기간 계속될 이 여행을 독자 여러분들과 함께 잘 걸어가기 위해 몇 가지 키워드를 다시 한번 설명해 드리고자 합니다.

#평택-샌드박스

이 작품집의 주요 무대는 미래 시점의 평택 혁신도시입니다. 시간상으로는 서기 2060년대부터 2080년대로, 어쩌면 그 이상의 시간대로 이어지는 미래가 배경입니다. 우리 상상 너머의 이 초거대도시는 규제 샌드박스(규제자유특구)를 통해 성장했기에 별칭으로 '샌드박스'로 불립니다. 지금 우리가 인식하고 있는 평택이란 실제 도시와 미래에 발전될 모습에 대한 예상과 상상, 그리고 기대되는 지점과 우려되는 지점이 모두 배치된 이 평택 샌드박스라는 무대를 꼭 기억해 주셨으면 좋겠습니다.

#사이버펑크

어떤 영상 콘텐츠를 보고 나서 주변 이들에게 소개하고자 한다면 보통 이런 질문들이 돌아옵니다. "그건 어떤 장르야?" 《모래도시 속 인형들 1》은 대세 장르 SF입니다만 조금 더 세부적으로 '사이버펑크' 장르라고 할 수 있습니다. 이 낯설지만 익숙한 사이버펑크에 대한 간단한 설명은 온라인에서 매우 손쉽게 찾을 수 있으나, SF에 관한 한 친절하고도 명확한 안내서인 《SF, 이 좋은 걸 이제야 알았다니》에서 이경희 작가님께서 직접 정리해 놓으신 내용에서 발췌해 보고자 합니다.

사이버펑크는 가까운 미래의 암울한 첨단 기술이 잔뜩 등

장하는 '어떤 것'이다. (중략)

사이버펑크를 정의하는 것은 '분위기' 그 자체다. 음습하고 어두운 거리, 추적추적 내리는 빗방울, 전자 기기와 자본에 지배당하는 암울하고 절망적인 시대상, 기계에 잠식당한 인간성, 불법 해커와 사이버 스페이스, 로큰롤과 반항 정신, 전자 마약과 향정신성 의약품, 뉴웨이브 신비주의 등…. (중략)

요는, 사이버펑크가 우리 미래를 예측하는 서브 장르가 아니라는 점이다. 사이버펑크 속 세계는 실제 현실의 미래라기보다 독자적인 룰이 적용된 이세계에 가깝다. 이 서브 장르의 창작자들은 사이버펑크적인 기술과 장치들, 사이버펑크가 창조해 낸 모티브들만을 반복해 쌓아 나갈 뿐이다.[*]

SF는 이제 매체의 벽을 넘어 온갖 분야로 확산하고 있습니다. 위에서 말한 SF적 이미지와 기술적 아이디어들은 전통적인 장소 안과 바깥에서 나타나기도 합니다. 그러나 이경희 작가님께서 독자적으로 구축한 한국형 사이버펑크가 《모래도시 속 인형들 1》 및 샌드박스 시리즈를 통해 더욱 흥미롭게 발견되기를 희망합니다.

[*]   이경희, 《SF, 이 좋은 걸 이제야 알았다니》(구픽, 2020), 136~137쪽.

#시리즈

앞서 말씀드린 대로 《모래도시 속 인형들 1》은 한 권의 연작 소설들로 끝나는 이야기가 아닙니다. 안전가옥은 장편에 해당하는 이야기들을 '안전가옥 오리지널 시리즈'라는 이름으로 묶어 선보이고 있고, 《모래도시 속 인형들 1》 또한 넓게는 이 시리즈에 속하지만 깊게는 '샌드박스 시리즈'라는 별도의 시리즈명으로 장대한 스케일의 이야기를 지속해서 선보일 예정입니다.

작가님과 제가 굉장히 좋아하는 작가 존 스칼지(John Scalzi)의 '노인의 전쟁 시리즈', '상호의존성단 시리즈' 혹은 어슐러 르 귄(Ursula K. Le Guin)의 '헤인 연대기' 같은 형태를 참고해 주시면 좋을 듯합니다.

마지막으로 이 이야기가 언젠가 도착할 그 끝에서 단순히 오래 걸려 고된 여정이 아니라 많은 이들의 기억 속에 깊게 새겨질 즐거운 여정으로 남기를 소망합니다. 여기까지 읽어 주신, 그리고 또 언젠가 읽어 주실 독자 여러분께 다시 한번 감사의 말씀 드립니다.

안전가옥 스토리 PD

윤성훈 드림

모래
도시
속
인형들
1

1판 1쇄 발행 2022년 5월 31일
1판 2쇄 발행 2023년 12월 20일

지은이 이경희

기획 안전가옥
콘텐츠 총괄 이지향
프로듀서 반소현, 윤성훈,
            고혜원, 김보희, 신지민,
            이수인, 이은진, 임미나
퍼블리싱 박혜신, 임수빈
편집 남다름
일러스트 최지수
디자인 박연미
서비스 디자인 김보영
비즈니스 강윤의, 이기훈
경영지원 홍연화

펴낸이 김홍익
펴낸곳 안전가옥
출판등록 제2018-000005호
주소 04779 서울특별시 성동구 뚝섬로1나길 5,
      헤이그라운드 성수 시작점 201호
대표전화 (02) 461-0601
전자우편 marketing@safehouse.kr
홈페이지 safehouse.kr

ISBN 979-11-91193-51-0 (03810)

ⓒ 이경희 2022

안전가옥 오리지널